三弥井古典文庫

春雨物語

井上泰至・一戸渉
三浦一朗・山本綏子　編

目次

解説

上田秋成と『春雨物語』

『雨月物語』の執筆（明和五年〈一七六八〉序）から三年後、上田秋成（一七三四〜一八〇九）は人生の岐路に立たされる。二十七歳で妻帯し、翌年に養父を亡くして以降、大坂堂島で紙油商を営む上田家を、秋成は当主として背負っていた。ところが、火災によって、家財のいっさいを焼失してしまったのである。秋成三十八歳のことであった。

すべてを失った秋成が、商家を再興することはなかった。大坂近郊の加島村に移り、『雨月物語』執筆において多大な影響を受けた都賀庭鐘に入門して医術を学ぶ。やがて、安永五年（一七七六）には、尼崎町で医によって口を糊するようになる（四十三歳。同年、『雨月物語』刊）。また、加島村に移り住んだ頃、賀茂真淵の高弟であった加藤宇万伎《うまき》に入門し、かねてから関心のあった国学を学ぶ。尼崎町在住の頃には、『ぬば玉の巻』や『歌聖伝』などを執筆、真淵や宇万伎の著書を編集刊行するなど、国学者として活動する。秋成は、商人ではなく、学者・文人として立つ道を選んだのである。

天明年間には、いわゆる「日の神」論争をはじめとする数度の論争を、本居宣長と繰り広げる（論争の内容は、後に宣長が『呵刈葭』にまとめている）。天明七年（一七八七）に淡路庄村へ退き（五十四歳）、さらに寛政五年（一七九三）に京に移住（六十歳）、その後は洛中を転々としながらも精力的に国学に取り組んだ。『霊語通』、『金砂』などを著し、また真淵や荷田春満《かだのあずままろ》の著書の編集刊行、古典の編集刊行（『落窪物語』・『大和物語』）を行う。若干の風刺的な小説（『癇癖談』・『書初機嫌海』など）を著したものの、『雨月物語』以降に秋成が執筆したのはもっぱら国学の著であった。

寛政二年（一七九〇）頃からは目が不自由になり、さらに寛政九年（一七九七）には、妻が先立つ。こうした不幸に直面したこともあってか、秋成晩年の著述には、己の孤独や不遇を嘆くものが多い。しかし、一方で、文人仲間や援助者などが、絶えず秋成の周辺にいたこともまた事実である。文化二・三年（一八〇五・〇六）には、門人をはじめとする周囲の人々の協力もあって、歌文集『藤簍冊子《つづらぶみ》』が刊行される。晩年に認められた随筆『胆大小心録』には、自身の生涯や晩年の心境のみならず、他者に対する無遠慮な悪口や批判も記されてはいるが、文化六年（一八〇九）六月二十七日に秋成が息を引き取った（七十六歳）のは、秋成の理解者である羽倉信美《のぶよし》の邸であった。

『雨月物語』以降、本格的な物語を執筆しなかった秋成は、死の前年の文化五年（一八〇八）になって物語を綴る。それが、『春雨物語』である。『雨月物語』は、半紙本五巻五冊の翻案小説集という、典型的な読本の様式で刊行された。同じ「物語」という語を冠しながら、『春雨物語』は『雨月物語』とはまったく異なる作品であった。最も注意すべきは、『雨月物語』が刊行されたのに対して、『春雨物語』は写本でしか残されていないという点である。おそらく『春雨物語』は、写本で（しかも作者自筆で）読まれることを前提にした作品であろうと考えられている。選ばれた読者のみが、生《なま》の筆づかいや墨継ぎの跡、行写りの様など、写本でしか感じることのできない趣を味わいながら読むのが『春雨物語』なのである。〈孤独な文人〉の周辺に人々が集うという図が浮かび上がる。秋成がこのような

〈特注品〉として『春雨物語』を執筆したのは、生活の糧を得るためとも、交流のしるしのためともいわれる。いずれにしても、秋成が真に孤独であったなら、『春雨物語』は生まれることはなかった。そういう意味では、〈孤独な文人〉と彼を囲む人々によって創出された物語ともいえる。

もちろん、現代において活字で『春雨物語』を読むとき、個人の孤独な作業の結晶として味わうという方法もあるだろう。しかし一方で、作者と当時の享受者との間に生じる呼吸に思いを馳せ、追体験しながら読むということがあってもよい。そうすることで、『春雨物語』の世界は、より立体的なものとして立ち現れてくるのである。

研究史・受容史の中の『春雨物語』

近代以降の『春雨物語』研究は当初、作家達の『春雨物語』評に引っ張られ、その影響を強く受けながら出発したと言える。

佐藤春夫「あさましや漫筆」(『日本文学研究資料叢書　秋成』(有精堂、一九七二年、以下『秋成』)所収、初出『世紀』大正十三(一九二四)・十一)は、春夫本人と芥川龍之介、谷崎潤一郎の『雨月物語』『春雨物語』評を伝える。その中で、芥川が『春雨物語』の文体を評した「雄勁」「蒼古」の語は、その内実を詰める必要はあろうが、今も有効性を失わない。また、彼らの間で自ずと意見が一致したという「春雨にはゆとりがあつて筆が枯れ切つてゐる」「春雨は筆力に任せた古怪で奇聳な草書体だ」「雨月は学んで及ぶべし。春雨にはかなはぬ」など、『雨月物語』以上に『春雨物語』を高く評する言葉もまた、以降の研究史に大きな影響を与えている。『春雨物語』の中で「血かたびら」「樊噲」を特に評価することも、ここに始まる。

後に三島由紀夫も、「秋成の、堪へぬいたあとの凝視のやうな空洞が、不気味に、しかし森厳に定着され」た「絶望の書」「不満と鬱屈の書」として、『春雨物語』を高く評価した（「雨月物語について」、『秋成』所収、初出『文芸往来』昭和二十四（一九四九）・九）。

そして、これらの作家達以上に『春雨物語』研究に大きな影響を与えたのが、石川淳の発言である。石川はまず『現代訳日本古典　秋成・綾足集』解説（小学館、一九四二年、後に『石川淳全集第十七巻』（筑摩書房、一九九〇年）の解題中に再録）で、富岡本「樊噲　上」を「人間のありのままの生き方を追究」するものと見た。この石川の把握は、以降の研究史の中で、「樊噲」のみならず『春雨物語』全体の理解に敷衍されていくことになる。また、昭和三十四年（一九五九）六月、秋成没後百五十年祭における講演「秋成私論」（『文学』昭和三十四・八に掲載）で、石川はやはり「樊噲」を念頭に置きつつ、「どこまでも伸びて行き、遠くに駆け出して行くような性質を持った内容。またそれに適した文体」を持つ「散文」として『春雨物語』を位置づけた。この把握もまた、以降の研究史で様々に発展継承されて現在に至っている。

これらの作家達の発言はそれぞれ、確かに『春雨物語』の魅力の一端をよく捉えたものと言える。ただし彼らの理解は、「序」と「血かたびら」「海賊」「天津処女」「目ひとつの神」「樊噲　上」の五編のみを収める富岡本の本文に基づく。以下に述べるように、現在の『春雨物語』研究では諸本の中での富岡本の位置づけが揺らいでおり、富岡本しか見られなかった時期の見解や、富岡本の本文としての優位性を前提にした見解の評価には一定の留保が必要である。

刊行され、広く普及した『雨月物語』に対して、『春雨物語』は最後まで刊行されることなく写本としてのみ伝わった。そのため、既に江戸時代から『春雨物語』は幻の書であった。曲亭馬琴がその存在を伝え聞き、写本の入手を渇望したことなどはそのことを示す一例である（『近世物之本江戸作者部類』）。現存する主な『春雨物語』の写本として、①『春雨草紙』、②天理冊子本、③文化五年本（桜山文庫本、漆山本、西荘文庫本の三種）、④富岡本、⑤天理巻子本の五種類がある。④⑤は合わせて一揃いとなるツレだと考えられる。①②④⑤は自筆稿本だが、④は前述の通り五編のみを収め、①②⑤は大部分が断簡、断章である。一方、③は転写本だが、現存する写本で所収十編を完備するのは③のうち桜山文庫本、西荘文庫本の二種だけである（漆山本は「捨石丸」「樊噲」の二篇を欠く）。なお『春雨物語』の諸本について、詳細は『上田秋成全集第八巻』（中央公論社、一九九三年）の解題（長島弘明執筆）を参照されたい。

近代以降、『春雨物語』を最も早く活字化して紹介したのが、藤岡作太郎編『袖珍名著文庫　春雨物語』（冨山房、明治四十（一九〇七））、次いで永井一孝編『有朋堂文庫　上田秋成集全』（有朋堂書店、大正元（一九一二））であり、共に④富岡本を底本とした。以来、『春雨物語』は富岡本の本文によって長く親しまれてきた。（以下に概括する『春雨物語』本文研究史について、詳細は木越治『秋成論』（ぺりかん社、一九九五年）「第一部『春雨物語』Ⅰ　本文研究」所収の関連論文、および同氏「よくわかる『春雨物語』」（飯倉洋一・木越治編『秋成文学の生成』、森話社、二〇〇八年）を参照されたい。）

その後、昭和十八年（一九四三）に②天理冊子本、⑤天理巻子本の存在が紹介され、昭和二十年代半ばには③文化五年本の三種の写本が相次いで発見された。ここで『春雨物語』十編の全貌が初めて明らかになる。また、最も早い段階の草稿と考えられる①『春雨草紙』の存在は早くから知られていたが、本格的に紹介されたのは最も遅く、昭和四十三年（一九六八）以降のことだった。現在では、前掲『上田秋成全集第八巻』に『春雨物語』の全ての稿本が収録されており、行き届いた解題と共に、それぞれの本文を容易に読み比べることが出来る。

これらの諸本相互の関係をどのように把握するかは、『春雨物語』を論じる上で避けて通れない問題である。

この点については、まず中村幸彦校注『日本古典文学大系　上田秋成集』（岩波書店、一九五九年）によって、富岡本と天理巻子本を最終稿と見る立場が示され、通説となっていた。しかし、木越治「『春雨物語』へ」（前掲書『秋成論』所収、初出『日本文学』一九八九年八月）によって、唯一の完本である文化五年本の意義を再認識・再評価する流れが生まれる。次いで佐藤深雪「偽書と異本」（同氏著『綾足と秋成と』（名古屋大学出版会、一九九三年）所収、初出『文学』一九九〇年一月）は、『春雨物語』を「異本の束」と見なす立場から、全ての稿本を等価値のものとして扱う方向性を示唆した。これらの議論を踏まえ、長島弘明「『春雨物語』の自筆本と転写本」（『秋成研究』（東京大学出版会、二〇〇〇年）所収、初出『文学』一九九一年・四月）は、最終稿本としての富岡本・天理巻子本の位置づけを相対化し、一旦全ての稿本を等価値のものとして扱うこと、その上で、作品ごとに各稿本間の比較検討を重ね、その総体として『春雨物語』が示す方向性を探るべきことを提言した。その作業を重ねていく際に求められるのは、「草稿を論じること、生成過程を論じることが、すなわち作品論として魅力的であるような方向」（木越前掲論文「よくわかる『春雨物語』」）を目指すことであろう。

現在、以上のような問題意識は研究者の間で概ね共有されていると思われる。早く作品の生成過程を論じた中村博保「目ひとつの神研究」（『上田秋成の研究』（ぺりかん社、一九九九年）所収、初出近世文学史研究の会編『近世中期文学の諸問題』（明善堂書店、一九六六年））を先駆として、近年では小澤笑理子の「『春雨物語』における差異と秋成の創作意識―「宮木が塚」諸本の検討を中心に―」（『近世文芸研究と評論』五四、一九九八年六月）をはじめとする一連の実践などもある。しかしそれでもなお、富岡本が他の稿本発見以降も諸本の中での優位性を長く保ってきた影響は大きく、未だに富岡本との距離の取り方を見定めかねているのが『春雨物語』研究の現状であるように見受けられる。

こうした状況にあって、一貫して文化五年本で『春雨物語』を読み解くことには大きな意義がある。その詳細については本書中、「文化五年本『春雨物語』の可能性」が別に用意されており、全てそちらに譲る。既に『国語と国文学（特集『春雨物語』)』第八五巻第五号(二〇〇八・五)所収の諸論考、また高田衛『春雨物語論』(岩波書店、二〇〇九年)や風間誠史『春雨物語という思想』(森話社、二〇一一年)など、文化五年本の本文に基づいて『春雨物語』を読み解いた成果は示され始めている。しかし、文化五年本を文化五年本として読み解き、諸稿本との比較検討を通じて作品論を展開し、そこから『春雨物語』を総体的に捉え直す試みは、ようやく端緒に付いたばかりである。

なお、先に挙げた木越治「よくわかる『春雨物語』」(『秋成文学の生成』所収)は、研究史概観としても『春雨物語』入門としても要を得て、大変優れている。是非参照されたい。

文化五年本『春雨物語』の可能性

小説の評価を行うとき、そのものさしには様々あってよいはずである。『春雨物語』の場合、まず秋成自筆の富岡本が紹介され、芥川龍之介・谷崎潤一郎・佐藤春夫から、『雨月物語』はまねできても、『春雨』にはかなわない、という高い評価が下された（「あさましや漫筆」）。『雨月』が楷書なら、『春雨』には草書の魅力がある、という評価もこのあたりに出発点がある。

戦後紹介された文化五年本は、『春雨物語』の全貌を示したという意味では画期的だったが、富岡本と比べて草書の魅力に劣るとの評価が拡がっていった。富岡本とその分身かと考えられる天理巻子本が残る作品はこれを最大限尊重し、残りを文化五年本で補う本文構築の方法を採った日本古典文学大系の中村幸彦の立場は、まさにそれそのものだったと言ってよい。『春雨物語』の研究者に大きなインパクトを与えた石川淳「秋成私論」や、三島由紀夫の「雨月物語について」においても、富岡本「樊噲」への熱い視線が元になっていたらしいことがうかがえる。

さて、作品的価値からも自筆であるという点からも、まだまだ優位に見られている富岡本と、全十編をともかくも有する文化五年本とを目の前にして、我々はこういう環境にある『春雨物語』に対して、どのように向き合うべきなのだろうか。可能性を二つばかり挙げておきたい。

一つは、富岡本とは異なる魅力、すなわち説明が多く、「楷書」の性質を持つ文化五年本自身を評価するものさしを、より明確に作品の読みの中から発見することである。その際に注意すべきなのは、文化五年本にのみ残っている作品の評価であろう。これまでは、富岡本と文化五年本の双方に残る作品の比較から、そのことが論じられてきた。しかし、文化五年本にのみ残っている作品をも含めて新しいものさしが提示されることで、はじめて文化五年本総体が論じられたことになる。この観点から、今回文化五年本だけを評注することを本書の基本方針に据えた。「血かたびら」「樊噲」を以って、『春雨物語』の代表作品と見る見方から一旦自由になることが、研究の出発点ではないのかと言えば分り易かろう。

今一つは、文化五年本とは何かということが論じられたうえで、富岡本との比較から、『春雨物語』という作品とは何なのか、という本質的な問題が問われるべきことになる、という観点である。我々は、たいてい中村幸彦が構築した本文から『春雨物語』を読み出し、繰り返し読むうちに解釈がその人の内面に意識されるようになってくる。従って、無意識のうちに富岡本を通して『春雨物語』とは、どういう作品なのか、というイメージを作り上げてしまってから、文化五年本へととりかかる。そうではなく、富岡本は一旦意識の隅において文化五年本を読み、両者の違いを可能なかぎり贔屓なく見渡したうえで、『春雨物語』全体に共有される世界を見出す。こういう研究もありそうでなかったのである。本書が読まれる価値があるとすれば、一にかかってその点にあることを強調しておきたい。

凡例

一、本書は文化五年本（桜山文庫本、昭和女子大学附属図書館蔵）を、底本とした。

二、本文の表記は、読みやすくするため、できるだけ漢字は通行の字体に改めた。また句読点や濁点、送り仮名・読み仮名などは、校訂者の判断により必要に応じて付し、仮名遣いも、できるだけ歴史的仮名遣いに統一した。

三、会話・心中思惟の部分は、「」『』でくくった。

四、明らかな誤記・脱文は諸本を勘案してこれを補うか、省略した。

五、原文で「ふる〳〵」などとあるところは、「ふるふる」とした。

六、登場人物の表記が一定しない場合、これを統一した。

七、頭注は簡潔を旨として本文を読解するヒントになる事柄を載せた。頭注欄のはじめには段落の要旨を記した。一戸・山本担当部分は授業における学生の成果も反映されている。

八、読みの手引きは現時点における最前線の研究成果を踏まえつつ、作品の魅力を味わう導入とし、ところどころ富岡本や天理巻子本との違いについての解説を織り込み、文化五年本としての特徴が見えるようにした。

九、二世の縁・宮木が塚は井上泰至、序・天津処女・目ひとつの神・捨石丸は山本綏子、死首の咲顔・樊噲は三浦一朗、血かたびら・海賊・歌のほまれは一戸渉が担当し、全体を通覧して内容の統一については全員で行った。

春雨物がたり

はるさめけふ幾日《いくか》、しづかにておもしろ[1]。れいの[2]筆研《すずり》とり出でたれど、思ひめぐらすに、いふべき事も無し。物がたりざま[3]のまねびは、うひ事也。されど、おのが世[4]の山がつ[5]めきたれば、何をかかたり出でん。むかし此《こ》の頃の事どもも、人に欺かれしは、我いつはりとなるを、よしやよし[6]、寓《そら》[7]ごとかたりつづけて、おしいただかす人もありとて、物云ひつづくれば、猶《なほ》[8]春さめはふるふる。

1 形容詞「おもしろし」の語幹。たいへん興趣深いの意。「春さめしづかにふりておもしろ。」（『春雨梅花歌文巻』）。
2 「研」は、「硯」に同じ。「れいの」は、「筆研」にかかるという説と、「とり出でたれど」にかかるという説とがある。「あした、れいの亜檀の手習に、」（『春雨梅花歌文巻』）。「紙すずりとう出でたれど、指は亀のごとにかがまりて、筆あゆますべくもあらねば、」（『藤簍冊子』五「聴雪」）。
3 物語風の文体。物語のような文章。
4 境遇。境涯。
5 本来は、身分の低い者の意。ここでは、風流を解さない人をいう。「ところせき御調度、はなやかなる御よそひなどさらに具したまはず、あやしの山がつめきてもてなしたまふ。」（『源氏物語』「須磨」）。
6 仕方がない。ままよ。
7 虚構。つくりごと。
8 それでもやはり。いっそう。

読みの手引き

『春雨物語』という題にふさわしく、降りしきる春雨の中で序が書き起こされる。秋成が語る春雨は、わびしくもあるが、同時に興趣をかき立てるものでもあり、文芸を紡ぎ出す契機となる素材である。

○ 春雨ふりつづきてさうざうしきを、いかにながめ給ふらむ。（『文反古』下）

○ 雨は、はるさめぞおもしろと云ふ。（『藤簍冊子』五「枕の硯」）

○ 春雨のさうざうしうふる日、空に、五、むつ、十、はた思し出でてかいとどむるは、ほこりかにこそあれと、物云ひしらぬ尼にかかせて、かたみにとてかいつけおく也き。（「春雨かたみの和歌」）

○ 春さめこからねど、けふもふる。物いひ残したるここちすれば、又よみける。（『春雨梅花歌文巻』）

果たして序の語り手も、いつもの筆と硯とを取り出し（あるいは、いつものように筆と硯とを取り出し）、ものを綴ろうとする。それは既成の物語などの枠組みからは逸脱するような独自の作品で、「物がたりざまのまねびは、うひ事也。されど、おのが世の山がつめきたれば、何をかかたり出でん。むかし此の頃の事どもも、」と続くところに、そうした作者の意図が込められていると捉えられている。

「人に欺かれしは、我いつはりとなるを、」の部分は、富岡本では「人に欺かれしを、我又いつはりとしらで人をあざむく。」とあって、富岡本の方が文意が明瞭である。続く「寓ごとかたりつづけて、おしいただかす人」は、かつて秋成と論争を繰り広げた本居宣長のことが念頭にあるともいわれる。また、「寓言」は秋成の物語観を示す語でもあって、『荘子』の影響も指摘されている。序には様々な問題が内在していて、『春雨物語』という作品のあり方と深く関わっている。今後なお検討が必要であろう。序については、日暮聖「『春雨物語』の序」（『日本文学』一九八五年十月号）、飯倉洋一「『春雨物語』序文考」（『秋成考』翰林書房・二〇〇五年）などに詳しい分析がある。

春雨は長雨でもある。

○　春雨けふいく日ふり次て、野はふるくさににひ草まじりて萌え出づれば、（『藤簍冊子』四「十雨言」）

○　春雨又一夜降りあかして、いこそねられね、（『春雨梅花歌文巻』）

ふんだんに用意された豊かな時間の中で、十編の多彩な物語世界が幕を開ける。

血かたびら　第一回

〔一〕平城天皇の即位、聡明な東宮

[1]天《あめ》のおし国高日子《たかひこ》の天皇《すめらみこと》、開初《ひらけはじめ》より五十一代の大まつり事きこしめしたまへば、[2]五畿《ごき》七道《しちだう》[3]水旱《すいかん》なく、[4]民《たみ》腹をうちて豊年《とよとし》うたひ、[5]良禽《りやうきん》木をえらばず巣くひ、[6]大同の佳運《かうん》、[7]記伝のはかせ字をえらびて奏聞《そうもん》す。[8]登極《とうきょく》あらせしほどもなくて、大弟《たいてい》[9]神野《かみの》親王を[10]春の宮つくらして遷《うつ》させたまふ。是は[11]先帝の御寵愛《ごちょうあい》殊《こと》なりしによりて也けり。太弟聡明にて、和漢の典籍にわたらせたまふ。君としていにしへより跡なし。[12]草隷《さうれい》はもろこし人の推《おし》いただきて、乞《こひ》もて帰りしとぞ。此時、唐は[13]憲宗《けんさう》の代にして、[14]徳の隣に通ひ来たり。新羅《しらぎ》は[15]哀荘王《あいさうわう》、いにしへのあととめて、数十艘《さう》貢物《みつぎもの》たてまつる。

1　平城《へいぜい》天皇（七七四～八二四）の国風諡号。「天皇尊号天排国高日子《あめのおしくにたかひこ》」（『日本春秋』）。2　日本全国の意。3　洪水と日でり。気象異常のこと。ただし『日本逸史』はこの時期の干魃《かんばつ》・水害や民の疲弊を記す。4　太平の世を民が楽しむ様子。「哺を含み腹を鼓し、壌を撃て歌ふ」（『十八史略』帝堯）。5　帝に賢臣が多く仕えたことをいう。「良禽は木を相《さう》して棲《す》み、賢臣は主を択《えら》んで事《つか》ふ」（『三国志』蜀）の改変表現。6　平城天皇の代の元号（八〇六～八一〇）。出典は『礼記』礼運編。7　正しくは紀伝。大学寮で歴史・文章を教授した紀伝道の博士。元号の勘申《かんじん》にあたった。8　皇位に即《つ》くこと。9　後の嵯峨天皇。神野は諱。「神野親王」（『日本春秋』）。『凌雲新集』をはじめとする勅撰漢詩撰集の編纂を命じた。10　東宮。皇太子の宮殿。11　桓武天皇（七三七～八〇六）。12　草書と隷書。ここでは帝の筆跡。13　大同元年は中国では憲宗帝（七七八～八二〇）の元和元年。14「徳は孤ならず必ず隣あり」（『論語』里仁）。15 大同元年は新羅では哀荘王（七八八～八〇九）の七年。

読みの手引き

物語は平城帝の御代を言祝《ことほ》ぐ、史書の文体ではじまる。民は太平の世を謳歌し、穏やかな天候に恵まれていた。儒家思想などのいう天人相関説を基底としながら、「良禽木をえらばず」、「記伝のはかせ字をえらびて」と、典拠の語句を改変した対句風の文章で帝の仁政を彩ってみせる。本作は『日本逸史』や『日本後紀』などと共に、多くの部分が日初『日本春秋』（明和三年自序）という史書に依拠して書かれていること、木越治「「血かたびら」の構想」（『秋成論』ぺりかん社、一九九五年、所収）に指摘がある。ところで諸注が指摘しているように、この時期に唐・新羅が朝貢を行った史実はない。好天に恵まれていたというのも史実と齟齬がある。史書によりながらも、史実を逸脱してゆくこの冒頭部は、しかし平城帝の御代を言祝ぐためのものとしては何とも不安定なものであること、叙述がすぐさま、先の桓武帝の寵遇を受けた東宮（後の嵯峨帝）の聡明さへと移行してしまっている点からも明らかで、このあとの平城帝の運命を予告するかのようでもある。

〔二〕善柔なる平城帝の夢

天皇[1]善柔《ぜんじう》の御さがましませれば、春の宮にはやうみくらゐゆづらまく、内々聞《きき》しらせたまふを、大臣、参議、「さる事しばし」とて、推《おし》とどめたいまつる。一夜、夢見たまへり。先だい[2]のおほん高らかにて、

　[3]けさの朝け鳴《なく》なる鹿の其声をきかずはゆかじ夜のふけぬとに

打かたぶきて、御歌のこころおぼししらせ給へりき。又の夜、せん帝《だい》の御使あり。「[4]早良《さはら》親王の霊、[5]かし原の御墓に参りて罪を謝す。只おのが後なきをうたへなげきて去ぬ」とぞ。是はみ心のたよわきに、あだ夢とおぼししらせたまへど、[6]崇道《すだう》天わうと尊号おくらせたまひぬ。法師、[7]かんなぎ等、祭壇に昇りて、加持《かぢ》参らせはらへ申《まうし》たり。

1　『論語』季氏編に「善柔」を友とするは損とある。善良で気弱なこと。
2　御製《ぎょせい》歌。
3　今日は朝に鳴くという鹿の声を聞かないうちは立ち去るまい。夜も更けた頃ではあるが。『日本逸史』では延暦十七年に桓武帝が北野へ遊猟した折の詠。原歌では二句「なくちふ」五句「ふけぬとも」。
4　桓武帝の弟。藤原種継暗殺の嫌疑により皇太子を廃され、淡路への配流途上で絶食して憤死。
5　京都市伏見区の桓武帝柏原陵。
6　史実ではこの追号は延暦十九年の桓武帝の時代のこと（『日本逸史』等）
7　神に奉仕し、神楽を奏して神意を慰め、神降ろしなどをする人。

読みの手引き

東宮が「聡明」であるのに対し、平城帝の性格を表す言葉が「善柔」である。また、「たよわき」とも表現されている（この後「直き」とも形容されているが〔五〕で詳述）。「善柔」の語は『論語』季氏編に友とするのに損な人格の一つとして挙げられている。秋成自身も『遠駝延五登《をだえごと》』などの著作で聖徳太子や弓削皇子、孝徳天皇などをこの語で評しており、いずれにしても通例、否定的な意味合いで用いられる語である。『日本逸史』三二に「識度沈敏にして、智謀潜通なり。躬《みづか》ら万機に親しみ、克己励精す」などとあるように、史実において平城帝は実に精力的な為政者であったのだが、本作での造形はそこから大きく隔たっている。あえて反転させているといってもよい。本作のそうした性格設定が、亡き桓武帝の亡霊に付け入る隙を与えているのであろう。ところで、平城帝自身は当初から皇太子への譲位を望んでおり、近臣たちが皇位に推し留めているに過ぎないのであって、また夢の中での桓武帝の歌も、平城帝の想いを後押ししこそすれ、阻害するものでは全くない。したがって崇道天皇の追号も、加持祈祷を行わせたのも、あくまで為政者として桓武帝・早良親王の魂を鎮めようとしたもので、それに対抗しようとするような類いのものではないのである。

〔三〕 近臣らの献身

侍臣藤原[1]の仲成《なかなり》、いもうとの薬子《くすりこ》[2]等申す。「[3]夢に六のけぢめをいふ。よきあしきに数定まらんやは[4]。御心の直きに[5]あしき神のよりつくぞ」と申て、出雲の広成[6]におほせて、み薬てうぜさせたいまつる。又、参議の臣等はかりあはせて、ここかしこの神社大てら[7]の御つかひあり。猶、伯耆《はうき》[8]の国に世を避る玄賓《げんぴん》[9]をめされて、御加持まいらす。此法師は、道鏡[10]と同じ弓削《ゆげ》氏にて、そのかみも召れしかど、道鏡が暴悪けがらはしとて、山ふかくここかしこに行ひたりし大徳のひじり也。七日、朝庭[11]に立て、妖魔を追やらひしかば、御心すがすがしくならせたまひぬ。「猶みやこに在て、日毎《ひごと》まゐれ」とみことのらせしかど、思ふ所[12]やある、又、遠きにかへりぬ。

1 藤原種継の子。参議、右兵衛督《うひょうえのかみ》。
2 藤原縄主の妻。『日本逸史』一八等に引かれる『日本記略』の記事では平城帝の寵愛を受けていたとするが、本作ではこの設定は活かされていない。3 周礼・春宮に見える吉凶を占う六種の夢。4 命数（運命）が決まることがあろうか、いやない。5 素朴で素直なこと。また古代日本的な心性。「（田安宗武）殿のよませたまふ御てぶりは、ひたぶるに直く雄々しき上つ代みこころして」（『天降言《あもりごと》』奥書）。春雨草紙（第二群）では「よわき」。6 この時期の医薬家出雲広貞（『日本後記』）に基づいて創作した名か。
7 底本「みこ」。8 今の鳥取県西部。
9 河内の高僧。史実では玄賓を召して加持を行わせたのは桓武帝病中のこと（『元亨釈書』）。『遠駝延五登』二に記事あり。10 称徳帝の寵愛を受け、皇位を狙ったが和気清麿にはばまれた。11 通例は「朝廷」と表記。12 底本「心」。

読みの手引き

ここで仲成・薬子というこの物語の鍵となる二人の近臣が登場する。帝自身が譲位を望んでいたとしても、彼らはその地位を脅かすものに対し、神仏の力を総動員して対抗する。ついには伯耆国から召還した高僧玄賓により桓武帝らの亡霊は追払われるに至るのであるが、その玄賓は「思ふ所」があるらしく朝廷を去る。『春雨草紙』（第一群）では玄賓が去る場面を欠き、また〔五〕で蛮人の車を墜落させたのも玄賓となっているが、長島弘明「『春雨草紙』の位置」（『秋成研究』東京大学出版会、二〇〇〇年、所収）は、この点より、玄賓が都に留まっていた初期の稿から「思ふ所」があって都を去る形への改稿は、「清廉の士としての玄賓像」と「奸佞の徒としての仲成・薬子」との対比を際立たせるための操作であり、更にそこには玄賓と同族の道鏡と仲成・薬子とのアナロジーが認められるとする。藤原種継暗殺の嫌疑をかけられた早良親王の霊の存在は、種継の子である仲成・薬子を登場させるための布石とする小澤笑理子の説（「「血かたびら」私解――稿本巻の人物造形の差異を中心に――」、『読本研究新集』第三集、二〇〇一年）をも考え合わせると、本作での仲成・薬子は道鏡のごとく皇位を私《わたくし》し、また父種継が殺されたことへの私怨を抱え持った存在ということになろう。ところで平城帝に薬を献じた「出雲の広成」は、『春雨草紙』（第一群）にのみ「御医出雲の広貞」と史実通りに記されている。広貞は大同三年に平城帝の命で『大同類聚方』を編纂した一人。「広貞」から「広成」へと改めたことになるが、これも史実からの一層の離陸を意図したものか。なお、「広成」の名を当代に求めると、中村幸彦『春雨物語』（積善館、一九四七年）解題が指摘する『日本後紀』大同三年八月十一日条に登場する難波の広成のほか、医家ではないものの平城帝の召問に応じて大同二年に『古語拾遺』を献じた斎部広成《いんべのひろなり》が思い当たる（〔五〕で同族の浜成も登場）。

〔四〕遊宴を楽しむ平城帝

仲成、外臣を遠ざけんとはかりては、くすり子と心合せ、なぐさめ奉る。よからぬ事申すも、打ゑみて、是等が[1]心をもとらせ給ぬ。夜ひ夜ひの御宴、琴、ふえの[2]歌垣、八重めぐらせ遊ばせたまふ。御製をうたひあぐる。そのおほん、

　[3]棹《さを》しかはよるこそ来なけおく露は霜結ばねば朕《われ》わかゆ也

[4]御かはらけとらせたまへば、薬子扇とりて立舞ふ。

　[5]三輪のとの神の戸をおし開からすもよ幾久々々

と、袖翻《ひるがへ》してことほぎたいまつる。御こころすがすがしく、[6]おひてならせたまふ。太弟のみ子、才学長じたまふを忌て、みそか言しらし奏聞《そうもん》する人あり。又、此み代にと急ぐ人もありと

1 気を遣う。2 多数の男女が歌い舞う遊宴。3 牡鹿は夜ごとに牝鹿を求めて鳴くが、まだ露が霜となる時分ではないのだから、私は若やぐことだ。先の桓武帝の歌「けさの朝け…」への返歌。4 酒杯。5 酒の神である三輪明神が社の戸をいっぱいに開いてこの場に降臨なさった、末永く末永くここに留まって下さい。「此の神酒は我が神酒ならず日本なす大物主のかみし神酒、幾久々々」「味酒三輪の殿の朝門にも押し開かね三輪の殿門を」（『日本書紀』崇神紀）。6 底本の誤脱か。富岡本「朝まつりごと怠らせ給はず」。7 第一代神武天皇。8 丈長の矛。9 底本「が」。10 お手にとって。11 第十代崇神天皇。「天わう日

いふ。みかど独ごちたまふ。「[7]皇祖《みおや》、[8]長矛《ながほこ》[9]に道ひらかせ、弓箭《ゆみや》[10]みとらして、仇《あた》を撃《うち》たまふより、[11]十《と》つぎの崇神《すじん》のおん時までは、しるすに事なければ、[12]養老の紀に見る所なし。儒道わたりて、[13]さかしき教へに、或はあしき事を[14]撓《た》め、或は[15]巧《たくみ》に枉《まが》りては、代々栄ゆるままに静ならず。[16]朕は[17]ふみよむ事うとければ、ただただ直きままに」[18]とおぼす。

向の国よりおぼしたたせたまひて、（中略）崇神のおほん時まで、御代は十嗣、歳は四百五十余年があひだ、しるさるべき事なきにぞ」（寛政改元）。
12 養老四年（七二〇）撰の『日本書紀』。
13 賢い。正しい理屈の。14 矯正する。
15 無理にねじまげる。素直ではなくなる。16「博《ひろ》く経書を綜《おさ》め、文藻に工《たくみ》なり」（『日本逸史』十五）との平城帝についての記事を反転させている。17 漢籍。
18 底本「と」ナシ。

読みの手引き

夜ごとに催される遊宴を、帝は享楽する。その最中、先の桓武帝の歌「けさの朝け…」への返歌を詠じている。通例、和歌において霜が結ぶのは（暮）秋から冬で、ここでは季節が巡り終わる冬まではまだ間があるといった意となろうか。さて、周囲からもたらされる東宮批判を受けての平城帝の言は、儒学が本邦へと渡来したことの功罪を述べるが、その語り口が功よりも、罪に傾いていることは容易に見てとれる。しかしそれはあくまで「独ごちたまふ」ものであって、帝は「直きまま」であることに充足しようとする。この箇所、富岡本・天理冊子本では「直きをつとめん」とある。努めて「直」くあろうとする富岡本・天理冊子本に比して、文化五年本には、「つとめ」ずしておのずと「直きまま」に留まろうという自然性において特色が認められる。ここにおいても平城帝は時勢に棹さすことはせず、どこまでも受け身の存在として描かれている。

〔五〕たび重なる凶兆、空海との問答

一日《ひとひ》、大虚《おほぞら》に雲なく、風枝《かぜえだ》[1]を鳴さぬに、空に物ありてとどろく音す。空海[2]まいりあひて、念珠《ねんじゆ》おしすり、呪文となふれば、すなはち地におつ。あやし、蛮人《ばんじん》[3]の車に乗てぞありける。斎部《いんべ》[5]の浜成《はまなり》、おちしとらへて櫃《ひつ》に納め、難波ほり江[4]に捨さす。一日、所の土を三尺穿《みさかほり》すてて、神やらひ[6]、をらび[7]声高らか也。皇太弟柏原[8]のみはかに詣で、密旨の奏文申たまへり。何の御こころとも[9]、誰つたふべきにあらねば、知るべきやうなし。天皇も一日御はかまゐりしたまふ。百官百司[10]、みさきおひ[11]、あとべにそなふ。左右《さう》の大将中将、御くるまのこなたかなたに弓箭と

1 「風条《えだ》を鳴らさず、雨塊《つちくれ》を破らず」（『論衡』是応）。太平の世を表わす語。2 平安前期の僧。真言宗開祖。3 黒色で魁偉な南方の異人。こうした怪異は不吉の前兆。4 『日本書紀』仁徳紀に高津宮の北側の河を掘削して海に通じさせた地とある。秋成は故流大和川の辺りと推定（『金砂』二）。また難波の堀江は『日本書紀』欽明紀・敏達紀等に仏像を投棄した場所として見える。5 忌部家は祭祀の家。『神別本紀』編者。「右京人正六位上忌部宿禰浜成等忌部を改め斎部となす」（『日本逸史』延暦二十二年三月十四日）。6 悪霊祓い。7 祝詞を

喚き叫ぶ声。「天仰《あめ》ぎ 叫び於良妣《おらび》」（『万葉集』一八〇九）8 「東宮日のさうそくたてまつりて、にはにおりてはるかにかしはばらの方を拝してあめしづくとなきうれへ申させ給ひしに（下略）」（『水鏡』）。『扶桑略記』『愚管抄』にも東宮が桓武帝柏原陵を拝したとの記事あり。
9 底本「と」衍字。10 前駆。11 後衛。
12 帯刀して。13 種々の飲食物を乗せた大机。14 神への供物をうずたかく積み上げて。15 色とりどりに和幣《にきて》を取りかけた様子は。16 歌舞音楽を司る役所。
17 労役のために徴発された民。丁。
18 大晦日の夜。19 天皇が乗る輿《こし》。
20 大伴氏の職務は宮廷の警固。21 平城帝が不例である。22 底本「と」ナシ。
23 底本「る」ナシ。24 前兆。25 （平城帝自身が）心を落ち着かせたので。
26 京都市北区鷹峰《たかがみね》。27 京都市右京区。栗栖野と共に天皇遊猟地。28 〔五〕注16参照。ここではその役人。29 初夜。
30 古代中国の聖王達。31 鳥獣を狩猟す

りしばり、[12]劔はかせてまもりたまへり。[13]百取《ももとり》の机に[14]幣帛《みてぐら》うづまさにつみはへ、堅木《さかき》の[15]枝々に色こきまぜてとりかけたる、神代《かみよ》の事も思はるるなりけり。[16]雅楽寮《うたづかさ》の人々立並《たちならび》て、三くさの笛、鼓のおとおもしろと、心なき[17]末のよぼろらさへ耳傾けたり。あやし、うしろの山より黒き雲きり立昇り、雨ふらねど[18]年の夜の闇に等し。いそぎ[19]鳳輦《ほうれん》にて、丁《よぼろ》等あまたとりつぎ、左右の大中将もつらを乱してそなへたり。「還御」高らかに申せば、[20]大伴《おほとも》の氏人《うぢびと》開門す。[21]「御つねにあらじ」[22]とて、くす師等いそぎ参りて、御薬てうじ奉[23]るに、かねておぼす御国譲りの[24]さがにやと[25]おぼしのどむれば、更に御なやみなし。みかはらけまいる。[26]栗栖《くるす》野《の》の流の小鰷《あゆ》に、[27]ならびの岡の蕨《わらび》とりそへ、膾《なます》や何やすすめまつれば、みけしきよく、[28]うたづかさ舞うたひつつ、[29]そ夜に月出て、ほととぎすひとふた声鳴わたるをきこしめして、大とのごもらせたまひぬ。あした空海まいる。問せたまへるは、[30]「三皇五帝いや遠し。かののちの物がたり聞《きか》せよ」となん。空海申す。

「いづれの国か教へに開くべき。『三隅の網の一隅は我に』[31]と云しが私の始也。ただただ御心直くましますままに、まつり事聴《きか》せたまへ。[32]日出て起、日入てふし、飢てくらひ、渇してはのむ。民の心にわたくしあらんやは」。打うなづかせて、「よしよし」とみことのらす。

るための網の三面を取り払い、ただ一面の分のみを得ることで充足しようとしたことで民からの賞賛を得た殷の湯王の故事（『三国志』殷本紀）。「蕩が、網の三隅をのぞきて一隅をえん、と云しは、私の始なり」（『胆大小心録』）。32 帝堯が治世の平らかなるを知った民の歌。「日出て作り、日入りて息《いこ》ふ。井を鑿《うが》ちて飲み、田を耕して食ふ。帝力何ぞ我にあらんや」（『十八史略』帝堯）。

読みの手引き

蛮人の到来という凶兆に対処すべく、空海・斎部浜成が動員され、ひとまずは事なきを得たかに見える。これに続く百官百司が付き従っての柏原陵参詣について、語り手は「神代《かみよ》の事も思はるるなりけり」との感慨を漏らす。さまざまな色彩と音楽に飾られたこの場面は、古代的な雰囲気に満ちているように見えて、しかし「神代」は飽くまで「思はるる」ものでしかない。理念型としての「神代」の現前はもはやありえないことを自覚した語り口と言えようか。事実、この行幸もまたつつがなく行われはしない。その後の平城帝の問いに対する空海の返答は、「私」を排した「ただただ御心直くましますまま」という非能動的な態度こそが太平への道であると説くものであるが、これが〔四〕での「ただただ直きままに」という平城帝の言の反復に過ぎないことは容易に看て取れる。先述の通り当該箇所は富岡本・天理冊子本とは異同があり、文化五年本での両者の言辞の一致度が最も高い。

さて、これまでにも繰り返し用いられている語「直き」ついて、山本秀樹「「血かたびら」臆断」（『国語国文』第六〇巻第七号、一九九一年七月）は、『論語』季氏編に「益者三友」として「直」が、また「損者三友」として「善柔」が数えられていることから、この二つは本来反意語であることを指摘し、富岡本において「直き」の語が会話文にのみ使用されていることも、善柔・直の相反した位置を反映したものと捉えている（文化五年本では〔八〕及び〔九〕に二例、「直き（く）」と語り手が述べる箇所あり）。これに加うるに、本作において「善柔」が地の文にのみ登場する語であることも注意されよう。〔二〕の「たよわき」についても同様かと思われるが、〔三〕で触れたごとく、薬子の発言「御心の直きにあしき神のよりつくぞ」の「直き」が、『春雨草紙』（第二群）では「よわき」とされている点を勘案するならば、単純に「直き」を肯定的、「善柔」を否定的な語とは処理し難い部分もあるように思われる。加藤裕一「「春雨物語「血かたびら」考――平城帝の形象化をめぐって――」（『実践女子大学文学部紀要』第二一集、一九七九年三月）や嶋田彩司「『血かたびら』の形象――歴史小説と真淵学の意味合い――」（『早稲田大学大学院文学研究科紀要 文学・芸術学編』別冊第十一集、一九八五年一月）など、従来より「古へは只詞も少く、ことも少し。こと少く、心直き時は、むつかしき教は、用なきことなり」（『国意考』）

などといった賀茂真淵の言説に基づいて、本作の「直き」を日本における儒教渡来以前の古代的かつ理念的な心性と解する論も多い。いずれにせよ、本作における「直き」の語は、極めて両義的で捉えがたい位相にあることは間違いなく、未だ考察の余地を多く残していよう。なお、注に記したように蛮人を櫃に籠めて捨てた堀江川は『日本書紀』において仏像が投棄された場所、すなわち外から到来した存在が排除される地であった。秋成は『日本書紀』における堀江川のこうした役割を意識しつつ、この場面に転用したのであろう。

〔六〕皇太弟との問答から譲位へ

太弟参り給へり。御物がたり久し。のたまはく、「周は八百年、漢家四百年、いかにすれば長かりしや」。太弟こたへ給はく、「長しといへども、[1]周は七十年にしてやや衰ふ。漢も亦《また》、[2]高祖《かうそ》の骨はたいまだ冷ぬに、[3]呂氏《りよし》の乱おこる。つつしみの怠りにもあらねど、[4]天の時にかあらん」。問せたまふ。「天とは[5]日々に照しませる皇祖神《みおやがみ》の御国ならずや。[6]はかせ等、天といふ事多端《たたん》也。又、[7]仏氏《ぶつし》は、[8]『天帝も[9]道にくだりて聞』と云。あ

1　四代昭王の時代に国威が衰退した。2　前漢の初代皇帝劉邦が没して間もなく。「周道漸七十年にして衰ふ。漢は高祖の骨いまた冷ぬに、呂氏の乱あり、八百年、四百年をとなふれとも、干戈百年の息なし。」（『茶瘕酔言』）3　劉氏一族と陳平・周勃らが、劉邦の皇后呂后の死後に政治を独占していた呂氏一族を共闘して討った事件。4　時運。天運。5　皇祖天照大御神の治める高天原。6　経書を講ずる明経博士。他本では「儒士」。

なあな、天といふ物の、愚なるにはこころ得がたし」と。太弟御こたへなくてまかん出たまへり。あした御国ゆづりの宣旨《せんじ》くだる。

7 仏家。僧侶。8 帝釈天。9 帝釈天が釈尊の説法を聴くために須弥山から下りてきたとの故事を踏まえる（『法華経』）。『胆大小心録』『七十二候』等に同趣の文章あり。

読みの手引き

ついに譲位の宣旨が下される。すでに作中には幾度も譲位への予兆めいた出来事が描かれているのだから、さして劇的な展開ではない。とはいえ、譲位の宣旨が出される直前に皇太弟との対話が置かれていることの意味は一応考慮されてよい。注でも部分的に示したように、当該問答と近しい内容は、本作とほぼ同時期に執筆された秋成の他の文章に散見する。特に『茶瘕《か》酔言』の「天と云語、儒士のいふ所多端也。はかるへからす。仰くも天、命数夭寿も天、福禄美名も天とす。仏氏は天帝も我につかふとす。この国開初に云ところ、混沌不レ可レ計と云り。理数にのかれて、是を用ふへき歟。」との部分は、ここでの平城帝の発言と極めて近い。『茶瘕酔言』と一致する記事が認められないのは、「天とは日々に照しませる皇祖神の御国ならずや」との平城帝の言である。「愚なる」自分には「天」という概念が理解できないと述べる平城帝にとって、「天」とは漢語としての「天《テン》」ではなく、あくまで和語としての「天《あめ》」なのであろう。ここに平城帝と皇太弟の立場の隔たりが鋭く際立たせられている（平城帝が自身を「愚なる」としているのは文化五年本のみ）。なお、皇太弟の発言中に「天の時」との語が見えるが、富岡本・天理冊子本ではこの語は平城帝の側から発せられている。如上の対比を踏まえるならば、「天《テン》」を熟知した「聡明」な皇太弟からこの語が発せられる文化五年本の方がより自然な流れと言えようか。

〔七〕旧都への愛着

ふる[1]さととなりし平城《なら》にお[2]り居させたまはんとぞ。元[3]明より先帝《せんだい》まで、なな代の宮どころなりし。むかしは、宮[4]楼、殿堂、「[5]さく花のにほふかごとく今さかり也」とよみしを、おぼし出させてや、いそがせたまへりけん。日をえらびていでたたせましませる。[6]鸞輿《らんよ》を宇治にとどめさせて、しばしながめさせたまふ。おほん打出させたまへり。

[7]ものの夫よ此はし板のたひらけくかよひてつかへ万代《よろづよ》まで
に

是をうたはせて、[8]うた人等吹しらべ奏す。[9]奈良坂にて[10]夕みげま

1 旧都。2 帝位から退く。3 第四十三代元明帝より第五十代桓武帝まで。4 宮殿と楼閣。5 「あをによし奈良の都は咲く花の匂ふが如く今盛りなり」（『万葉集』三二八・小野老）。6 天子の乗る輿《こし》。鳳輦。7 私に仕える武士たちよ、この宇治川に掛かる橋板の平らなごとく、通って仕え続けよ、いつまでも。8 雅楽寮の役人たち。9 山城国と大和国の境。なお、天理冊子本・富岡本ではこの前に薬子らの和歌の唱和がある。10 夕食。夕御餉。11 上皇の食事。12 ヒノキ科の常緑低木・小高木。13 「奈良山の児手柏のふたおもにかにもかくにも倭人《ねぢけびと》かも」（『万葉

ゐる。薬子[11]御だいまいる。[12]「このてがし葉は」などと問せたまふ。「それは[13]ねぢけ人にこそ。直々しきには、いかで」と申す。「よし」とみ言《こと》のらせて、[14]古宮に夜に入て入らせたまひぬ。あした、御簾《みす》かかげさせて、見はるかせたまへば、[15]東は、春日・高円・三輪山、みんなみに鷹むち山をかぎりたり。西は、かつら木・たかんま・いこま・ふたかみの峰々、[16]青墻《あをがき》なせり。[17]「むべも開初《ひらけはじめ》より宮どころとえらび定めたまふを、先だいのいかさまにおぼしめせばか」と、ひとりごたせぬ。北に、[18]元明・元正・聖武の御はか立《たち》ならぶと聞《きこ》し召て、はるかに伏拝《ふしおが》ませたまふ。大寺の甍《いらか》たかく、[19]層塔数を[20]かずろへさせぬ。城市の家どもも、いまだ今の帝都にうつりはてねば、故さとともあらず。

集』三八三六・消奈行文)。児手柏は両面が青く区別がないことから、心の表裏を使い分けることに喩えられる。14 かつての内裏。15 旧都奈良から眺められる山々の名が以下に連ねられる。
16 青々とした山が、垣のように周りを取り囲んでいる様子。17 なるほど。もっともなことに。18 以下、順に第四十三代より第四十五代天皇。「抑さほ山の南のみさゝぎと申すは、聖武天皇をはうぶり奉りし也（中略）なほ山なる東の陵は元明天皇、西は元正てんわうのおほんなり」（『山裹』）。藤貞幹は明和六年に該地へ赴き「元明天皇御陵碑」を発見している（『奈保山御陵碑考』『好古小録』）。
19 幾重にも重なった高い塔。20 原文ママ。「数ふ」の意か。

読みの手引き

譲位の後、平城上皇は平安京から逃れるかのように旧都奈良に退隠する。上皇が嫌ったのは、単に場所としての平安京ではなく、そこに横溢していた外来文化による新たな時代の息吹にほかならない。語り手もまた『万葉集』の国ぼめ歌・国見歌を想わせる語彙を用いて旧都を描写し、薬子もまた上皇に仕えている自分たちが「直々しき」古代的心性を共有していることを述べ、上皇への忠誠を誓う。旧都を見つめる上皇がひとりごちる「いかさまにおぼしめせばか」は、はやく日本古典文学大系の中村幸彦注が指摘しているように、近江荒都歌を歎く人麻呂歌の「いかさまにおぼしめしてか」（『万葉集』巻一・二九）を踏まえた表現であり、人麻呂の天智天皇への不審が、ここでは上皇の桓武帝への不審に読み換えられている（飯倉洋一「『血かたびら』の語りについて」（『秋成考』翰林書房、二〇〇五年、所収）に詳論あり）。いずれにせよ、こうした上皇の旧都（及びそこに体現される古代日本的な心性）へのただならぬ愛着が、この後の薬子の変勃発の淵源となっていよう。なお、天理冊子本・富岡本では「ものの夫よ」歌の後に、薬子ら近臣が和歌を唱和し、それに上皇が寸評を加える場面がある。文化五年本が当該記事を欠くことについて、「平城帝と周囲との隔絶」を強調するための操作であるとする小澤笑理子の説がある（〔三〕前掲論文）。

〔八〕東大寺の大仏参拝

[1]東大寺の毘盧舎那《びるしゃな》仏拝まんとて、いそぎ出させたまふ。見上させて、「思ふに過《すぎ》しみかたち也。[2]西のはての国にうまれて、

1　奈良東大寺の大仏。2　天竺。現在のインド。3　百済王敬福《くだらのこにきしのきょうふく》が陸奥守在任時の天平二十一年（七五〇）、陸奥国で黄金が産出し、大仏制作のため献上され

この[3]陸奥山《みちのくやま》の黄金《こがね》花に光そへさせしよ」と、御戯のたまふ。ちかくまゐりし法師の申す。「是は[4]華厳《けごん》と申御経にとかせしみかたちなり。如来《にょらい》のへんぐゐ、[5]大にあらせば虚空《おほぞら》にせはだかり、ひぢめては芥子《けし》の中に所えさせたりと申す。まこと肖像はここにもわたしたる中に、御足のうらに開元[6]のとしを鐫《ゑ》らせしが、[7]竺《ぢく》国にて三たびの御かたち也。[8]五尺にわづかに過させしよ、と[9]をろがみたいまつるとかや」。露《つゆ》うたがひたまはぬ御ほんじやうにて、[10]御烏帽子《ゑぼし》かたぶけさせたまふ。かく直くましませるを、薬子・仲成等、あしく[11]ためんとするこそ、いとほしけれ。

た。『万葉集』巻一八の大伴家持歌「すめろぎの御代さかえむと東なる陸奥山にこがね花さく」（四〇九七）はこれを賀したもの。4『華厳経』。5「かの忠胤の説法に、大身を現ずれば、こくうにせはだかり、小身を現ずれば、芥子のなかに所ありといへりけるが、いみじき和哥の風情にて侍なり」（『無名抄』哥の風情忠胤が説法に似たる事）6 唐の玄宗皇帝時代の年号（七一三〜七四一）。あるいは「開眼」の誤りか。7 天竺国。仏像に三種の大きさがあるとの意か。8 一・五メートルほど。9 拝み申し上げる。「烏呂餓瀰《をろがみ》て仕へ奉らむ」（『日本書紀』）10 底本「子」ナシ。11 悪い方へねじ曲げようとする。

読みの手引き

大仏を見上げた際、富岡本・天理冊子本での平城上皇は「いぶかし」と最後に漏らすのだが、文化五年本にはそうした直接的な仏教批判の発言はなく、「御戯」にささやかな揶揄を向けているに過ぎない。法師の言葉も素直に受け容れている様子で、ただ烏帽子を傾けて僅かに不同意らしき所作を示すのみである（ただし富岡本・天理冊子本では薬子・仲成の行動に対して上皇は烏帽子を傾けている）。そうした上皇の態度を、語り手は「かく直くましませる」と評しつつも、そうした「直き」ありようが、薬子らによって変質させられてゆく展開を予告的に語る。直後の〔九〕でも「直きには、又是に枉《まげ》られて」と同趣の語りが反復されており、平城上皇の「直き」ありようの持つ肯定的な意味が、もはや失われつつあることを告げているかのごとくである。

〔九〕薬子・仲成のたくらみ

御台まいる。いとようきこしめして、「難波とやらのちかくで、[1]あぶり物うまし」とぞ。薬子申。「[2]なにはに宮古《みやこ》あらせしみかどは、[3]御ちち帝の、[4]弟みこをわきていつくしませしかば、[5]『神さり給ふ後に、御おとうとの皇子に、御くら居《ゐ》あらせよ』とありしを、宇治のみこ、『兄にこゆるためしやある』とて、三歳までゆづりかはしたまへば、難波の[6]蜑《あま》が貢の真魚《まな》、[7]いづれ

1 焼き魚。「炙魚　アブリモノ」（易林本『節用集』）。2 第十六代仁徳天皇。難波高津宮への遷都を行った。大鷦鷯尊《おおさざきのみこと》。3 第十五代応神天皇。4 菟道稚郎子《うじのわきいらつこ》。応神天皇の皇子。5 仁徳天皇が崩御した後には。6 漁師。7 仁徳天皇と菟道稚郎子のどちらに奉るべきか迷って。

に奉りまどひて、『[8]海人《あま》なれや、おのが物からもて[9]いさつ』とうたになげきしが、遂に兎道《うぢ》のみ子、自《みづから》刃にふしたまひしを、いにしへにも、もろこしにも、ためしなき聖王とかたりつたへぬる。わづか四とせにて下居《おりゐ》させしは、御こころの直きから[10]のたわやぎ也。ゆづらばとて、即高きに昇らせし今の帝の御こころまがれり。もろこしのふみよみて、[11]かしこの簒《うば》ひかはるあしきためしをためしとして、[12]御くらには登らせし也。あな恐し。難波の帝のためしにかへさせて、今一たび、[13]たひらの宮にたたせ給へ。百官百司、民の心もしかあらばやとねがふと聞。太弟のからぶみにさかしだちて、まつりごと[14]おにおにしく、[15]こちごちしくて、『世はこの末いかに』となげくとや。いそぎ一たび[16]の宣旨をやめさするとなん、御つかひあらせよ。仲成つかふまつらん」と、[17]すずろぎたてる。直きには、又是に枉《まげ》られて、奈良の宮づかへする臣等にはかり問《とは》すれば、誰御こたへ申人もあらず。

8「故に諺《ことわざ》に曰く、海人《あま》なれや、己が物から泣《ねな》く」（『日本書紀』仁徳紀）9 泣く。「明王、天に仰ぎて、大に息《なげ》き涕泣《いさつ》」（『日本書紀』欽明紀）。10 優しく弱々しい。「是は御心のたわやぎにあだ夢とおぼししらせたまへども」（天理冊子本「血かたびら」）。11 簒奪により王朝が変わる中国の政治体制。ここでは批判的に捉えられている。12 天皇の位。御位《みくらい》。13 通例、平安京の意であるが、あるいは平城京を指すか。史実では薬子らは平城京への遷都を策謀。木越治「ふたつの「誤り」から」（『江戸文学』三六）参照。14 鬼のようで荒々しく恐ろしい。15 ごつごつとしてなめらかでないさま。先の「おにおにし」と共に嵯峨帝の漢風への傾倒を象徴する表現。16 譲位の宣旨。17 殊更けしかける。「翁のよめるてぶりをも、このついでに世にあらはせよかしと、れいのすずろぎたてるを」（「あがたゐの歌集序」）。

読みの手引き

薬子は、『日本書紀』に見える大鷦鷯尊《おおさざきのみこと》（仁徳天皇）と菟道稚郎子《うじのわきいらつこ》の兄弟が皇位継承に際して、互いに譲りあったという話を引き合いに出しつつ、唐風かぶれの嵯峨天皇が行ったのは私意に基づく皇位簒奪に等しいものと批判し、兄たる上皇に位を返上すべきであると説く。諸本と比較して際立つのは、ここでも平城上皇の発話の乏しさである。そもそも薬子の主張は王位簒奪を批判するために簒奪を行おうとするものであって甚だ矛盾している。富岡本での上皇は「あなかま」と、そうした薬子の発言を退けようとするのだが、文化五年本では何ら言葉を発しない。文化五年本での平城上皇の消極性・受動性は際立っている。結局、上皇は薬子に押し切られ、近臣らに意見を求めてもそれに応える者はいない。「直き」心性こそが、結果として薬子らによる反乱を促してしまう。ここでの上皇はそうした隘路に陥っているのである。

〔一〇〕薬子の変とその後

仲成、[1]兵衛のかみなれば、此そなへに[2]昆明池《こんめいち》にならひて、[3]さほ川に戦ひならはせしかば、都に「しかじかの事」とはやも告げて、又、市町のわらべ歌に、

1 仲成は内裏の諸門・行幸の警護等をつかさどる兵衛府の右兵衛督《うひょうえのかみ》。2 漢の武帝が水軍の訓練を行うために長安城の西南に掘らせた池。（『漢書』武帝紀）。

[4]花はみなみに先咲からに、雪の北窓心さむしも
[5]いよよおどろかせたまひて、奈良の近臣をめされ、推《おし》問せたまへば、「是、薬子・[6]仲成に事おこる。この春正月のつい立あした、れいのみくすりまいらす。[7]屠蘇《とそ》・びやく散《さん》たいまつりて、[8]度嶂《としやう》さんたいまつらず。『いかなりや、ためしは』と、問せたまふ。薬子が申。『あやし。君、[9]峭壁《せうへき》をこえさせたまふまじきに。奈良坂たいらかにこそあれ。[10]青垣めぐりて、わづかに此[11]みかきの内だに、[12]ことごとは貢《みつぎ》もの奉らず。悲し悲し』と、[13]ちらしつつ、泪《なみだ》を袖につつみて立さる時、御まへに在て聞」と申す。「さらば」とて、即《やがて》官兵を遣はされ、仲成をとらへて首刎《はね》させ、くすり子は家におりさせてこめしをらす。又、御子の[14]高丘《たかをか》親王は、今の帝の、上皇の御こころとりて、[15]まうけの君と定まりしをも停《とど》めて、「僧になれ」と、宣旨くだる。親王、改名真如と申す。[16]三論を[17]道詮に[18]まなび、真言の密旨を空海に授かり、猶奥あらばやとて、貞観三年に唐土にわたり、行々[19]葱嶺《さうれい》を

3 春日山の東から、奈良市北部を通り、さらに南流して複数の川と合流、大和川の上流である大川となる川。 4 南は南都すなわち平城京の平城上皇を指し、北は平安京の嵯峨帝を指す。嵯峨帝の治世を諷刺した童謡。 5 いよいよ。ますます。 6 底本「中成」。 7 正月に以下の三種の薬を天皇・中宮に献ずる慣例があった（『延喜式』） 8 山中の毒気を防ぐ効用がある薬。 9 険しい崖や城壁。
10 大和国の周囲の山々。
11 平城京（に住む平城上皇）にすら。
12 事毎は。
13 言い散らす。言いふらす。
14 平城天皇の第三皇子。以下の記事、『元亨釈書』十六釈真如に拠る。
15 皇太子。
16 南都六宗の一つである三論集の経典。中論（中観論）・十二門論・百論。
17 平安時代前期の三論宗僧。
18 底本「に」ナシ。
19 パミール高原の中国名。

こえて、羅越《らを》[20]といふ国にいたり、御心ゆくままに問学ばせたまひしとぞ。「このみ子、天のしたしろしめさば」と、上下の人、皆申あへりき。

20 ラオス、あるいは現在のシンガポール付近とされる。高岳親王が没した地。

読みの手引き

王位簒奪のためのクーデター（薬子の変）へと向かう動きは、否応なく進んでゆく。そこにはもはや上皇自身が介在する余地はないかのようだ。漢の武帝にならって佐保川で軍の教練を行う仲成は、外来文化を嫌う平城上皇の意向を遙かに飛び越えてしまっているが、「昆明池にならひて…」との表現が見えるのは文化五年本のみ。この池の様子を描いた昆明池障子《こんめいちのそうじ》が寛政度の復古大内裏造営の折、裏松固禅の考証（『大内裏図考証』一一上）に基づき、清涼殿の孫庇に設置されたことに鑑みれば、ここでの仲成の行動も彼なりの仕方で王権の発揚を目指したものと解することができる。ともあれ、富岡本では仲成が京都府南部を流れる泉川で挙兵する旨を上皇に対して述べているだけで、水軍の教練を行った旨は描かれておらず、天理冊子本では水軍に関する言及すらない。加えて、嵯峨帝側が薬子・仲成のたくらみを知る過程も他本とは微妙に異なっている。文化五年本では仲成が水軍の教練を行って戦の準備を整えた後、都に「しかじかの事」（復位の詔勅か）を伝え、その後、童歌に嵯峨帝の治世批判が謡われたことで、嵯峨帝はますます驚いた、という展開である。一方、天理冊子本・富岡本では、仲成がクーデターによって「稜威《みいつ》しめさん」としていたところ、その計画が童歌の形で図らずも都の嵯峨帝側の知るところとなったように読める。いずれにしても、文化五年本では他本に比して、上皇の庶幾するものとはズレた所で事態が進んでゆくことが強調された形である。ちなみに、唐突に記される高岳親王について、史実では親王は天竺へ向かう途上の羅越国で没しているのだが、富岡本・天理冊子本では親王は帰朝したとある。文化五年本は史実からの離脱が顕著であることが従来より指摘されているが（長島弘明「『春雨物語』の自筆本と転写本」、前掲『秋成研究』所収）、高岳親王の事蹟に関して言えば、文化五年本のみが史実に即した記述となっている。以上、当該場面は物語が大きく動く箇所であるだけに、他の諸本に比して、文化五年本にこれだけの独自性が認められることの意味は、未だ考察の余地があるだろう。

〔十一〕薬子の血、上皇の過誤

くすり子はおのが罪は悔《くや》まで、怨気《ゑんき》[1]ほむらにもえのぼり、ついに刄にふして死ぬ。この血、帳《ちやう》[2]かたびらに飛走りて、ぬれぬれと乾かず。たけき若ものら、弓に射れどなびかず。刄にう

1 火炎のように。
2 几帳に用いられた絹。史実では服毒自殺。

てば、かへりて欠《かけ》そこなはるるとなん。上皇にもかたく[3]しろしめさざれど、近臣等にみことのらす。上皇、「あやまりつ」とて、[4]御ぐしおろしたまひ、御よはひ[5]五十弐まであらせしとなん、いひつたへる。

3 全くご存じないことであるが。
4 剃髪する。
5 「後に天長元年七月に至り、聖寿五十二を以て登遐す」（『日本春秋』）。ただし『日本逸史』等に見える史実では享年五十一歳。

読みの手引き

「ぬれぬれと乾」くことのない血。標題の由来でもあるこの場面は、末尾にやや唐突に現われる怪異として、強烈な印象を読者に与える。この箇所は、中村博保「「血かたびら」と寓ごとの方法」（『上田秋成の研究』ぺりかん社、一九九九年、所収）によれば『五雑組』巻五人部一に「血逆流して柱に上ること二尺三尺」「其血地に在、之を去れども滅せず。此冤気也」（原漢文）などとある晋の司馬睿が下級官吏の淳于伯を処刑した場面、また徳田武「『春雨物語』「血かたびら」の一典拠」（『江戸風雅』第四号、二〇一一年六月）によれば宝暦十二年刊『忠孝夜話』所収「血飛上幡」及び『捜神記』巻十一で東海の孝婦が冤罪のために刑死される場面の転用と考えられるが、いずれにせよ、以上の典拠作と同様、ここでの血が薬子の怨念の暗喩であることは明らかである。しかし、それと対照的なのが「あやまりつ」とのみ述べて出家する平城上皇の姿であろう。秋成は、かつて寛政への改元に際して記した文章において、「君は神ながらに直くましまし、臣達はわたくし心をおもはず、民くさは偽をならふ事なきにぞ、うらやすの国とたたへをへ奉るべき御代御代也ける」（『寛政改元』）と、十代崇神天皇までの治世を讃えているが、本作で描かれたのは、これと逆の事態である。「直き」ままに統治されていた古代を憧憬しながらも、平城上皇はそうした時代の終焉に立ち会わねばならなかった。「直く」あることが、すぐさま「善柔」へと反転させられてしまう時代の到来。だが、全ては上皇の与《あずか》り知らぬ所で不可逆的に進行していた。語り手が「上皇にもかたくしろしめさざれど」と念押ししているように、上皇自身に罪を負わせるような要素は徹底して排除されている。薬子の血の鮮烈さは、彼女の怨念よりも、むしろそれと対蹠的な上皇の無力さを浮き彫りにしていよう。

天津をとめ　第二回

〔一〕嵯峨帝の治世

嵯峨[1]《さが》のみかどの英才、君としてためしなければ、御代《みよ》押し[2]しらせたまひて、万機[3]《ばんき》をもろこし[4]のためしに学ばせたまふによりて、歌も文もからざま[5]にのみうつして、皇女[6]と申せども、「木[7]にもあらず草にもあらぬ竹のよの」、又、「毛[8]をふき疵《きず》をもとむ」など、口つきこはごは[9]しくて、国ぶり[10]の歌よむ人は、おのづから心まけて、おとろへ行くめり。平[11]の上皇、わづか四とせにておりゐさせしを、内々には取りかへさまほし[12]く、一たびはおぼしなりしかど[13]御ぐしおろしたまひて後は、いと静かに行はせ給ひぬ。嵯峨のみかどもおぼしやらせて、御弟の大伴[14]《おほとも》を皇太[15]弟となしたまひて、なぐさめたまへる。「是はたふとき御心」となん、人申す。

1 嵯峨天皇（第五十二代）。桓武天皇の第二皇子。2 統治なさって。お治めになって。「押し」は、接頭語。3 多くの重要な政務。特に、天皇の政務。「馬子に伏せられて、もとより仏道の欲情相かなひしままに、万機を馬子の思ふにしたがひ、」（『胆大小心録』一五八段）。4 中国の例。5 唐様。中国風。6 高津内親王（桓武天皇の皇女）。嵯峨天皇妃となる。7 「木にもあらず草にもあらぬ竹のよのはしにわが身はなりぬべらなり」（『古今集』九五九。左注に、「ある人のいはく、高津のみこの歌なり」とある）。晋の戴凱之『竹譜』に、同様の表現がある。8 「なほき木にまがれる枝もあるものをけをふききずをいふがわりなさ」（『後撰集』一一五五・高津内親王）。『韓非子』「大体」に、同様の表現がある。9 生硬である。無骨である。「言のこはごはしき、ほしきままなる、かの海賊が文としらる。」（富岡本「海賊」）。「きちかうは唐ことにこはごはしけれど、」（『藤簍冊子』五「雨かはづ」）。10「嵯峨の御代には専ら詩文を好ませ給ひける故に、簾中にても皆詩をよく作らせ給ひて、歌はまれまれによませ給へり。」（『古今和歌集打聴』十八）。11 平城上皇（第五十一代）。桓武天皇の第一皇子。12 底本「ま」欠。13 底本の字体、「に」に近い。14 後の淳和天皇（第五十三代）。桓武天皇の第三皇子。弘仁元年（八一〇）立太子。15 皇位を継ぐ、天皇の弟。

「天津をとめ」という題名は、『古今和歌集』巻第十七に載る良岑宗貞の歌による。

五節のまひひめを見てよめる　　よしみねのむねさだ

八七二　あまつかぜ雲のかよひぢ吹きとぢよをとめのすがたしばしとどめむ

読みの手引き

良岑宗貞は後の遍昭の俗名である。宗貞は、本編でも重要な役割を担う人物であるが、物語では後半に登場する（〔六〕）。

本編でまず登場するのは嵯峨天皇で、前編「血かたびら」に連なる時代の様相が語られる。嵯峨天皇は、「英才」によって、唐風にならった政治を断行する。その嵯峨天皇に対して、前帝にあたる平城上皇はわずか四年で手放すことになった皇位を奪還しようと挙兵するも果たせず、出家をする（弘仁元年〈八一〇〉）。このくだりには、言うまでもなく、藤原薬子、仲成らによる平城上皇重祚の企みが背景としてある。富岡本では、「上皇わづかに四とせにており居させたまひしを、下なげきする人も少なからざりき。『今一たび取りかへさまほしくおぼしぬらん』と、ひたひあつめて申しあへりとぞ。」とあって、そのことが示唆されている。平城上皇の譲位を嘆く周囲の声や画策を語る富岡本に対して、文化五年本にはこうした表現はなく、直接平城上皇の思惑として記す。両者の平城上皇像の相違、また文体の相違が表れている。

〔二〕桓武帝の遷都の例

さて、御位ゆづりありて、[1]嵯峨《さが》と云ふ山陰《やまかげ》に、[2]下《お》り居《ゐ》の宮、[3]茅茨《ぼうし》きらずのためしに、[4]いとかろらかに、いとやすく作りはてしかば、うつらせたまふ。是《これ》は[5]先《せん》だいの、[6]平城なな代の結構、この邦《くに》にはためしなければ、はてはていかにとて、[7]瑞《みづ》

1 現京都市右京区の地名。嵯峨天皇の隠居の跡を、後に大覚寺としたといわれる。2 上皇の御所。仙洞。3 堯（中国古代の王）が、屋根に葺いた茅や茨の先も切り揃えないような、簡素な作りの宮殿に住んだという故事にならって。『十八史略』「帝堯」に見える。「みづ垣の

がきの宮、ふし垣の宮にかへさせしとぞ云ふ。されど、[8]長岡《ながをか》はあまりに狭し。王臣等、家もとめ煩《わづら》ふ。民は[9]まいてなり。「是はあやまりつ」とて、今の[10]たひらの地をひらきならして、[11]奇岩《くしいは》ま戸《ど》、豊《とよ》いはまどの神々に[12]ねぎごとうけひて遷《うつ》らせしが、人の心は[13]花にのみさかゆくものにて、いつしか王臣のねがふままに、又、殿堂も大かた奈良の古きにかへさせたまふを、老いたる物知《ものしり》は、「[14]賈誼《かぎ》が[15]三代の物がたり、賢臣どもいさめたてまつるは、まこと也けり」と、漢書《かんじよ》の其《そ》のわたりよみて、[16]みそかせりとなん。

宮・ふし垣のみやなどと、茅茨きらずの結構ありし。」（『胆大小心録』一五八段）。「茅茨《のきば》も不剪《やりばなし》にして、外聞をかまはせられぬ代なりしとや。」（『書初機嫌海』上）。
4 たいへん手軽に、たいへん質素に。
5 先代の桓武天皇が。 6 奈良の都の七代にわたった構えを。平城京は、元明天皇（第四十三代）から桓武天皇（第五十代）までの七代の都。唐の都である長安を模して造成された。 7 「瑞がき」は皇居などの周囲に設けた垣、「ふし垣」は柴で結った垣。質素な宮殿の作りをいう。注3『胆大小心録』一五八段参照。
8 長岡京。現京都府南部に造営された。延暦三年（七八四）、桓武天皇が平城京から遷都。 9 まして。なおさら。
10 平安京のこと。延暦十三年（七九四）、長岡京から遷都。「桓武天皇延暦三年に、奈良の京を、長岡に遷させ給ひ、十三年に今の平安城《タヒラノミヤコ》に遷させ給へば、」（『よしやあしや』一）。 11 ともに、「門戸にて、戸々を守りて、邪気を入れしめざる神々」（『金砂』五）。12 祈りを捧げて。「我がともがらのねぎごとに、『ぬしはかたかれ、柱は弱かれ』と申すは、此の御物がたりにもかなふらめ。」（『藤簍冊子』六「鶉居」）。13 華やかな方にばかり関心が集まる。富岡本「花にのみうつり栄ゆる」。「今の世中いろにつき人の心花になりにけるより」（『古今集』仮名序）。14 中国漢代の儒者。15 中国古代の夏、殷、周の三代。賈誼は、文帝に招かれ、中国古代を理想とした様々な改革案を進言。しかし、家臣たちに反対されて左遷された。『漢書』「賈誼伝」に見える。16 人に知られないようにこっそりするさま。ここでは、内緒話。

読みの手引き

譲位した嵯峨上皇が移り住んだのは、簡素な宮であった。そこから、桓武天皇の遷都の例に筆が及ぶ。奈良時代七代の天皇にわたる都であった平城京に対して、秋成は、『胆大小心録』一五八段にあるように、きわめて壮大なイメージを抱いていたようである。

○　奈良にいたりて、壮観大なり。東西の京をわかち、殿堂十歩に一楼の文華に似たり。

○　奈良の造営の美観にもまさりて、東大寺の毘盧舎那仏、五丈余の大像をつくりて、殿堂は雲につき入るばかりなり。

また、『諸道聴耳世間狙』四「兄弟は気の合はぬ他人の始」では、主人公の兄弟の住む町が次のように語られる。

人の心すなほにて、仮にも偽りをかざらず、上をたふとみ下を憐れみ、行くものは道を譲り、耕すものは労を助けあひて、花の吉野、紅葉の竜田、何に不足なき上国なり。むかしむかしの京寧楽《なら》の町に、鵜飼や伊左衛門、伊兵衛とて、色も香もある墨商人、軒をならべて兄弟住みけり。

古代の都奈良に住むのは、素直で偽りがなく、礼節をわきまえ、またお互いに助け合う人々である。そのような奈良は、理想的な「上国」と語られる。秋成の、上代に対する心象が表れているものと考えられる。

「天津をとめ」では、桓武天皇は、平城京から簡素な長岡京に遷都する。ところが手狭な長岡京は結局失敗に終わり、再び平安京へと遷る。今の都平安京は、再び平城京のような構えに戻ったが、注意すべきは、それが「人の心は花にのみさかゆくもの」というならいの結果であるという点である。物語ではこの後、ただただ華美に流れる時代の様相が描かれる。

〔三〕嵯峨上皇と空海との手跡争い

上皇の、「下居の宮にも、わかう花やぎたまへるままに」とも申す。[1]草隷《さうれい》をよく学び得たまひて、おほく海船のたよりに求め選ばせ、大かた御[2]心ゆくめり。[3]空海もよく手書を友として、[4]法務のほかにも度々参らせ給ふ。「是、近き頃得たり。[5]義之《ぎし》が真蹟なり。よく見よ」とて、取り下させしかば、見あきらめて申す。「是は、海、[6]かの土に在《あ》りて手習ひし跡也。しるし見たまへ」とて、裏をかへして、はしの方見せたてまつる。「日本[7]釈空海」としるしおきたり。上皇御言なくて、妬ませたまふとぞ、海もおぼししる。此の法師は、手ぶりさま様に書きてありしかば、[8]五筆和尚の名をなん世につたへたりける。

1 草書と隷書。転じて、書道。2 気晴らしをする。慰める。3 平安初期、真言宗を開いた僧。嵯峨上皇と空海はともに能筆家として知られ、橘逸勢《たちばなのはやなり》とあわせて「三筆」称された。「善書も、嵯我の帝、空海、はやなり、又、道風、佐理、行成と、とかく三筆になるはいかに。」（『胆大小心録』一一六段）。4 仏法や仏会に関する事務。5 王義之。中国晋代の書家。6 空海は、延暦二十三年（八〇四）から大同元年（八〇六）まで唐に渡っていた。7 僧侶。8 富岡本「五筆和上」。空海の異名。本来は、弘法大師が両手両足と口とに筆を持って、同時に字を書いたことに基づく。

読みの手引き

嵯峨上皇と空海とのこの逸話は、『古今著聞集』巻第七「嵯峨天皇弘法大師と手跡を争ひ給ふ事」に見える。「天津をとめ」と異なる点は、空海の署名が紙の裏ではなく軸の合わせ目に記されている点、嵯峨天皇が勘違いをする筆者が王義之ではなく「唐人の手跡也。其の名をしらず。」とされる点である。『古今著聞集』では、多くの手本の中から特に優れているものとして、嵯峨上皇が空海に書を見せる。署名が見えにくい箇所に記されていたわけでもなく、よりによって王義之の書と見誤ったとする「天津をとめ」では、嵯峨上皇の短絡さが際だち、このやりとりが空海の圧勝であるように印象付けられる。嵯峨上皇を「英才」（〔一〕）の持ち主としながらも、「天津をとめ」における嵯峨上皇への視線は皮肉的でもある。〔四〕以降にも語られるように、嵯峨上皇は退位した身でありながら、淳和朝、仁明朝においても依然として大きな影響力を持ち続ける。そうした時代の中で、空海だけは影響を受けず、超然とした位置にある者として描かれている。

〔四〕仏教の興隆

皇太弟受禅《じゅぜん》[1]、後に淳和《じゅんな》天皇と申し奉りぬ。元《げん》[2]を天長と改めさせたまふ。平の上皇は、此の秋七月に神がくれ[3]たまへば、平城《へいぜい》の天皇と尊崇し奉る。

さがの上皇、職度《しきど》[4]のひろきままに万機を親しませしかば、

1 皇位を譲られて即位すること。淳和天皇は、弘仁十四年（八二三）に即位。
2 年号。元号。3 お亡くなりになる。「詣つかふる人もなき深山の荊《おどろ》の下に神がくれ給はんとは。」（『雨月物語』「白峯」）。
4 見識と度量。

このみかどに改まる事なくて、法令正しく、上下打ちつもりて、儒教もはらなりてへど、仏法は益《ますます》さかりに、「君のうへの御仏」と尊称すれば、堂塔としに月に建ちならび、[5]博文有験《うげん》の僧等、[6]つかさ人に同じく立ちならびて、朝政をも時々たわめて、我が道のために引き入る。「君と申せども、[7]冥福《めいふく》にみ心かたぶけば、とり用ひさする事わからずとぞ。是や如来の大智の網に[8]こめられしよ」と、物しりはみそか言申す。

5 学識に富み、効験著しい僧。
6 役人。官僚。
7 前世の善行によって生じた幸福。
8 丸め込まれ。取り込まれ。

読みの手引き

淳和天皇即位の記述は、きわめて淡白である。続いて語られる、嵯峨上皇が依然として政治をとり仕切っているという実情と呼応させたものであろう。かくして唐風を重んじる嵯峨上皇の政治はなおも続くが、儒教にも増して盛んになったのは仏教であった。『胆大小心録』一六一段に「仏はさてもさてもかしこい人かな。人情の欲のかぎり、先づ説き入れて、無の見に入れんとするよ。」とあるように、秋成は、仏教に人の心を懐柔する巧みさを見ており、それを「かしこい」と皮肉る。知識人の「みそか言」にある「冥福」も、本来は前世の善因から得る福果をいう語であるが、秋成が用いる場合は皮肉的な文脈であることが多い。

○　漢高の大度、曹孟徳の智略あるに似て、天下の人、みな此の君の網の中にいれられたるは、我が仏の冥福と云ふ事を生まれ得させけん。（『藤簍冊子』四「月の前」）

○　冥福の老もちと腹がちがふ故に、そんな小人たちは及ばぬ及ばぬ。（『胆大小心録』七〇段）

○　九代の末に高時と云ふ愚かものの出でて、つひに家はほろぼせしぞ。されど、天神地祇の御罰のおそかりしは、人しらぬ冥福のたすけたりけるなるべし。（『胆大小心録』一三三段）

また、茶器を描いた自画賛では、「冥福天資ヲ蔽ヒ、厄貧奇才ヲ顕ス」と記す。秋成にとって「冥福」は苦々しい思いを含んだ語なのである。この語は、再び物語の末尾で、やはり皮肉的に用いられる〔一三〕。

〔五〕和気清麻呂と命禄

それが中に、中納言和気清丸《わけのきよまろ》[1]の高丘山[2]の神願寺ばかりは、妖僧道鏡[3]が心にたがひて、宇佐《うさ》[4]の神勅を矯《た》[5]めずあからさま[6]に奏し申せしかば、妖僧いかりて、一たびは因幡《いなば》[7]の員外《ゐんぐわい》[8]の介《すけ》[9]に貶《おと》[10]され、又、庶人《しよじん》[11]にくだしはなちて、邦の果なる大隅《おほすみ》[12]に流しやる。

1　和気清麻呂。奈良末〜平安初の公卿。

2　底本上欄に、「今ノ高尾山ノ神護寺ナルベシ」と朱書。神護寺は、現京都市右京区にある真言宗の寺。3　奈良時代の僧。孝謙上皇の寵を得たことをきっかけに権力を振るった。「玄昉、実忠、道鏡が帳内に入りて、帝座を穢す事、神も仏

はじめ忠誠のちか言に、「御代守らせたまへ、寺作りて御徳報じ奉らん」といのりしかば、道鏡追ひ放たれぬ。この丸の忠誠、天のしたにしらぬ人あらず。されど、位官はたかからず。一《ひと》たびは本国の備前[13]の守に任ぜられて、国の利に水[14]おさめし事など思へば、大事を問ひはからせたまふとも飽く無きも、つひに五十踰《こ》えて中納言にとどまられぬ。神の守りも仏のちかひも、身のほどほどの命[15]《めい》ろくとか云ふには過ぐまじきよ。寺は、後に神《じん》護《ご》寺《じ》と改めらる。字の祥なん、真ことなりき。

も見ぬ顔とは、いかにいかに。」（『胆大小心録』一六三段）。4 宇佐八幡宮。現大分県宇佐市にある神宮。5 真意をねじ曲げないで。6 ありのままに。明白に。7 現鳥取県東部。8 定員外の官員。9 第二等官。次官。10 身分や立場、位階を下げる。降格する。11 官職に就かない者。一般人。12 現鹿児島県東部。13 現岡山県南東部。和気氏の郷土。14 水路の整備や改良をして、水運の便をはかったり水害を防いだりすること。治水。清麻呂の事績については、『続日本紀』（延暦七年六月七日）に見える。富岡本「水害を除き、民を安きに置かれし功労」。15 命禄。天から授かる福運。「儒士等、『天とは即ちあめを指すか』と聞けば、『命禄也』と云ふ。」（富岡本「血かたびら」）。「冷落失路、之《これ》を窮厄と為《な》さば、則《すなは》ち楽しかるべからず。之を命禄と為さば、則ち何を以て憂へんや。」（『藤簍冊子』自序。原漢文）。

道鏡の企みを阻止した義烈の人和気清麻呂に、その不遇な運命もあってか、秋成は殊のほか関心をよせている。

読みの手引き

清丸独り神勅をためずして、皇統をつがしめたり。其の忠臣にも中納言にて終はるとは不幸か、天禄か。ひいき心では、一番肩ぬいでかかりたし。（『胆大小心録』一六三段）

運命が清麻呂を不遇のままで終わらせるのに対して、自分が肩入れをしようとまで言っている。「天津をとめ」においても、清麻呂は、人の心が華美に流れがちな世にあって、純粋な精神を貫く希有な存在として位置づけられている。

清麻呂をここで登場させたのは、後に物語の中心となる宗貞と対照させることで、「命禄」というものを描き出そうとする意図によると考えられている。「命禄」は、『論衡』「命禄」の記述をもととする語である。

官御《くわんぎよ》、才を同じくして、其の貴なるは命《めい》を殊《こと》にし、生を治むるに知を鈞《ひと》しくして、其の富なるは禄を異にす。禄命に貧富有り、知も豊殺《ほうさつ》する能《あた》はず、性命に貴賎有り、才も進退する能はず。（原漢文）

務めにおける才能や生活における知恵が同じでも、出世や貧富には差が生じる。それは、天から与えられた「命」や「禄」が異なるためだとする考えである。秋成も、人の運命は天から与えられた「命禄」によって決まり、個人の才能や努力ではどうにもならないとする。後に描かれる宗貞が出世を遂げ、清麻呂が不遇のままで終わるのは、すべて「命禄」によるのである。「命禄」はさらに、「天津をとめ」のみならず、『春雨物語』

全体においても重要なキーワードとして注目されている（稲田篤信『江戸小説の世界――秋成と雅望――』〈ぺりかん社、一九九一年〉所収「命禄と孤児――『春雨物語』の主題――」、長島弘明『秋成研究』〈東京大学出版会、二〇〇〇年〉所収「秋成の「命禄」――『論衡』の影響について――」など）。

〔六〕 五人の舞姫

今上《きんじやう》[1]の皇太子《ひつぎのみこ》正良《まさら》にほどなく御《み》くらゐ譲らせて、下り居《おゐ》[2]させたまふ。此のみ代のためしにはれい[3]なきよしにて、文史[4]のつかさ筆さかしく[5]、から国にひき得たる、上皇二人まであらせる事こそ珍しきによりてなり。

このつぎの帝《みかど》は、仁明《にんみやう》天皇と後に尊号たてまつる。紀元承和[6]とあらためさせたまふ。ただただ仏まつる事の代々に栄ゆくは、儒教をおしたとみたまふも、御ざえ[7]の花のさかえにて、まことにはあらざればや也けり。みかど、唐帝の花々しき事など、したにはしのばせて、表には打ちしづもらせしかど、良峯《よしみね》[8]の宗貞《むねさだ》と

1　仁明天皇（第五十四代）。嵯峨天皇の第二皇子。天長十年（八三三）即位。
2　退位する。「斎院は御服にておりゐたまひにしかば、」（『源氏物語』「賢木」）。
3　底本「れい」の左に傍点。抹消か。
4　文学と歴史とを司る役所の官僚。
5　底本「さかく」とも読める。
6　年号。元号。
7　「ざえ」は、才知や学識。「才は花、智は実。花実相そなへし人かたしかし。」（『胆大小心録』一五七段）。
8　後の僧正遍昭。六歌仙の一人。

云ふ六位の[9]くらう人《ど》を、明けくれ召しまつはせて、文よませ、事どもみそかに問はせたまふ。宗貞さとくて、或《ある》いはよからぬ中にも、是はさはらず、是は恐れさけくべくと、御心[10]悩ませで、よくつかんまつれり。したには色好む御本しやうにて、是はつつませたまへど、宗貞よくしりて、年毎《としごと》の[11]豊のあかりの舞姫、昔、[12]きよみ原《はら》の天皇の[13]吉野に世をさけたまひし時、御くらゐしらすべき吉瑞に、其の瑞雲を袖にひるがへして、[14]天つをとめら五人舞ひしためしをまなばせし也。「二人のまひ姫は其のためしにたがへり」と申して、いろこのませるをはかりて、御目なぐさませんとす。此の事宣旨くだりて、[15]新《にひ》なめのことしより、大臣、納言、参議の人々、御むすめたち花をさかせ、いろをまして、「あはれ御めとどまらばや」とねがふに、立ちまふふりを、うた人めして習はせりき。数まさりては、ことごとにおぼしとどむべくもあらず。めされぬは、[16]か茂《も》、伊《い》せのいつきのためしになずらへて、[17]帳内にうづもらすこそあしかりき。

9 蔵人。天皇に近侍する事務官。
10 底本「悩させて」とも読める。
11 豊明の節会《せちえ》。陰暦十一月の新嘗《にいなめ》祭の後に行われる宴。
12 天武天皇（第四十代）。「天武の心にかけさせたまへば、清み原にめされて、皇妃の数に列《つらな》りし事、」（『胆大小心録』一五五段）。「崩御の後、人皆清み原に参りて、大津宮は亡びしなり。」（『胆大小心録』一五六段）。
13 現奈良県吉野地方。このあたり、題名の由来にもなった宗貞の和歌「あまつかぜ雲のかよひぢ吹きとぢよをとめのすがたしばしとどめむ」による趣向。
14 天女。15 新嘗祭。新穀を神に供え、天皇も神とともに食する祭儀。16 賀茂社の斎院と伊勢神宮の斎宮。天皇即位の時に、未婚の内親王から選出される。天皇の在位中神に仕え、独身を通す。
17 几帳などの内部。屋内の奥深く人目に触れない所。深窓。

読みの手引き

淳和天皇も譲位し、嵯峨、淳和という二人の上皇を擁する時代が訪れる。上皇二人という状況は、「珍し」とある。本編では既に平城・嵯峨二人の上皇時代のことが語られている（二二）～（四二）にもかかわらず、なぜ「珍し」とするのであろうか。

次に即位した仁明天皇は、唐風文化の華やかさに惹かれながらもそれを表には出さない人物であった。富岡本では、「政令は唐朝のさかんなるを羨みたまひ、つひの御心は驕《おごり》に伏したまひたりき。」とあって、本心を隠していたという記述はない。文化五年本では、仁明天皇の寵を得た良峯宗貞が、天皇の隠された本性を目ざとく見破り、引き出すかたちになっている。「天津をとめ」において宗貞が時流に乗ることができた理由の一つに、仁明天皇と同じく色好みであったこ

勝川春章画　僧正遍昭
（跡見学園女子大学図書館蔵『錦百人一首あづま織』）

とがあげられる。宗貞の来歴は、たとえば『今昔物語集』巻第十九「頭少将《とうのせうしやう》良峰《よしみねの》宗貞《むねさだ》出家《しゆつけ》語《すること》第一」に既に語られる。ここでの宗貞は「形チ美麗ニシテ、心正直也ケリ。」とあって、容姿端麗で正直者とされる。宗貞の色好みを語るのは、『大和物語』の「いと色好みになむありける。」（一六八段）によるものであろう。いくつかの宗貞譚の中から、「色好み」という設定を秋成が敢えてとったことに留意しておきたい。

〔七〕国風和歌の復興

国ぶりの歌、この帝は時々打ち出ださせしかば、宗貞上手にて有りければ、めづらしき御題たまはりてよませて、み遊びせさせ給へりき。やまと歌、一たびはから歌にけおされしかば、よむ人聞かざりしを、この御代に興《おこ》りて、女がたには[1]小町、[2]したづかさなれど[3]ふんやの康秀《やすひで》等、ついでてよみほこりき。帝、[4]五八《よそぢ》の御賀に、[5]興福寺の僧がたいまつりし長歌を御覧じて、「[6]此のふりは僧家にとどまりしよ」と、ほめごとせさす。其のうた、[7]ことこそ長ばへたれ、いと拙きをさへよろこばせしは、

1　小野小町。平安初期の女流歌人。六歌仙の一人。
2　地位の低い役人。下役。
3　文屋康秀。平安初期の歌人。六歌仙の一人。
4　四十歳。四十歳から初老に入ることから、長寿を祝う賀が催される。「今年ぞ四十になりたまひければ、御賀のこと、おほやけにも聞こしめし過ぐさず」（『源氏物語』「若菜　上」）。
5　興福寺は、現奈良市にある法相宗の大本山。このくだりは、『続日本後紀』

このふりよむ人絶えてなかりしにこそ。いにしへの人丸[8]、あか人、憶良等が、花ににほはせ、あるは直々しく、又、思ふ事くまなく云ひつらねたるをばしらせたまはねば、宗貞によめともおほせごとやなかりし。

（嘉祥二年三月二六日）に見える。
6 歌いぶり。歌風。
7 ことばこそ長く連ねてはいるが。長歌ではあるが。「事おほきは言永ばへて、」（『藤簍冊子』四・巻頭文）。
8 柿本人麻呂《かきのもとのひとまろ》、山部赤人《やまべのあかひと》、山上憶良《やまのうえのおくら》。いずれも万葉歌人。

読みの手引き

仁明天皇が好んだことから、国風和歌が息を吹き返す。「この帝は時々打ち出ださせしかば、」から「よむ人聞かざりしを、」の部分は富岡本にはない。その一方で富岡本では、六歌仙を挙げる部分で、「宗貞につぎて、ふんやの康秀、大友の黒主、喜撰などいふ上手出でて、又、女がたにも、伊勢、小町、いにしへならぬ姿をよみて」としていて、ここで宗貞の名を出している。文化五年本の記述は、仁明天皇と宗貞との和歌におけるつながりを強調している。ここでの和歌は、天皇に取り入る手段の一つとなっているのである。

〔八〕仁明天皇と空海との問答

或る時、空海まゐれり。さかし[1]問はせたまふは、「欽明《きんめい》[2]、推《すい》古《こ》の御ときより、経典《きやうてん》しきしきにわたりしにも、猶とりよろ[3]はぬと聞く。汝が呪文[4]の術をいかに」と。海、申す。「経典は、素難《そなん》[5]、何々の医書に、ことわりきはむるに似たり。我が呪文は、黄耆《わうぎ》[6]、人《にん》[7]じん、大黄《だいわう》[8]、附子《ぶす》[9]の功に同じくて、あてたがへずしては、病を去り、いのち長からしむ奇薬也」と奏す。海は経典に博く、しるしも見するぞ、いにしへよりたぐひなき法師にておはしけり。

1 興を催す、興味をかき立てるの意か。
2 欽明天皇（第二十九代）と推古天皇（第三十三代）。欽明朝のときに百済から仏教が公式に伝えられ、推古朝のときには聖徳太子が摂政となり仏教興隆につとめた。3 とりそろえる。すべてそなわっている。「取与呂布《トリヨロフ》　取りそろふと云ふに同じ。」（『万葉集見安補正』五）。4 真言や陀羅尼の呪法。5 『素問』と『難経』。ともに中国古代の医書。「むかし、くすりあきなふ人の、医者かねたるが世におほくありけり。それらのひとも、傷寒論、金匱、素難、千金方のたふときことわりをあきらめ、」（『痼癖談』上）。6 健胃、強壮薬。7 朝鮮人参のこと。8 唐大黄のこと。下剤。9 強心、鎮痛剤。

〔三〕で嵯峨上皇と対面した空海は、ここでは仁明天皇と問答を交わす。華美な風潮に流れる時代の推移の中で、空海は変わらず毅然としたたたずまいを見せている。

読みの手引き

空海が仁明天皇に語ったのは、経典と真言の呪法とを、医学における理論と臨床とに喩えた話である。富岡本では、「車の二つの輪、相ならびて道はゆかん」とあって、経典と呪法とが車の両輪のように二つ揃ってこそ有益であるという空海の話の意図が明確である。

この仁明天皇と空海との問答は、物語においてどのように位置づけられるのか判然としない。長島弘明は、「儒者などの目からは、有を捨てて無に帰在することを説くものとして一元的なものと見られがちな仏教も、内実は、決して単一なものではなく、多岐にわたるというところか。」（前掲『秋成研究』所収「『春雨草紙』の位置——「血かたびら」と「天津をとめ」——」）とする。木越治は、仁明天皇の問いは、真言は理論にかかわる現実的に有効なものなのかを尋ねたもので、それに対して空海は「仏教が単に非現実的な往生の理論などを説くだけでなく、医者が薬で病を直すように現実的な利益をもたらすものでなければならぬと答えている」（『秋成論』〈ぺりかん社、一九九五年〉所収「「天津処女」論」）と捉えている。

〔九〕仁明天皇の戯れ

宗貞好む心を、みかどあらはしたまふに、はしの方のすだれの内にきぬかづきて、女房のさびしげに在りたたせる姿にやつしたまへるを、ゆめさとらで、袖をひかへ、「御名いかに」ととへど、こたへなかりしかば、

[1]山吹の花色ごろもぬしや誰とへどこたへず口なしにして

帝、黄なるきぬかづきて居たまへばになん[2]。即ち衣ぬぎやらせしかば、まどひて走りにぐるさへ、ゆるさせしとぞ。桃の実[3]のくひさし奉りしにたぐへて、内にふかくつかんまつる人々はうらやみたまへり。山ぶきと梔子《くちなし》とは同じ色ながらことなるを、此の歌にめでて、ただひとつ色になんいふめりき。

1 「山吹の花色衣ぬしやたれとへどこたへずくちなしにして」(『古今集』一〇一二・素性法師)。

2 本来は「に」は不要であるが、底本のままとした。

3 中国、衛の弥子瑕《びしか》の故事。弥子瑕は、食べかけの桃を献上しても許されるほどの寵愛を、主君から受けていた。しかし、のちには却って退けられることとなった。『韓非子』「説難」に見える。

読みの手引き

ここに描かれた仁明天皇と宗貞との逸話は、宗貞の色好みを伝える俗話として、当時人口に膾炙していたことが指摘されている（前掲木越治「「天津処女」論」など）。「天津をとめ」は歴史物語の体裁をとっているが、俗話からも自由に題材を選び取っている。こうした態度には、正史に疑念を抱く秋成の考え方が反映していると考えられる。〈史実〉は絶対的なものではなく、様々な角度から相対化される。

〔一〇〕「すぐすぐし」き皇太后

又、淳和のみかどの皇后橘の[1]嘉智子《かちこ》、今は[2]太后にて在らせるが、「[3]橘の氏の神まつりを、[4]円提寺《ゑんたい》にて行なはん」と申す。「此の神、[5]いちはやぶりて帝に託宣ありし」と、宮人が奏す。「我、今、天子の[6]外家の氏祖なりとも、国家の[7]大幣《おほぬさ》を得べくもあらず」と、帝をさとしめたまひしかど、おそるおそる、御心にあらぬ事はとて、宮を修覆したまひ、大社のかずにつらねたまふをさへ、太后のたまはく、「神道は遠し。人道は近し」とて、

1 本来は、嵯峨天皇の皇后。
2 皇太后。先帝の皇后。天皇の生母のことであるが、橘嘉智子を淳和天皇の皇后とする本編の設定とはあわない。
3 このあたりのことは、『伊呂波字類抄』「梅宮」に見える。 4 現京都府にあった、橘氏の氏寺。 5 勢い激しく。
6 皇后方の親戚。 7 祓《はら》えのときに用いる幣帛《へいはく》や、神前に捧げる供物。富岡本「国家の大祭にあづからしむるは、かへりて非礼也」。

是はゆるさせしかど、御心よりにあらざりき。[8]葛野《かどの》川のべに、今の[9]梅の宮の祭祀これ也。すべて何事にも、太后は[10]すぐすぐしくあらせしかば、心あるはたとび、いつはりものはおそる。御父[11]清友公を贈[12]太政大臣にかしづきたまふ。

8 現京都市を流れる大堰川と桂川との古名。9 現京都市右京区にある神社。秋成と交流のあった橋本経亮は、梅宮神社の神職。10 心がまっすぐなさま。まじめで正直なさま。11 橘清友。奈良時代の貴族。12 底本「大」。

読みの手引き

華美に流れきった仁明朝において、そうした風潮に抵抗するかのように登場するのが、皇太后橘嘉智子である。身内の甘えを許さず帝をも諫める皇太后を、心ある者は崇め、「いつはりもの」は恐れたという。この記述は、後の宗貞出奔の伏線となっている。仁明天皇の庇護のもとに足場を築く宗貞は、間違いなく「いつはりもの」の部類に属する。富岡本ではさらに、「かく男さびたまへば、宗貞がさがのよからぬを、ひそかににくませたまひしとぞ。」とあり、また〔一二〕の承和の変の後に「太后、是をも、逸勢が氏《うぢ》のけがれをなすとて、『重く刑《つみ》せよ』と、ひとりごたせたまひしとぞ。」と記す。宗貞の対極にあるかのような皇太后の存在が、より強く打ち出されている。また、文化五年本では不本意とはいえ氏神を円提寺に祀ることを皇太后は容認したとあるが、富岡本ではついに許可しない。「男さび」と称される富岡本と「すぐすぐし」と表現される文化五年本との皇太后像の違いとも捉えることができるが、神託をおそれる仁明天皇の脆弱さが文化五年本では印象付けられることも見逃してはならないだろう。

〔一一〕承和の変起こる

帝、又、ほど絶えたりし遣唐使おぼしたたせ、藤原の常嗣[1]ぞえらびにつかんまつる。かく事さかしくわたらせしには、千[2]はやびたる人あるまじきに、伴《とも》の健岑《こはみね》[3]、橘の逸勢《はやなり》等、嵯峨のみかどの諒闇《りやうあん》[4]の御つつしみをよしと、反逆企てしかど、阿《あ》ぼ親王[5]のいかに聞きしろしめしけん、官兵におほせたまひて、忽《たちま》ちにとらへられぬ。太子[6]は此の事のぬしにいつはられしかば、落髪したまひて、名を恒寂と申したまへり。ああ、廃立[7]受禅のよからぬためしは、唐ざまの習ひの毒液也。

1 平安時代前期の貴族。承和元年（八三四）、遣唐使となる。2 勇猛な。荒々しい。3「岑」字、底本「宗」。健岑と逸勢とは、ともに平安時代前期の官人。承和の変の首謀者とされる。底本の「健宗」という表記は、浄瑠璃『小野道風青柳硯』（「海賊」で取り上げられる文屋秋津が登場）の「伴の健宗」によったか。4 天皇が、近親者に対して最も重い喪に服すること。5 阿保親王。平城天皇の第一皇子。6 恒貞親王。淳和天皇の第二皇子。7「廃立」は、臣下が君主を廃して別人を君主に立てること。「受禅」は、前帝の譲位を受けて皇位に就くこと。

読みの手引き

仁明天皇が遣唐使を復活させたという記述は、富岡本にはない。奢侈を極める仁明朝の風潮が表現されている。その華やかな時代の虚をつくように、承和の変が起こる。この事件は、「廃立受禅のよからぬためし」と評される。廃立と受禅とは、儒教の易性革命論によるものである。易性革命論は王朝の交替についての考え方を示したもので、天命を受けて政治を執る天子が悪政を行ったときは天が別のふさわしい人物を帝位につけるのだとされる。このとき、武力によって帝位の交替が起こる場合（「放伐」。「廃立」にあたる）と、平和裡に帝位が譲られる場合（「禅譲」。「受禅」にあたる）とがある。「天津をとめ」では、「廃立」も「受禅」も「よからぬためし」とする。この評価は、文化五年本では語り手によるものであるが、富岡本では「憎む人多かりけり。」とあって、「人」の嘆きとして述べられる。飯倉洋一は、「と」「となん」といった伝聞表現や「人申す」といった表現が文化五年本よりも富岡本に多用されることを指摘し、両者の文体の違いに言及している（『秋成考』〈翰林書房、二〇〇五年〉所収「語りと命禄——「天津処女」試論——」）。文化五年本では、語り手を通して作者の感慨がより直接的に描かれているといえる。この箇所に限らず、総じて「『物がたりさまのまねび』においては、富岡本がすぐれ、作者の書く意図は、五年本ではより露骨」（高田衛『春雨物語論』〈岩波書店、二〇〇九年〉所収「「天津処女」傍見——六歌仙の〈古代〉」）という指摘もある。

「血かたびら」と連続する本編は、承和の変というモチーフによって、さらに「海賊」へと繋がってゆく。

〔一二〕宗貞の出奔と小町との再会

[1]此のみかど、嘉祥《かしやう》三年に崩御あらせしかば、御陵墓を紀伊の郡《こほり》[2]深草山につかせたまへりき。よて、深草の帝と世にあがめたいまつりぬ。[3]みはうぶりの夜よりも、宗貞行《ゆく》へなく失せぬ。是は、太后、大臣たちににくまれたてまつるおそれなるべし。[4]「殉死とか云ふ事、あしきにとどめられしかど、寵恩身にあまらばいたすべきぞ」と、人は申す。衣一重にみの笠かぶりて、ここかしこ[5]すぎやうしありきけり。一夜、[6]清水寺《きよみづでら》にこなひしに、小町もこよひとなりに旅寝してねんじあかすに、経よむ声の凡《ぼん》ならぬを聞きて、むねさだとおしはかりて、歌をよみてもたせやる。

[7]石のうへにたびねをすれば肌さむし苔のころもを我にかさなん

「さては小町がここに在るよ」と、おししりて、墨つぼに筆さし入れ、此の紙のうらに書きつけたる歌、

1 仁明天皇。
2 現京都市伏見区深草にある山々の総称。
3 以下、『大和物語』一六八段による。「この帝、うせたまひぬ。御葬《はぶり》の夜、御ともにみな人仕うまつりけるなかに、その夜より、この良少将うせにけり。」
4 大化二年（六四六）に禁令が出されている。
5 修行。
6 現京都市東山区にある寺。
7 「岩のうへに旅寝をすればいと寒し苔の衣をわれにかさなむ」（『大和物語』一六八段。『後撰集』一一九五。『艶道通鑑』）。苔の衣は、石の縁語で、僧衣の意。

[8]世をすてし蘚《こけ》のころもはただひとへかさねばうすしいざ二人ねん

さて、即《すで》に逃げかくれて、跡を見せずとなん。

8「世をそむく苔の衣はただひとへかさねばうとしいざふたり寝む」（『大和物語』一六八段。『後撰集』一一九六）。『艶道通鑑』では、初句「捨つる身の」、第四句「かさねばうすし」。

読みの手引き

「石のうへに」と「世をすてし」の歌は、ともに『大和物語』や『艶道通鑑』によるものであるが、「いと寒し」を「肌さむし」に、『大和物語』の場合「かさねばうとし」とあるところを『艶道通鑑』と同じ「かさねばうすし」に変えている。この改編によって二首に漂う好色のイメージが増し、逃亡生活にある宗貞が依然として好色の性《さが》の持ち主であることが示される。

仁明天皇が亡くなったことを契機とする宗貞の出奔は、しばしば宗貞の忠誠心のあらわれとして語られていた。『大和物語』では、宗貞自身が次のように語る。

帝、かくれたまうて、かしこき御蔭にならひて、おはしまさぬ世に、しばしもありふべき心地もしはべらざりしかば、かかる山の末にこもりはべりて、死なむを期にてと思ひたまふるを、まだなむかくあやしきことは生きめぐらひはべる。

帝の亡くなった世では生きてはいけないと、死をも覚悟して姿を隠したという。他にも、『十訓抄』六ノ八では二君に仕えず出家したことを称える文脈で「帝におくれ奉りければ、やがて頭おろしてけり。いづくともなくおこなひありきけり。」と述べ、『宝物集』では「賢人は二君につかへずとて、ながく世をそむく人おほく侍る」ことの端的な例として宗貞の出家と出奔とを語る（巻第三）。「天津をとめ」において人々が想定する宗貞殉死は、こうした従来の宗貞像を知る読者も自然に想像する展開だっただろう。ところが、本編の宗貞は、実は「太后、大臣たちににくまれたてまつるおそれ」から姿を隠したのであった。宗貞を浮薄な俗物として描ききることが、本編の眼目の一つである。

〔一三〕冥福の人

かくしあるきしほどに、五条[1]の皇太后は、「みかどの御かた[2]みのものよ」とて、さがしもとめさせたまへるに、御かき[3]の内つ国にさまよひしかば、つひに見顕はされて、ふたたび内まゐりす。遍昭《へんぜう》とあらためて、僧正位《そうじやうゐ》[4]に昇る事、またく年ちかきす行の徳にはあらで、冥福の人なりけり。をのこ子《ご》二人有り。兄の弘延《ひろのぶ》[5]はみかどつかへしてぞある。弟は、「法し[6]の子はほう師

1 藤原順子。仁明天皇の皇后で、文徳天皇の母。2 底本「御かたへ」。右に「側」と朱書があることから、「へ」は「み」の誤りと判断した。富岡本「御かたみ」。『大和物語』では、五条の后が宗貞を探し出して、「かう、帝もおはしまさず、むつましくおぼしめしし人をかたみと思ふべきに、」と語る。3 都に近い土地。畿内。4 僧官の最上位。遍昭は、

ぞよき」とて、髪おろさせ、[7]素性《そせい》と名をあらたむ。[8]心よりの入道にあらざりしかば、歌のほまれは父におとらねど、時々よからぬうき世心のありしとなん。僧正、[9]花山《くわざん》と云ふ所に寺たてておこなひたりける。仏の道こそ、いともいとともあやしき。世を捨てしはじめの心には似ずて、色よき衣、から錦のけさかけて、[10]内に車よせて出入りするよ。「かにかくも人のよしあしはおきて、稟《う》け得たる[11]おのがさちさちにこそ」と人も申さるる、其のかみには。

仁和元年（八八五）に昇進。
5 未詳。『大和物語』に「太郎、左近将監にて殿上してありける。」とある由性のことか。6「『法師の子は法師なるぞよき』とて、これも法師になしてけり。」（『大和物語』）。7 俗名は、玄利《はるとし》。三十六歌仙の一人。8『大和物語』に、「心にもあらでなりたりければ、親にも似ず、京にも通ひてなむしありきける。」とある。また、宮中に出仕する予定だった女性と通じたとも記される。
9 現京都市山科区北花山にある寺。元慶元年（八七七）創建。10 宮中に、輦車《てぐるま》（宣旨を受けた皇族や大臣などが乗る）で出入りする。本来は、車で宮中に出入りすることは禁じられていた。
11「山さちも、己がさちさち、海さちも、己がさちさち」（『古事記』上）。ただし、『古事記』では、獲物をとるための霊力を持つ道具のことをいうが、ここでは人の福運の意。

読みの手引き

物語は、宗貞が逃走生活から一転してたぐいまれな出世を遂げるさまを描いて幕を閉じる。出家後の宗貞の様子を『大和物語』では、

かくてなむ、

折りつればたぶさにけがるたてながら三世の仏に花たてまつる

といふも、僧正の御歌になむありける。

と語る。仏道に深く帰依した宗貞の姿がうかがえる。また、僧正にまで登りつめた理由を、『今昔物語集』では「霊験掲焉《れいげんけちえん》ナル事有リテ、僧正ニ被成《なされ》ニケリ。」という霊験の効果、『宝物集』では「さて、おこなひあがりて、僧正までなり給ひにけり。」と、修行の成果として語っている。いずれの場合も、宗貞の僧侶としての徳が出世に結びついたのである。これらに対して、「天津をとめ」ではただ「冥福」の結果という。宗貞を一貫して無徳の人として描き、その出世を人知を超えたものの作用として把握するのが「天津をとめ」のあり方であった。

本編については、「事件の多端と人物の多数は、構成を散漫ならしめた嫌があるが、前編と違って、異質の群像をもって、世の推移を示そうとの野心的な試み」（日本古典文学大系『上田秋成集』解説〈中村幸彦・一九五九年〉）と評されたのを出発点に、一貫したストーリーの存在しない個々のエピソードの張り合わせ（「コラージュ」）的な作品として捉える見方が示されたこともあった（田中優子「宗貞出奔」〈『日本文学』一九七九年二月号〉）。

その後、宗貞を中心として「命禄」を描いた物語として本編を捉え、宗貞登場以前と以後との関連性、個々の人物やエピソードとの結びつきが模索され、むしろ作品に一貫性を見出そうとする論が大勢を占めるようになった。「命禄」は秋成晩年の作品を読む上での重要なキーワードであるが、飯倉洋一が述べるように、すべてを「命禄」の所産と受け入れてしまえばそこに物語は生まれ得ないのであり、「秋成においては『憤り』を離れたところに『命禄』があるのではなく、『憤り』を内に秘めたままで『命禄』が主張されているのである」（前掲「語りと命禄――「天津処女」試論――」）。『春雨物語』の諸編、さらには秋成晩年の作品群と「命禄」との関係を明らかにすることで、「天津をとめ」という作品の意味もより明瞭になってゆくだろう。

海賊　第三回

〔一〕貫之、土佐から船出する

[1]紀の朝臣《あそん》つらゆき、[2]土佐の守《かみ》の任はてて、[3]十二月それの日、都にまう登りたまふ。[4]国人《くにびと》のしたしかりしかぎりはなごりををしむ。民くさは、「昔より聞《きき》しらぬ守ぞ」とて、父母の別に泣《なく》[5]子《こ》のさましてしたひなげく。出ふねののちも[6]ここかしこにおひ来て、[7]酒、よきものささげきて歌よみかはすべくす。船、[8]風にしたがはずして、思《おもひ》の外にここかしこにとまりするほどに、「[9]かいぞくうらみありとて追《おひ》く」といふ。安キ心こそなけれ。「[10]ただただたいらかにみやこへ」とぞ、朝ゆふ[11]海の神にぬさたいまつりつつ、わたの底をふし拝み拝みす。「[12]いづみの国まで」と舟長《ふなをさ》が教へに、いかなる所なりとも下る時はしらぬを、今は[13]故《ふる》さと[14]とたのみかくるぞ、[15]わりなきことのいとほしけれ。

1 紀貫之。平安前期の歌人。『古今集』撰者の一人。『土佐日記』（以下「土佐」と略記）作者。2 土佐守としての任を終えて。「ある人あがたの四とせいつとせはてて」（土佐）3 「これの年しはすのはつかあまりひと日のいぬの時にかどです」（土佐）。貫之の土佐守解任は承平四年（九三四）。底本には年記はないが天理冊子本「延長某の年」・富岡本「承和それの年」とあり。4 「よく具しつるとはあるが中にしたしく伴ひあひし人々也」（宇万伎注）5 「泣く子なす、慕ひ来まして」（『万葉集』七九四）。6 「みたちより出たうびし日よりここかしこにおひくる」（土佐）7 酒と肴。「酒よき物どももて来て船にいれたり」（土佐）8 風が順風とならずに。9 そうした噂があった。「国よりはじめて、かいぞくむくひせんといふなる事をおもふうへに」「かいぞくおひくと云事たえず聞ゆ」（土佐）10 無事に。「廿二日、いづみの国までとたひらかにねがひたつ」（土佐）11 旅の平穏を願って行う奉幣。「かぢとりしてぬさたいまつらするに」（土佐）「海神に手向するなるべし」（宇万伎注）12 和泉国（現大阪府南西部）。注8参照。13 慣れ親しんだ土地。ここでは和泉国を含む畿内の範囲を指す。14 海神を頼りにして願掛けすること。15 無分別なさまは気の毒なことだ。ひたすらに旅の平安を祈る貫之一行に対する語り手の評言。

読みの手引き

『土佐日記』を踏まえる語彙に満ちた本冒頭部は、読み手に否応なく典拠作との関係を意識させる。その一方で、冒頭の一文から『土佐日記』には一度たりとも見えない作者貫之の名が明記されてもいる点は見過ごしがたい。秋成は和学上の師である賀茂真淵の高弟加藤宇万伎の遺著を補訂した『土佐日記解』なる注釈書を著しているが、そこで秋成は、貫之が自らの存在を明らかにせず、「をんなのかけるさま」（仮名文）によって『土佐日記』を執筆した理由を、土佐の地で愛児を失った悲しみを直截に語ることの女々しさを恥じ、それへの韜晦策であったと解した上で、子を惜とおもひ、女をあたらしとしたひかなしぶを、いかで恥かはしとするや。世のことわりとはこれをこそ。

と、そうした貫之の態度を欺瞞と見ている（富岡本のみ、貫之が子を失った事実を作中に記す）。とすれば、この冒頭部は、『土佐日記』に限りなく寄り添いながらも、典拠では朧化されていた作者貫之に明確な輪郭を与えることで、暗に典拠作への批評を込めたものとして読むことも可能だろう。あるいはこれは一人称の語りに原則として基づく紀行文と、より多元的な語りの構造をもつ物語とのジャンル間の差異でもあろうか。

なお、以下、『土佐日記』本文の引用は特記しない限り天理図書館所蔵『土佐日記解』の秋成校訂本文に拠り、同書における宇万伎・秋成の注釈はそれぞれ宇万伎注・秋成注と表記する（注も同様）。

〔二〕海賊の出現

やうやう[1]きの国といづみのさかひなる何の浦とか云に、[2]うれしき事限なし。ここに釣ふねかとおぼしき、[3]苫《とま》ふきあはせし舟の、「ここまでおい来し」と声かけて、[4]むさむさしき男の舳《へさき》に立はだかりて呼ぶ。「是は前の土佐の守どのの舟か。いささか

1 紀伊国（現和歌山県及び三重県南部）。『土佐日記』で紀伊国から和泉国へと至るのは一月三十日条。2「山ざきの橋みゆ。うれしき事かぎりなし」（土佐）。
3 雨露を防ぐために菅《すげ》・茅《ちがや》などの草を編んだもの。
4 髭もじゃでむさ苦しいさま。

問ごとすとて[5]国たたせしより追へれど、舟ちいささに風波にさへられやや今日に成ぬ」と云。「さては[6]かひぞくと人のおどろかせしは、あらずよ」とて、心おちゐたり。舟指《さし》よせて「申たまへ、いと[7]あやしき者がしかじかなんと申すと、申つぎたまへ」と。つらゆき、[8]ふなやかたに出たまひ、「なぞ此男よ」と。しかをとこ[9]いやいやしくて、「問たて[10]またす[11]事いたづら言《ごと》也。しかれどもへだてては、[12]ありその浪の声に取らるべし。ゆるさせよ」とて、翅《はね》あるやうに飛うつりて、[13]御前にいとよろこ[14]ばし気也。舟の人々恐れて[15]立さうどく立さうどく。朝臣みけしきよくて、[16]「八重《やへ》ふく汐風《しほかぜ》に追はれ、ここまで来たる志まことあり」とて、よくよく見たまへれば、[17]蜑《あま》ならぬは、帯《おび》し剣《つるぎ》の広刃《ひろは》にいかめしきに、「まことに海ぞくのおひきたるよ」と見たまへど、仇《あだ》有べきにおぼさねば[18]打ゆるびて相むかひたまふ。

5 土佐国を出立してから。
6 海賊が追って来ているという人の噂に驚かされていたが、そうではなかった。
7 身分の卑しい。
8 船上の屋形。「かくうたふに、ふなやかたのちりも空ゆく雲もただよひぬとぞいふなる」（土佐）。
9 丁寧で礼儀正しく。うやうやしく。
10 原文ママ。「まいらす」カ。
11 くだらぬこと。むだごと。
12 荒磯。荒い波の音で会話ができないこと。
13 （海賊が）貫之の前で。
14 底本「ば」ナシ。
15 立ち騒いた。
16 土佐からの船路での厳しい潮風。
17 漁夫ではない者が。
18 安心して。くつろいで。

読みの手引き

〔二〕での貫之一行は『土佐日記』同様、海賊の到来を危惧している様子で、何とか畿内まで辿り着くことを祈念しつつ船路を急いでいた。ようやく安全と思われた和泉国に入ったところで、『土佐日記』では結局現れることのなかった海賊が登場する。これは『土佐日記』一月三十日条「いまは和泉の国にきぬればかい賊物ならず」を反転させた趣向である（美山靖「「海賊」の成立」『秋成の歴史小説とその周辺』清文堂出版、一九九四年、所収、拙稿「秋成と『土佐日記』」『上田秋成の時代―上方和学研究―』ぺりかん社、二〇一二年、所収）。安堵から危機への反転。「翅あるやうに飛うつ」って来る海賊は、飯倉洋一「「海賊」考」（『秋成考』翰林書房、二〇〇五年、所収）が指摘するように、典拠作とは別の「異空間からの使者」として、物語を大きく動かしてゆこうとするかに見える。

ここでの海賊の描かれ方には、諸本間でわずかな差異がある。富岡本では、当初は遠くから近づく船上の「男」としてのみ語られ、貫之の船に飛び移ったところで、「むさむさし」「恐しげなる眼つき」などと、いかにも海賊らしい容貌がはじめて貫之に視認される。だが、文化五年本では、当初から「むさむさしき男」の姿が明示されており、天理冊子本でも「恐ろしげなる男」としている。海賊出現の劇的さは富岡本の方が巧みだが、五年本には、海賊が貫之に対面を申し出る際の態度が丁寧なもの（「いやいやし」）であったとする独自記事がある。海賊が自らを「いとあやしき者」と自称するのも五年本のみ。こうした海賊の態度ゆえに、所詮この男は、自分を慕ってはるばるやってきた蜑などの賤《しず》の男《お》だろうと貫之は高をくくっていたのだろうが、実際に間近で目にしたその容貌は「蜑ならぬ」海賊の姿であった。五年本のこの場面にはいささかの滑稽味を読み取るべきであろう。

〔三〕『万葉集』の題号をめぐって

「君が[1]国に五とせおはすほどはあやしうぬすみし[2]ありきて、[3]つく紫・山陽の道の海べにさまよひたり。都にいにたまへば事々しく参りがたく、又、[4]世もせばければなん。心おき無く聞せたまへ。ちか比にためしなき[5]勅旨たまはりて、[6]国ぶりの歌えらびて奉る[7]四人が中に、君こそ長といふ。[8]続《しよく》万葉集のだい号は、[9]昔のたれが集《あつめし》ともしらぬにつがるるなるべし。是はよし。だいの心をきけば、万は多数の義、葉とは[10]劉熙《りゆうき》が釈名に[11]『歌は[12]柯《か》也』。いふ心、[13]人の声あるや、艸木の柯葉《かやう》にひとしと云て、何のこころぞとよめば、ことわりゆきあはず。[14]人の声は喜怒哀楽につきて、聞くによろこぶべし、悲しむべしと云よ。声には

1 土佐守としての五年の任期。「あがたの四とせいつとせはてて」（土佐）。
2 して回って。3 筑紫。九州地方。
4 世間は狭いので（人目を避けてここで対面を願うのだ）。5 醍醐天皇による『古今和歌集』編纂の勅命。延喜五年（九〇五）奏覧。6 和歌。「常に国ぶりの哥をよみてひとりたのしとせる」（『藤簍冊子』序）。7 紀貫之・紀友則・凡河内躬恒・壬生忠岑の四人の撰者。8 古今集真名序に見える歌集名。ここでは古今集の別名。「続万葉集にいたりて、かなの序に、ひとつ心を種として、よろつのことの葉とはなれりけると云は」（『茶瘕酔言』）。なお、秋成は仮名序・真名序共に貫之作とする（『古今和歌集打聴』）。

緩急なるもありてうたふにしらべあらず。草木のえだも、[15]はやちは風とて袖に入んやは。さらば柯葉とのみいひて、歌にはたとふべからず。世の人、わづかに釈名につきて説をなすは、人の愚にもあらず。ふみの多くわたりこねば、[16]拙《つたな》きに隔つぞかし。[17]許慎《きょしん》が[18]説文《せつもん》には『歌は咏也』と云。是、[19]舜典《しゅんてん》に『歌は永言也』といひしを一字につづめし。[20]後漢の人の同じきにかくわかれてよきも聞ゆ。

9『万葉集』が撰者未詳であることをいう。10 後漢の学者。底本「劉悲」と誤写。11 中国の字書。和刻本は明暦二年（一六五六）刊。12 木の枝、草の茎。「人声曰歌、歌柯也。所歌之言、是其質也。以聲吟詠有上下、如草木之有柯葉也。故証冀言歌声如柯也」（『釈名』釈楽器）。「歌は柯也とて枝葉に風の吹を歌ふと訓じてよみます文字」（『諸道聴耳世間狙』）。「歌は木にかたどるといふは、「歌は柯なり」と字註に侍り。（中略）木に葉の有がごとし。歌を言の葉といふもこれより次第して付たる名也」（松永貞徳『載恩記』）。13「うたは人の声なり。おもふことあれば声にいづるをうたといへり。草木の葉のあるがごとし。」（小沢蘆庵『振分髪』）。14 底本「へ」衍字。15 急な風。疾風。16（漢字についての）知識が劣ったまま（中国とは）隔たっているのであるよ。17 後漢の学者。18『説文解字』、中国最古の字書。19『書経』の一部。20 同じ後漢の人であるのに、許慎の説のように納得できるものもある。

読みの手引き

突如として現われた海賊が貫之に開陳したのは、その風貌に甚だ似つかわしからぬ、学問上の議論だった。ここで海賊は『古今集』撰者の一人としての貫之に対し、真名序に見える『古今集』の別名「続万葉集」は、いったいどういうつもりで命名したのかと、中国の字書を複数提示しつつ詰問している。とはいえ、ここで海賊が述べている『万葉集』題号論は、多くの先行研究が指摘しているように、『金砂』・『楢の杣』・『古葉剰言』などの著作で、秋成が繰り返し述べてきた説であって、本作ではこれ以後も同様に、秋成自身の所説が次々と海賊の口から発せられてゆく。作中人物の海賊に、秋成が自身を仮託していることは疑いない。とすれば問題は、和学上の著作の中ですでに述べたことのある自説を、ここで改めて秋成が、物語という形式を用いて、海賊に語らせていることの意味をいかに捉えるかにあろう。なお、ここでの所説は、当時において歌学者として権威的であった契沖及び小沢蘆庵が、『釈名』の「歌」の字解に拠っていることへの批判として捉え得るものであること、鈴木淳「小沢蘆庵と契沖歌学」（『江戸和学論考』ひつじ書房、一九九七年、所収）に指摘がある。

〔四〕『古今集』仮名序への論難

今や[1]文字の業足りし世に、釈名の誤を宗として、葉を歌として[2]『やまとうたは一つ心をたねとして、万のことの葉となれり』とや。いかにかく[3]字にくらくても歌は上手也と名をきこえて心たるよ。『ことの葉』と云語、汝に出て末の世につたへ習ふは罪ある事ぞかし。又、[4]唐土《もろこし》の[5]六義《りくぎ》といふ事は、是も[6]謬妄《ぐわまう》にて、もしありとも[7]三体三義なるをさへしらず。[8]おのれいつはりて、己に欺かるる者ぞ。汝がいひしは又それにも非《あらず》。[9]そへ・たとへ・なぞらへなどと一つこころをことごとしくいひたる、拙し。しか云て、『からの歌にもかくぞ有べき』と、[10]かしこをしらぬ気にいひたるがにくし。

1 漢学。漢字の学。
2 『古今集』仮名序の冒頭。「一つ心」は異文。3 漢字。4 中国。5 『詩経』周南に見える六義。6 うそいつわり。「六くさに分ちいふ事もとよりここに無事故に皇朝の古意にかなひても聞えず」（賀茂真淵『続万葉論』）7 六義を風・賦・比と興・雅・頌とに分ける説。
8 自身の半端な知識によって、自分自身が騙される。9 仮名序に「そもそも歌のさまむつなり、からの歌にもかくぞあるべき」として挙げられる六つの歌体。
10 中国の『詩経』を知らないかのように述べているのは憎らしい。

読みの手引き

続いて海賊が批判の俎上に載せるのが『古今集』仮名序の「ことの葉」の語である。秋成によれば貫之以前にこの語の用例はなく、しかも『釈名』の誤った字解に依ったものという。秋成の『万葉集』注釈『金砂』では同趣の議論の後、噫《ああ》、紀氏の口才をもて、後をまどはす事の悲しさよ。文字は道を乗する輿馬《よば》といへども、虚譌も亦是につきて走る。千歳の下、豈《あに》容易ならんやと云事を、独ごとに云て歎くのみ。

と、あくまで「独ごと」であることわりつつも、貫之に対し、誤りを後世に伝えてしまっていると同様の批判を向けている。本作で海賊と秋成とが二重化されていることはすでに述べたが、だとすれば物語という虚構の力を用いることで「千歳」を飛び越え、「独ごと」を貫之へと届けるべく、この一編が書かれたことになろうか。

ところで、ここで秋成が引く仮名序本文「一つ心を」であるが、内村和至「仮名序異文「ひとつ心」の国学的受容」（『上田秋成論—国学的想像力の圏域—』ぺりかん社、二〇〇七年、所収）が指摘するように、これは荷田春満が重視した異文であり、秋成は他の著作でもたびたびこの異文を引いている。秋成も序を寄せている寛政十年（一七九八）刊の春満歌集『春葉集』に付された春満筆仮名序にも「ひとつの心を」とあり、また春満著『古今集序註』（『新編荷田春満全集』第六巻所収）に「人のこころをといふを貫之の本にはひとつこころをとあるよし、或書にみえたり。尤もしかるべき也」などとある。秋成は、こうした春満説の影響のもと、貫之の執筆した仮名序を海賊に論難させているわけである。

〔五〕恋歌と法令

さて、勅旨[1]にえらぶ者に、大宝[2]の令にたがひて、良媒《りやうばい》[3]なく、又、人[4]のつまに心かよはせしを、歌よしとて奉りしはいかに。君、明主[5]にてましまさば重く罪かうむるべし。其歌どもを、多きにあまりて恋の部五巻[6]とまでは、心のみだれかぎりなし。淫奔《いんぽん》[7]の事、神代《かみよ》の昔しは情のみをこころとして其罪はとがめず。人の代と成て[8]儒教わたりては、『夫婦別有《べつあり》』[9]・『同姓をめとるな』[10]と云に習《ならひ》たれば、ここにもあしからぬ法とて用ひられし也。かく、国の令法にそむきてもしのびに[11]心かよはするわりなさは、神代ながらの人の心なるをいかにせん。あらはして[12]えらびしは、罪問るるともかへるまじきぞ。朝廷に学師[13]あれどおのが任ならねばよそ目[14]つかひてある事、又にくし。

1 勅撰和歌集である『古今集』のこと。
2 文武天皇の時代に制定された大宝律令。3 仲人。4 不倫、横恋慕を詠じた恋歌。
5 賢明な君主。立派な主君。
6 『古今集』で恋歌を収める巻十一より十五までの五巻。7 男女関係において淫らなこと。多情。
8 底本「成んて」の「ん」を朱で見消ちにし、「来」と朱で傍記。9 『孟子』滕文公上に見える語。10 『礼記』曲礼上に見える語。11 こっそりと不倫をしたりするどうしようもなさは。
12 あからさまに恋歌を『古今集』に収めたのは。
13 学者。文人学儒。
14 見て見ぬふりをする。

読みの手引き

ここでの海賊の議論はやや論旨を掴みにくい。『万葉集』四の大神郎女《おおみわのいらつめ》が大伴家持に送った六一八番歌に対する『楢の杣』の秋成注を補助線に用いよう。

さて、家持卿はかくあまたに心をかよはせつつ、いとも戯男《たはれを》なりけり。源氏、伊勢の作文は、実事ならねば論無き事也。されど、世の姿もて書しかば、令にかしこく立られし法も、竊《ひそか》には用ひざる事、哥に見えてしるかりけり。（中略）人情は恋慕のみ神代より今にかはらねば、法有といへども見過し給へば、勅撰に恋の部を立られたるに、良媒無きわたくし言も、詞章にめでては捨ず撰ばれたり。

本作と似た表現が随処に認められるが、こちらでは『古今集』に恋部が立てられていること自体は批判していない。海賊の当該議論については、貫之の『古今集』編纂態度を「極めて倫理的立場から批判」し、また「秋成当時の歌人達の無学淫奔を諷したもの」とする見方（岩波日本古典文学大系中村幸彦注・解題）があるが、「恋の歌そのものを否定しているのではなく、律令制下における社会的規範と、勅撰集というものの性格から見ての不備・矛盾をついたもの」（新潮日本古典集成美山靖注）とする見解に従うべきであろう。この点、五年本は「しのびに心かよわする」ことは許容されるが、「あらはしてえらびし」ことは「罪」であると対比的に述べている。つまり、ここで海賊が問題視しているのは、公的な性格を持つ勅撰集に、私的感情に基づく恋歌の部があからさまに立てられていることであって、公私の峻別に配慮する近世的エートスからの論難と捉えるべきだろう。ちなみに秋成の歌文集『藤簍冊子』にも確かに恋歌は収められているが、恋部は立てられておらず、多くは雑部に収められている。あるいは、伴蒿蹊『近世畸人伝』が「中世已後淫靡風をなせるをいきどほりて、生涯恋歌を詠ぜず」と評した荷田春満の恋歌観からの間接的な影響も勘案すべきか。

〔六〕不遇の文人官吏たち

中にすぐれて[1]菅相公《くわんしやうこう》あれば、にくみねたみて、ついに[2]外藩に貶《おと》され、怨みの神となりて[3]朝にいたれば、今更、[4]神と尊崇しておそるる君が代を[5]延喜《えんぎ》の聖代とはあまりに[6]過たり。[7]三善《みよし》の清《きよ》行《つら》こそ、いささかも[8]ふみたがへずしてつかふまつるをば[9]三議式部卿にてすすませず。是が奉りし[10]意見十二事に、斉明天皇西征の時、吉備の国にてい《（ママ）》たりて、人烟《じんえん》にぎははしきを見そなはして『いく里つらなりてかかる。又、幾万の人すむ』ととはせしに、国人こたふ。『一里にて侍り。もし軍人を召ならば、二万人はたてまつらん』と云にぞ、二万《にま》の里とよぶべき勅旨ありし所の、今はおとろへおとろへて、軍役めすとも人無しとて[11]第一

1 菅原道真（八四五〜九〇三）。平安初期の文人官吏。2 遠方。ここでは延喜元年（九〇一）、藤原時平の讒言による太宰府への左遷を指す。3 朝廷。
4 延喜二十三年（九二三）、醍醐帝が道真の御霊を慰めるべく、右大臣に復し、正二位を追贈したこと。5 醍醐帝時代の延喜年間（九〇一〜二三）は善政の時代とされた。6 過大評価である。
7 八四七〜九一八。平安初期の文人官吏。8 底本「も」ナシ。意に拠って補。
9 史実では従四位上参議兼宮内卿。
10 延喜十四年（九一四）に清行が醍醐帝に献上した政治意見書。『本朝文粋』巻二所収「意見十二箇条」。11 「意見十二箇条」第一条以前の序論部分に以上の

になげき奏せしは、学師の心せばき也。栄枯地をかふる事、人の利益つとむにつきて罪なし。さては、二万の軍人はめさばいづこよりか奉らん。又、学文は君・大臣の御つとめにして、[12]翰《かん》林《りん》の士、名高くともすすむべからず。これは[13]童形《どうぎやう》のかんだちめにはじめ習はせたまはんの為にしかししを、朝廷にさかんならば、[14]坎壈《かんらん》の府、[15]凍餒《とうたい》の舎とおとろふべき者ぞ。是亦《これまた》、学師の病《やめ》る論説なり。又、[16]播磨《はりま》のいなみ野の[17]魚住《ナキスミ》の泊《とまり》は、[18]行基《ぎやうき》が『此わたりに舟煩《わづら》へり』とて造りしは僧家の[19]願心なり。[20]天造にあらねば度々崩れて舟よせがたし。三善が願ひは[21]惻隠《そくいん》の心ばかりにて聖道にはあらず。かくおろかなりといへども、文に博《ひろ》く、事を知て問せたまはば、[22]塩梅《えんばい》の臣とも後には成ぬべし。

邇磨郷の記事あり。12 学者。13 公卿（上達部）の子弟。14 才能・能力に見合った地位を得ていないさま。不遇。「大学是迍邅坎壈府、窮困凍餒郷」（「意見十二箇条」第四条）。15 凍え、飢えること。底本「餗餒」。16 播磨国（現兵庫県南部）加古郡印南野。以下、魚住泊を修繕すべきことを述べた「意見十二箇条」第十二条に拠る。17「名寸隅の船瀬。是は既に云し三善清行の意見封事に見ゆる魚住の泊にて、なきすみと是をよまば、きは付よみなる歟」（『金砂』八・『万葉集』九三五番歌への注）、「播磨の加古郡の印南野也（中略）此湊は魚住《ナキスミ》の泊の事、三善清行卿の異見封事第十二条に見ゆ」（『楢の杣』三上・『万葉集』二五三番歌への注）。18 六六八～七四九。奈良時代の僧。19 衆生を救おうと願う心。仏語。20 自然が作ったもの。21 憐れみ悼む心。同情心。22 主君をうまく補佐する家臣。

読みの手引き

海賊の議論は菅原道真と三善清行という、この時代を代表する文人官吏の評価へと移る。なお、富岡本では道真のみが、叙上のごとき貫之らの『古今集』編纂態度を問題視したものの、太宰府へ左遷させられたために問題が露見しなかったとの記事がある。既に諸注が指摘するごとく、道真の左遷は『古今集』奏覧以前の出来事であり、富岡本での史実との不整合は文化五年本には認められない。左遷された道真とは対照的に、清行はそうした憂き目に遭うこともなく学者として朝廷に仕えてはいたが、やはり参議以上に進むことはできなかったのだと述べる海賊は、更にその清行が醍醐帝に奏上した「意見十二箇条」の記事の幾つかを取り上げ、それらを逐一批判してゆく。海賊の批判は、清行の論が「学師の病《やめ》る論説」、すなわち、叩き上げの学者が陥りがちな、分度を弁えない自己弁護と視野狭窄に過ぎないことを鋭く突くものと言えよう。とはいえ、〔七〕で語られるごとく、海賊自身もかつては文人官吏であったらしいのだから、この批判は、海賊自身の自己省察を潜り抜けたものとして受け止める必要があろう。

〔七〕海賊の退場

我は詩つくらず歌よまねど、思《おもひ》にほこりて人にねたまれ、且、酒に乱《みだれ》て罪かうぶり追[1]やられしのちは、力量[2]あるをたのみて海

1 追放された後は。2 底本「童」。意に拠って改。3 舟唄の囃子詞。「大坂の天神橋をわたる時、川面に舟よそひして、やんらめでた、とうたふを見たれば」

にうかび賊をなし、人の宝を我たからにおもひのままに酒のみ、肉に飽て、かくてあらば百歳のよはひ保つべし。歌よみて道とののしる友にはあらず。問へ。猶いはん。咽《のど》かはき苦しければ、止むべし。酒ふるまへ」とて乞に、肴物《さかなもの》そへて出す。あくまでくらひ、のみ、興つきて、かへらんとておのが舟に飛のりて、「[3]やんら目出たの」と[4]舷《ふなばた》たたいてうたふ。つらゆきの舟も[5]汐かなへりし[6]とて、「[7]もうそろもうそろ」と[8]舟子等うたひつるる。彼海ぞくが舟ははやも漕かへり、[9]跡しら波とぞなりにけえり。

(『胆大小心録』)。4 船のへり。屈原「漁父辞」の「漁父莞爾として笑ひ、枻を鼓して去り、乃ち歌ひて曰く」(原漢文、以下同)を踏まえる。同作を収める『古文真宝後集』の元文五年版等は「枻」に「フナハタ」と傍訓、注に「枻ヲ鼓クトハ船舷ヲ扣クナリ」とあり。5 底本に「汐かなへり云云の文、土佐日記にやあらん追てかむがうへし」と朱で上覧書入があるが該当記事なし。6 底本「とくいたそろ〱」。他本及び意に拠って改。7「出雲風土記に大船の毛曾呂毛曾呂爾と云詞見ゆ。大船のあゆみのおそきを云歟。又我難波の河舟こぐにも海をわたるにもかぢ取が語にようそろと云は日よく波風なきをよくさむらふと寿詞するか。又舟の川瀬にさはらで行をようそろと云歟」(『冠辞続貂』)。8 舟を漕ぐ水夫。9「跡白波とぞなりける」(謡曲・船弁慶)。また『後漢書』霊帝紀の故事から「白波」は盗賊の意があり、海賊の縁で用いた修辞。

読みの手引き

言うべきことが尽きたのか、海賊は最後に自己の境涯を語り、酒肴を所望してそれらを喰らい、貫之一行の前から去る。延々と続いた海賊の議論に対し、貫之側からは結局何の応答もない。ひどくアンバランスなまま互いに平行線を辿る両者の姿は、物語の結構を損なっているともいえ、その点から、本作へと否定的な評価が下されたこともあった。天理冊子本の断簡では、議論を終えた後と思しき箇所で「こたへあらば承らん」との海賊の言が見え、貫之へ返答を促すが、とはいえ当該断簡を読む限り、貫之がそれに応じた形跡はない。貫之側の発言の欠如は、恐らく秋成の意図的な操作の結果であろう。ならば問われるべきは、本作が海賊による一方的な議論の物語として構想されたことの意味である。

このことを考える上で注目されるのは、注でも示したごとく、ここでの「舷たたいてうたふ」という海賊の行動が、屈原「漁父辞《ぎょほのじ》」に拠っている事実である。天理冊子本の断簡二種には「漁父辞」で漁父が詠じる滄浪歌を踏まえた海賊の科白も見え、当該場面の海賊が、漁父に自己を重ね合わせていることは容易に看て取れる。〔二〕で海賊が貫之一行に「是は前の土佐の守どのの舟か」と問い掛けるのも、「漁父辞」で漁父が「子は三閭大夫に非や」と屈原に官名で声を掛ける場面を踏まえたものであろうし、「彼海ぞくが舟ははやも漕かへり、跡しら波とぞなりにけえり」と海賊の退場を謡風に語る場面も、「漁父辞」末尾の滄浪歌及び「遂に去りて復た與《とも》に言はず」（原漢文）を下敷きにしたパロディと捉えることもできるだろう。『古文真宝後集』の元文五年版等には「漁父は蓋し亦当時に隠遁の士ならん」との注が見えるが、本作の海賊もまた、中央を追われた「隠遁の士」に他ならない。そもそも「漁父辞」では、世の腐敗を厭い、あくまで清廉潔白たらんとする屈原と、世の清濁に応じて対処すべきであるとする漁父とは決して相容れない関係にあるが、これもまた本作での海賊と貫之の関係を髣髴とさせる。無論、「漁父辞」では屈原と漁父は実際に対話しており、本作はそれを欠くという違いはあるのだが、両者には歩み寄りの生じる余地が始めから存在しえず、だからこそ、貫之は一切の応答を放棄し、海賊は持論を一方的にまくし立てて去るのだろう。いずれにせよ、『土佐日記』に「漁父辞」を接合することから構想されたと思しい本作において、海賊と貫之の架空の対話は、かつて中央を追われた者から、これから中央に戻ろうとする者への警告として、必然的に一方通行に終わるほかないのである。

なお、「舷たたいてうたふ」の典拠が「漁父辞」にあることは、金沢大学の学生村谷佳奈の演習発表時の指摘に基づくものであり、同氏による論文化（『金沢大学国語国文』第三七号掲載「「海賊」の典拠と主題――「漁父辞」と『土佐日記』」）が予定されていることを断っておく。

〔八〕貫之、海賊の手紙を受け取る

貫之、都にかへりたまひて後に、誰ともしらぬものの文もて来たり。開き見たれば、「菅相公の論一章、かいぞく」とする

1 以下の海賊の文章は原漢文。
2 道真が御霊として祀られたこと。
3 王充『論衡』幸遇篇「孔子曰、君子有不幸而無有幸、小人有幸而無不幸」、

あるいは蔡邕『独断』「王仲任曰、君子無幸而有不幸、小人有幸而無不幸」に拠るが、本作では「小人幸有而有不幸」。仲任は王充の字。4 官位を下げ、退けること。大宰府へ権帥として左遷されたことを指す。5 学者。原文は「自出翰林」だが、当該箇所は昌泰三年（九〇〇）十月十一日、清行が道真に退隠を薦めた「奉菅右相府書」（『本朝文粋』巻七所収）の「挺自翰林、超昇槐位」に拠った表現であることから、かく訓読した。6 大臣の位。7 奈良時代の文人官吏である吉備真備（六九五～七七五）。道鏡の政権下に右大臣に昇った。「才智兼備の人、いにしえより稀也。吉備公は才智兼備、菅公は才花々しくおはせりき」（『茶痕酔言』）。8 弓削道鏡。称徳帝の寵愛を受け、皇位を狙ったが和気清麿にはばまれた。9 底本「檀」10 国家。11 漢の忠臣、周勃と陳平。劉氏一族と共に、劉邦の皇后呂后の死後に政治を独占していた呂氏一族を共闘して討った

して贈《おくり》たり。手鬼々しく清からずして、よめがたし。
[1]懿《よ》キ哉《かな》菅公、生キテ人望ヲ得、死シテ神威ヲ[2]耀《かかや》カスハ、古へヨリ惟《ただ》一人巳《のみ》。嗟乎《ああ》、[3]君子幸ナクシテ不幸有リ。小人幸有リテ不幸有リ。菅公独《ひと》リ徳有リテ、不幸ヲ免《まぬが》レズ、西辺ニ[4]貶黜《へんちゆつ》セラル。然《しか》レドモ故《ゆゑ》有ル哉。[5]翰林ヨリ出テ、[6]槐位《くわいゐ》ニ昇ル者、[7]吉備公ト公ノ二人耳《のみ》。吉備ハ[8]妖僧朝政ヲ[9]擅《ほしいまま》ニスレドモ能ク忍ブ。昔ハ[10]大器ヲ持シテ傾ケズ、[11]勃平《ぼつぺい》ト功ヲ同《おな》ジウスル也。公ハ然ラズ。[12]朝ガ為ニ身ヲ忌テ、[13]菅根ノ面《おもて》ヲ打テ、朝ニ於テ辱カシメ其ノ[14]冤《えん》ヲ結ブ。又三善清行、文才忠心、挙ゲ用フベキニ、未ダ[15]試ミズシテ則チ嘲《あざけ》リテ答ヘズ。是レ父[16]是善ノ門弟子、後チ去リテ它《ほか》ニ属ス。此ヲ以テ恨《うらみ》ヲ遺《のこ》シ、薦《すす》メザルハ俗意耳《のみ》。清行革命ノ表ノ[17]次《ついで》ニ公ヲ諫《いさ》メテ、[18]「来年命ヲ革《あらた》ム。是レ弩《いしゆみ》ヲ以テ市ニ射《い》ル、誰カ知ラズト雖モ。公謹ンデ致仕シテ、文学ニ遊ババ、則チ天寿ヲ待ンカ」ト。公ハ忠誠ニシテ納《い》レズ。[19]其翌《よく》年正月、[20]讒人《ざんじん》ノ為メニ貶黜セラル。是レ哉、

（呂氏の乱）。ただし『胆大小心録』一六三等では吉備真備に批判的。12 朝廷。13 道真が庚申の夜、殿上でその頬を打った藤原菅根のこと。「菅根無止者也。雖然殿上庚申夜、天神被打頬也云々」（『江談抄』菅家被打菅根頬事）。14 恨みをかう。15 巨勢文雄による清行の推薦状を、道真が嘲笑い、字句を改竄したこと。「善相公者、巨勢文雄弟子也。文雄薦清行状云、清行才名超越於時輩云々。菅家令嘲此事、則改超越為愚魯字。」（『江談抄』清行才菅家嘲給事）を踏まえる。16 道真の父、菅原是善（八一二〜八八〇）。「菅家令怨之為先君（割注・是善也）門人於事無芳意云々」（『江談抄』清行才菅家嘲給事）とあり、清行は是善門人。17 臣下から天皇・上皇に上る文書。ここでは清行が道真に送った「奉菅右相府書」のこと。18「奉菅右相府書」の「遭凶衝禍、雖未知誰是、引弩射市、亦当中薄命」、「伏冀、知其止足、察其栄分、擅風情於煙霞、蔵山智於丘壑」を踏

[21]美玉ノ小瑕耳《せうかのみ》。然レドモ生キテ人望ヲ得、死シテ神威ヲ耀カスハ、古ヘヨリ公一人已《のみ》。

筆つきほしいままなり。又、副書《そへがき》して云、

さきにいふべきを、言にあかずして遺《のこ》しつ。汝が名は、「[22]一ヲ以テ之ヲ貫ク」と云語をとりたるはよし。さてはつらぬきとよむべし。之《し》は[23]助音、ここに意なし。之の字「ゆき」とよみし、[24]三百篇にところどころ見ゆれど、この語の例にあらず。汝歌よくよむ事、人赦《ゆる》したり。暫く止て、[25]窓下のともし火かかげて文よめ。名は[26]父のあたへし者にいふ。[27]父不文《ふぶん》の誹《そし》りにあはんは不孝也。

と書すすめて、「[28]杢頭《もくのかみ》どの」と書すすめたり。

まえる。昌泰四年（九〇一）は、讖緯説において天命の革《あらた》まる辛酉に当たる。19 翌年。昌泰四年（九〇一）正月の昌泰の変のこと。20 左大臣藤原時平（八七一～九〇九）。21 ごく僅かな欠点。22『論語』里仁。原漢文。23 助辞。24『詩経』所収の古詩。25 窓の雪灯り。『蒙求』「孫康映雪」などに見える故事。26 紀望行のこと。27 漢字・漢文に明るくないこと。28 貫之の官名。木工寮の長官。宛名として書かれたもの。

読みの手引き

海賊からの手紙は、宛先である貫之当人については「副書」でその名前の訓《よ》みを揶揄するに過ぎず、漢文で書かれた菅相公（菅原道真）の論がむしろ本題のように見える。とまれ、ここで改めて海賊が手紙を送るのは、それが口頭ではなく、文字の形でなければ決して伝え得ない性質のものであったためであろう。すなわち、海賊にとっての問題は、当該文章の内容以上に、漢文という書記形式にあったのではなかろうか。既に三善清行「意見十二箇条」が議論の俎上にのぼせられているが、ここで下敷きにされているのは同じ清行の「奉菅右相府書」である。浅野三平は当該文章を、「清行の文を模倣したとも言える」ものと評しているが（「海賊をめぐって」『上田秋成の研究』桜楓社、一九八五年、所収）、海賊が漢文に長じた人物として造形されていることは、彼が貫之の漢字についての不明をたびたび罵倒していることからも明白であって、この「菅相公の論」も「奉菅右相府書」や「意見十二箇条」、更には『古今集』の真名序をも収める『本朝文粋』の平安王朝期の文人官吏たちによる漢文に擬して創作されたものと受け止めてよい。だからこそ、この意見上表はあくまで漢文で書かれねばならなかったのである。天理冊子本に「よくろうじたりしは実に学士の言也」との「菅相公の論」評が存するが、これも内容と共に王朝期の文人官吏として必須の教養である漢文の見事さをいったものであろう。いずれにせよ、貫之と海賊との和漢の教養を対比的に描く本作の構図は、一層強調されることになる。

ところでこの「菅相公の論」は、秋成自身がかつて「菅相公論」と題して認めた文章を転用したものである。「菅相公論」は『秋成遺文』所収本及び寺内久実「上田秋成自筆「菅相公論」について」（『関西大学図書館フォーラム』四号、一九九九年）の紹介する関西大学蔵本（享和元年二月成）の二点が管見に及んだ。注にも記したごとく、当該文中の「君子無幸而有不幸、小人有幸而有不幸」は蔡邕『独断』ないし王充『論衡』幸遇篇の一節を引いたものだが、従来、傍点を付した「幸」は「辠《つみ》」の誤写とされてきた。「辠」と翻刻する『秋成遺文』所収本は原本を確認し得なかったが、関西大学蔵本は明らかに「幸」と読むべき字体であって、従来の翻刻及び校訂は改める必要がある。よってこの一節は、物事の禍福は善悪と無関係に運転するものであるという『論衡』流の命禄論を述べたもので、多くの学士たちの中で道真のみが左遷の憂き目にあったのも、当人の不徳の致すところではないことを言ったものである。

さて、つとに三宅清『荷田春満』が指摘するように、春満が漢文で記したという「創造国学校啓」（『春葉集』所収）には「意見十二箇条」に基づく文飾が多々認められるが、このことから森山重雄は、秋成の「意見十二箇条」への関心はここに淵源するものではないかと推定している（『幻妖の文学上田秋成』三一書房、一九八二年）。ここまでに見てきた通り仮名序異文「ひとつ心」、恋歌批判、そして「創造国学校啓」と同じく清行の文章に拠った「菅相公の論」など、本作の海賊には、従来指摘されてきた著者秋成自身と共に、荷田春満の影がちらついている。無論、春満は大いに貫之へと信を置いていた人物で、海賊とは余りに隔たった存在であるのだが、本作を読解する上で一応留意すべきことと思われるため、蛇足ながら言い添えておく。

〔九〕海賊の正体、作者の識語

この後に学文の友にあひて問たれば「それはふん屋の秋津[1]なるべし。学問このみたれど、放恣[2]《ほうし》にして且《かつ》酒にみだれ大臣に追れしが、海賊となりて縦横[3]するよ。渠儂《かれ》が天禄[4]《てんろく》ならめ」とかた

1　平安時代前期の官人。承和の変に連座して出雲員外守に左降、配所で没。七八七〜八四三。『続日本後紀』に拠れば酔泣の癖があったといい、また『小野道

りしとぞ。我欺《あざむ》きをつたへて、又人をあざむく也。此話、一宵不寝にくるしみて燈下に筆はしらせし盲書なり。よむ人、心してよ。

風青柳硯』などの浄瑠璃では怪力の酒豪として描かれる。史実に基づけばこの時期には既に没して久しい。2 勝手気ままこと。3 底本「従」。4 天から授かった運。天命。5 眼病を抱えていた秋成自身の境遇を当て込んだ謙辞。秋成所用の印に「余斎盲書」と刻したものあり。

読みの手引き

海賊の正体とされる文屋秋津は、史実の上ではこの時点で既に没後百年近く経っている人物である。この点も本作の史実離れの一端とされてきたが、海賊が文屋秋津であるというのは諸本共通して、あくまで貫之の知人による推定であり、森山重雄が「海賊がみずから文屋の秋津と名のったことは、この作品のどこにもな」く、よって秋成は本作において「文屋の秋津と断定できない脱史実的な朧化的方法をとっているのである」（前掲『幻妖の文学上田秋成』）とする指摘が注意される。結局海賊が何者であったのかの答えは本作において宙吊りにされたままなのであり、この点において、本作の方法は〈反史実〉というよりも確かに〈脱史実〉と呼ぶのが適当であろう。史実に抗うのではなく、史実とはまったく無縁な所に作品世界が設定されているのだとすれば、末尾に突如として登場する「我」は、恐らくそのことについて極めて自覚的である。〔四〕で海賊が語る「おのれいつはりて、己に欺かるる者ぞ」、本書序文の「むかし此頃の事どもも人に欺かれしは我いつはりとなるを…」の反復にも見える末尾の一文は、その後に続く、文化五年本にのみ見える著者の識語らしき文章（「此話、一宵…」）と共に、読者へと本作を真実とは決して受け取らせまいとして、作品世界の一切を宙吊りにしてみせるのである。

二世《にせ》の縁《えにし》　第四回

〔一〕寒林の中の数寄者

[1]山城の[2]高槻《たかつき》の樹の葉散りはてて、山里いとさむく、いと[3]さふざふし。[4]古曾部《こそべ》と云ふ所に、年を久しく住みふりたる農家あり。山田あまた[5]ぬしづきて、年の豊凶にもなげかず、家ゆたかにて、常に文よむ[6]事をつとめ、[7]友をもとめず、夜に窓のともし火かかげて遊ぶ。母なる人の、「いざ寝よや。[8]鐘はとく鳴りたり。夜中過ぎてふみ見れば、心《しん》つかれ、つひには病する由《よし》に、我が父ののたまへりしを、聞き知りたり。好みたる事には、みづからは思《おぼ》したらぬぞ」と諫《いさ》められて、いとかたじけなく、[9]亥《ゐ》過ぎては枕によるを、大事としけり。

1 現京都府南部。2 現大阪府高槻市。「速来ても見てましものを山背の高槻の樹は散りにけるかも」（『楢の杣』三上・『万葉集』二七七）3「さうざうし」に同じ。心寂しい。風景と心象の双方を表現する。4 現大阪市高槻市古曾部町。能因法師が隠棲した地として知られた。天理冊子本には、能因の歌「わやがどのこずゑの夏になるときはいこまの山ぞみえずなりぬる」（『後拾遺集』巻三）が引用されている。5 所有する。6 夢中になる。7『徒然草』十三「ひとり、灯のもとに文をひろげて、見ぬ世の人を友とするぞ、こよなう慰むわざなる。」8 時を告げる鐘。寺院の鐘であることが多い。9 午後十時頃。

読みの手引き

旧暦ならば十月、新暦ならば十一月から十二月。冬になって葉はことごとく落ち尽し、あたり一面寒林の眺めである。物語はこの初冬の景を紹介し、女流歌人伊勢や歌の数寄者能因の、山里の隠棲地として伝えられる古曾部（『摂津名所図会』巻五）で、書物を友とする人物に焦点をあてる。母親は夜更かしが体によくないことを忠告し、息子もその教えに従う。枯木の風景は、この後登場するミイラと通い合い（「からびたる三井の仁王や冬木立　其角」）。夜更かしへの忠告は、そのミイラと出会う契機に関わる。巧みな導入である。

〔二〕虫の音から鉦の音へ

雨ふりて、よひの間も物のおとせず。こよひは[1]御いさめあやまちて、[2]丑《うし》にや成りぬらん。雨止みて風ふかず。月出でて窓あかし。[3]一こともあらでやと、墨すり筆とりて、こよひのあはれ、やや一二句[4]思ひよりて、[5]打ちかたぶきをるに、虫のねとのみ聞きつるに、時々かねの音《ね》、夜毎《よごと》よと、[6]今やうやう[7]思ひなりて、あやし。庭におり、[8]をちこち見めぐるに、ここぞと思ふ所は、

1 母が寝るよう忠告した時刻をうっかり過ごす。
2 午前二時ごろ。
3 和歌の一首でも詠もうか。
4 思い浮かんで。5 小首を傾げる。あれこれ思案する。6 今になってようやく。7 気がついて。
8 あちらこちら。

常に草も刈りはらはぬ隈《くま》[9]の、石の下にと聞きさだめたり。

9 一隅。片隅。

読みの手引き

冬の夜は重厚な感じがあり、また、森閑として雨の音ばかりが澄んで聞こえる。数寄者は、耳を澄ませている。読書にふけっているうちに雨は止み、月が出て歌の一、二句思いついたところで、虫のものと思っていたその音に不審を抱く。もう虫は死に絶えているはずだ。音は本物の鉦のもので、庭の片隅の地中からそれは聞こえる。秋成は音の怪異の描写に巧みだった（井上泰至『雨月物語の世界　上田秋成の怪異の正体』角川選書、二〇〇九年）。冬の音から始め、読書から詠歌へ、さらに鉦の音へと読者を不可思議な作品世界に引き込む筆の運びは無駄がなく、『雨月物語』以上に秀逸だ。

〔三〕掘り出されたミイラ

あした[1]、男ども呼びて、「ここほれ」とて掘らす。三尺[2]ばかり過ぎて、大なる石にあたりて、是をほれば、又石のふたしたる棺《ひつぎ》あり。蓋《ふた》取りやらせて内を見たれば、物[3]有りて、それが手

1 翌朝。2 約一メートル。

3 対象を明確に規定せず、漠然と示す。

に[4]鉦《かね》を時々打つ也と見る。人のやうにもあらず、[5]から鮭《ざけ》と云ふ魚《うを》のやうに、[6]猶痩々《なほやせやせ》としたり。髪は膝までおひ過ぐるを取り出ださするに、「ただかろくてきたなげにも思はず」と、男等云ふ。かくとりあつかふあひだにも、鉦《かね》打つ手ばかりは変らず。「是は、仏の教へに[7]禅定《ぜんぢやう》と云ふ事して、[8]後の世[9]たふとからんと[10]思ひ入りたる行ひなり。吾《われ》ここにすむ事、凡《およそ》十代、かれより昔にこそあらめ。魂《こん》は[11]願ひのままにやどりて、[12]魄《はく》のかくてあるか。手動きたる、いと執《しふ》ねし。とまれかうまれ、よみぢがへらせてん」とて、内にかき入れさせ、[13]「物の隅に喰ひ付かすな」とて、あたたかに[14]物打ちかづかせ、唇吻《くちびる》にときどき湯水すはす。やうやう是を吸ふやう也。

4 敲鉦。撞木で打ち鳴らす。十一月十三日の空也忌から四十八日間、京都の空也堂の僧は、半僧半俗有髪の姿で鉦を叩いて念仏・勧進をする鉢叩をふまえたか。
5 鮭の内臓を取って干したもの。「から鮭も空也の痩せも寒の内　芭蕉」。
6 なおいっそう。7 煩悩を断って瞑想にふけったまま、生きながら葬られる行為。即身成仏。8 後世。来世。
9 悟りを得て成仏する。仏教では位が上がる。10 信じきる。11 願いの通り成仏する。12 肉体。身体。
13 執念深い者は物のはしに食いついて放さないという俗信による。
14 衣類を着せ。

読みの手引き

ミイラが掘り出される様子は、一転客観的描写となり、そこが事態の不気味さをきわだたせる。この不可思議な事実を、有り難い仏道修行の結果と受け取る周囲の期待は、物語が進むにつれて裏切られてゆくが、この期待は仏教の権威に従う当時一般の感覚でもある。

〔四〕不気味な再生

ここにいたりて、女《をんな》わらべはおそろしがりて立ちよらず。みづから是を[1]大事とすれば、母[2]刀自《とじ》も水そそぐ度《たび》に、念仏して怠らず。[3]五十日ばかり在りて、ここかしこうるほひ、あたたかにさへ成りたる。「[4]されば よ」とて、いよよ[5]心とせしに、目を開きたり。されど、物さだだとは見えぬなるべし。飯《いひ》の湯、うすき粥《かゆ》などそそぎ入るれば、舌吐きて味はふほどに、何の事もあらぬ人也。肌肉ととのひて、手足はたらき、耳に聞ゆるにや、風さむきにや、赤はだかを[6]患《わづら》ふと見ゆる。古き[7]綿子打ちきせれば、[8]手にていただく。うれしげ也。物にもくひつきたり。法師なりとて、魚はくはせず。かれはかへりてほしげにすと見て、あたへつれば、骨まで喰ひつくす。さて、よみぢがへりしたれ

1 主人が主語。
2 女主人。死にゆく者の口元を水で潤す「死に水」と同じ動作だが、状況は逆。
3 死者の魂があの世へ行くまでの期間である、四十九日を意識したか。ここも状況は逆。
4 さあもう少しだ。
5 専念する。
6 つらそうにする。
7 冬着の綿入れ。
8 手で押し頂く。喜びを率直に表現する行為。

ば、事問《ことどひ》すれど、「何事もおぼえず」と云ふ。「此の土の下に入りたるばかりはおぼえつらめ。名は何と云ひし法師ぞ」と問へど、「ふつにしらず[9]」といふ。今はかひなげなる者[10]なれば、庭はかせ、水まかせなどさして養ふに、是はおのがわざとして怠らず。

9 全く。
10 何を尋ねても甲斐のない者。

読みの手引き

即物的な蘇生の描写に、不気味さと滑稽味が感じられる。死に水や四十九日を意識したと思われる蘇生の様は、一見仏教の教義の通りにも見える。が、蘇生した男は、僧侶に戒められている魚肉も平気で食らい、生前の記憶も全くない。

〔五〕仏説からの解放

さても[1]、仏のをしへはあだあだしき[2]事のみぞかし。かく土の下に入りて鉦打ならす事、凡《およそ》百余年なるべし。何のしるし[3]もな

1 はてさて。それにしても。
2 いかにも中身のない。「徒（あだ）」は、

くて、骨のみ留まりしは、[4]あさましき有様也。母刀自《とじ》はかへりて[5]覚悟あらためて、「年月大事と、子の財宝を[6]ぬすみて、[7]三施《さんせ》おこたらじとつとめしは、きつね狸に道まどはされしよ」とて、子の物しりに問ひて、日がらの[8]尸《はか》まうでの外は、野山のあそびして、嫁まご子に手ひかれ、よろこぶよろこぶ。一族の人々にもよく交り、めしつかふ者らに[9]心つけて、物をりをりあたへつれば、「貴しと聞きし事も忘れて、心しづかに暮らす事のうれしさ」と、時々人にかたり出でて、うれしげ也。

「まめ」の反意語。
3 仏道に殉じた効果。御利益。
4 あきれて言葉にもならない。
5 心構え。考え。
6 無駄に使って。
7 財施・法施・無畏施。仏教における寄付・お布施。
8 「尸」は「しかばね」。先祖の命日に墓参することまでは、秋成は否定していない。
9 配慮して。

読みの手引き

即身仏の修行に身をゆだねながら何の甲斐もなかったこの男を「鏡」にして、母は仏説の「仕分け」を行う。祖先崇拝までは否定しない。しかし、地獄へ落ちることの恐怖から、寺参りへ追い込まれ、喜捨することの愚は悟った。仏教勢力が現代以上に権威を持った時代、この設定は辛辣な風刺となっている。幕末の欧米人も、武家が祖先崇拝は保ちつつ、迷信には否定的であったことを観察している（渡辺京二『逝きし世の面影』平凡社、二〇〇五年）。江戸時代の人々が皆、宗教に盲従したわけではない。

〔六〕因果はめぐらない

此のほり出《い》だせし男は、時々[1]腹だたしく目怒らせ物いふ。[2]定《ぢやう》に入りたる者ぞとて、入定《にふぢやう》の定助《ぢやうすけ》と名呼びて、五《いつ》とせばかりここに在りしが、此の里の貧しき[3]やもめ住のかたへ、聟《むこ》に入りて行きし也。齢《よはひ》はいくつとて己しらずても、[4]かかる交りはするにぞありける。「さてもさても、[5]仏因のまのあたりに[6]しるし見ぬは」とて、一里《ひとさと》又隣の里々にもいひ[7]さやめくほどに、法師はいかりて、「いつはり事也」といひ[8]あさみて説法すれど、聞く人やうやう少く成りぬ。

1 全く生前の僧の心落ち着いた様子がない有様。2 禅定。八八頁注7。入定の定助とは、即身成仏の無効をからかった命名。3 寡婦。後家。
4 男女の交わり。
5 仏教の功徳を得るための善行。
6 功徳。効果。
7 「さやめく」は、音を立てるの意。噂の的になる。
8 あざける。非難する。

読みの手引き

定助の存在は、その皮肉な命名とともに、因果説の無効性をあぶりだして行く。かつての仏者の面影など全くなく、怒りをむき出しにし、性交もする。結果、村人から相手にされなくなった僧が、必死に説いてまわる姿は、より滑稽である。

〔七〕臨終に念仏なく

又、この里の長の母の、八十まで生きて、今は重き病にて死なんずるに、くす師にかたりて云ふ。「やうやう思ひ知りたり[1]しかど、いつ死ぬともしれず。御薬に今まで生きしのみ也。そ[2]こには、年月たのもしくていきかひたまひしが、猶御齢《おんよはひ》のかぎりは、ねもごろ[3]にて来たらせよ[4]。我が子六十に近けれど、猶稚《をさな》[5]き心だちにて、いとおぼつかなく[6]侍る。時々意見して、家衰へさすなと示したまへ」と云ふ。子なる長は、「白髪づきて、かしこくこそあらね、我をさなしとて御心に煩はせたまへる、いとかたじけなく、よくよく家のわざつとめたらん[7]。念仏してしづかに臨終したまはん事をこそねがひ侍る」といへば、「あれ聞きたまへ。あの如くに愚《おろか》也。仏いのりて、よき所に生れたらんとも願はず。又、畜生道[8]とかに落ちて苦しむとも、いかにせん。思ふに、牛も馬もくるしきのみにはあらで、又たのしうれしと思ふ事も、打ち見るにありげ也。人とても楽地《らくち》[9]にのみは

1 定助の存在から仏説の偽りを知った。
2 そなた。医師を指す。
3 懇意に。
4 「せよ」は尊敬。おいでください。
5 諸本「移」「穢」に「キタナ」と振り仮名を送るが、前後から考えて「稚」の誤りか。
6 心配させる。
7 意志の意味に用いている。
8 仏教の輪廻の説が説く六道の一。悪業の報いによって死後導かれた鳥獣・虫魚の世界。
9 安楽な境遇。畜生と対比。

あらで、世をわたるありさま、牛馬よりもあわただし。年くるるとて衣そめ洗ひ、年の貢《みつぎ》大事とするに、[10]我に納むべき者の来たりてなげき云ふ事、いと[11]うたてし。又目を閉ぢて物いはじ」とて、臨終を告げて死にたりとぞ。

10 年貢を納める際に里長に言う愚痴・嘆き。
11 いやだ。

読みの手引き

里長の母は、定助の一件から、来世の安楽を願う愚かさを悟る。秋成は運命を、人間には計り知れないものと考えた。そういう考え方は、ありのままを受け入れる仏教の本質にそうものでもあり、運命をわかりやすく説明する因果説を相対化する。念仏も唱えない母の臨終が、秋成最晩年の境地であったことは、「樊噲」の末尾にも確認できる。

〔八〕わけのわからぬ縁

かの入定の定助は、竹輿《かご》かき、荷かつぎて、牛[1]むまにおとらず立ち走りて、猶[2]からき世をわたる。「あさまし。仏ねがひて

1 馬。
2 難しい。

浄土に到《いた》らん事、かたくぞ思ゆ。命の中《うち》よくつとめたらんは、家の[3]わたらひなり」と、是等を見聞きし人はかたり合ひて、子にもをしへ[4]聞《きこ》ゆ。「かの入定の定助も、かくて世にとどまるは、さだまりし[5]二世の縁《えにし》をむすびしは」とて、人云ふ。其の妻《め》となりし人は、「何に此の[6]かひがひしからぬ男を、又もたる。落穂《おちぼ》ひろひて、[7]独《ひとり》すめりにて有りし時恋し。又[8]さきの男、今一たび[9]出てかへりこよ。米麦、肌かくす物も[10]乏《とぼ》しからじ」とて、人みればうらみなきしてをるとなん。いとぶかしき世のさまにこそあれ。

3 家業。生業。
4 言い聞かせる。5 諺に「夫婦は二世」と言って、男女の縁は死後も続くことを仏説を前提に言った。ここは、尊い即身仏の行を行いながら、みじめな原初的人間に蘇生した定助の夫婦の交わりを皮肉った。本編のタイトルの由来でもある。6 不甲斐ない。稼ぎのない。
7 後家で独居していた頃。8 前の夫。
9 あの世から甦ってきてほしい。「二世の縁」をふまえた表現。10 不思議だ。わけのわからない。

読みの手引き

定助の物語は最後まで皮肉なものである。定助の経済力の無さに、前夫に甦ってきてほしいと妻は嘆くが、仏説に従えば、夫婦は二世にわたるものだから、定助こそが縁のある夫であった、ということになる。では、再婚したこの女と前夫との「二世の縁」はどう解釈したらよいのか。こうなると、ますますわけがわからなくなってくる。そこには、やはり一般向けに安易に説かれる因果説への疑問が込められていることは言うまでもない。なお、入定した僧の蘇生を扱った説話としては、明和五年（一七六八）刊『新説百物語』巻五「定より出てふたたび世に交りし事」が、富裕なる人物の家普請にともない、鉦の声を聞く点で、本編に最も設定が近い。

目ひとつの神　第五回

〔一〕和歌に志す東人の上京

「[1]あづま人は[2]夷《えびす》也。うたいかでよむべき」と云《い》ふよ。[3]相模《さがみ》の国大磯《おほいそ》人の、志ふかくて、「いでや、都にのぼり学ばばや」とて、[4]西をさす。「[5]鶯《うぐひす》は井中《ゐなか》の谷の巣なれども、[6]だみたる音《ね》は[7]なかぬとや。まして、親につきてんは」とて、母に暇《いとま》こひて出でたちて、「比《ころ》は、[8]文明、[9]享禄の乱につきて、又、かへるべくもあらじ」とて、一たびは諫《いさ》めつれど、あづま人は[10]心たけくて、別れ悲しくもあらぬさまに[11]門《かど》送りす。

1 東国・関東地方の人。京の人に対して、洗練されない人として扱われた。2 都から遠く離れた未開の人。情趣を理解しない田舎者。3 現神奈川県中郡大磯町。4 都を目指す。上京を志す。5 「うぐひすはゐなかの谷のすなれどもだびたるねをばなかぬなりけり」（『山家集』九九二）。6 なまりのある声。濁った声。「あづまにてやしなはれたる人のこはしただみてこそ物はいひけれ」（『拾遺集』四一三・よみ人しらず）7 底本「め」。8 一四六九～八七年の年号。9 底本「享録」。一五二八～三二年の年号。文明に続く長享の誤りか。応仁の乱以後、戦乱が続いた。10 気持ちがしっかりしていて。気丈で。11 人を見送ること。

読みの手引き

「情趣を解さない東国の人は、歌をうまく詠むことができない」という一般論があるが、これは妥当だろうか。こうした問題提起から、本編は始まる。この問いに答えるべく設定されたのが、東国に生まれ育ちながら、和歌に高い志を持つ若者であった。若者は伝統文化の地である都に憧れ、母親の諫めを振り切って上京する。

もちろん、『雨月物語』「浅茅が宿」末尾において、下総国《しもうさ》（現在の千葉県、茨城県）出身の勝四郎の和歌が、拙いながらも「よくいふ人の心にもまさりてあはれなり」と称賛されていた例もある。また、秋成晩年の歌文集『藤簍冊子《つづらぶみ》』では、東国とは限らないが、田舎住まいの風流人や田舎生活の風趣がしばしば題材として取り上げられる（「故郷」・「鶉居」など）。本編冒頭の一般論は、これらの秋成の叙述とのかかわりから考えなければならない。

本編は、従来、文化五年本と富岡本との相違を論じる際に多く取り上げられてきた作品である。〔一〕においても、若者の性格について富岡本に「やさしくおひたちて」とあるのが文化五年本にない、若者と母親とのやりとりが富岡本よりも文化五年本の方が簡潔であるといった違いがあり、それぞれ作品全体の構想と少なからずかかわっている。諸本間の異同の分析については、中村博保「「目ひとつの神」研究」（『上田秋成の研究』〈ぺりかん社、一九九九年〉所収）に特に詳しい。

なお、若者のことばの典拠である西行歌「うぐひすはゐなかの谷のすなれどもだびたるねをばなかぬなりけり」については、「鶯は田舎の谷の巣なれどもだみたる声はなかぬ也けり」の形で『胆大小心録』四十四段にも引用されていることが知られている。ただし、「鶯かいが云ふは、『田舎の鳥はまなります』とさ。西行も是ははたきはたき。」と、西行の失敗だという記述が続いている。

〔二〕 老曾の森に枕を結ぶ

関あまたの過書《くわしょ》[1]、咎《とが》なく近江《あふみ》[2]の国に入りて、「あすなん都」と故《ふる》さとの心せらる。老曾《おいそ》[3]の森の木隠《こがく》れ、こよひまくらもとめて深く入りて見たれば、風が折りたりともなくて、大木吹きたをれしをふみ越えては、さすがに安からぬ思ひす。落葉、小枝、道をうづみて、泥田をわたりする如《ごと》し。神の社たたせます。軒こぼれ[4]、御《み》[5]はしくづれて、昇るべくもあらず。すべて草たかく、苔むしたり。誰やどりし跡ならん、少しかき払ひたる所あり。枕はここにと定む。おひし包袱《つつみぶくさ》[6]ときおろして、心おちゐ[7]たり。風ふかねば、物の音ふつに聞こえず。木末《こぬれ》[8]のひまにきらめく星の光に、あすのてけ[9]たのもし。露ひややかに心すみて、いといたうさむし。

1 関所を通るための証明書。
2 現滋賀県。
3 現滋賀県近江八幡市安土町にある、奥石《おいそ》神社の森。歌枕。
4 壊れる。崩れる。
5 階段を尊んでいう語。
6 ふろしきなどで包んだ荷物。
7 落ち着いた。「あてはかにて口惜しからねば、御心おちゐにけり。」（『源氏物語』「玉鬘」）。
8 木や枝の先。梢。「木の末《ウレ》を約めて、こぬれと云ふ。」（『万葉集見安補正』三）。
9 天気。「にしひんがしもみえずして、てけのこと、かぢとりのこころにまかせつ。」（『土佐日記』承平五年一月九日）。「てけは天気也」（『土佐日記抄』）。

読みの手引き

旅は順調で、若者は都の手前の近江までやって来る。都に強い憧れを抱く若者にとっては、都こそが故郷のように慕わしく感じられる。翌日の入京を前に、若者は老曾の森での野宿を決めた。荒れ果てた様に落ち着かない思いもするが、荷ほどきをすると心も落ち着き、また天気も上々である。ただならぬ森の様子への恐怖心と、それを打ち消すほどの都への期待感とが交互に語られることに注意したい。若者の視線や心境を、リアルに伝えている。

さて、秋成は、若者の野宿の場として、なぜ老曾の森を選んだのだろうか。まず、若者の出身地大磯との音の上での連想が考えられる。また、大江公資の和歌「あづまぢのおもひいでにせんほととぎすおいそのもりのよはの一こゑ」（『後拾遺集』一九五）が下敷きと

老曾の森と奥石神社

なっていて、後に語られる目ひとつの神の言葉こそが若者にとっての「おいそのもりのよはの一こゑ」であり「あづまぢのおもひいで」にあたるという説（森山重雄『幻妖の文学 上田秋成』〈三一書房、一九八二年〉所収「目ひとつの神」）、さらにその詞書「相模守にてのぼりはべりけるに、おいそのもりのもとにて」から、相模と老曽の森との関連を指摘する説（野口武彦『秋成幻戯』〈青土社、一九八九年〉所収「夢の対話篇」）などがある。

〔三〕異形の行列と神の登場

あやし、ここにくる人あり。背たかく、手に矛[1]《ほこ》とりて、道分[2]《ちわき》したるさま也。あとにつきて、修験[3]《しゆげん》が柿染《かきぞめ》の衣の肩むすび上げて、こんがう杖[4]《づゑ》つき鳴らしたる。其のあとより、女房[5]の、しろき小袖に、赤きはかまのすそ糊《のり》こはげに、はらはらと[6]音してあゆむに、檜《ひ》のつまで[7]打ちたるあふぎかざしてくるを見れば、面《おもて》は狐也。其のあとより、ふつつかには見ゆれど、つきそひたるわらはめの、是もきつね也。社の前に立ち並びたり。矛とりしかん人[8]が、中臣[9]のをらび声して物申す。殿の戸荒らかにひらき

1 古代、敵を突き刺すのに用いた柄の付いた武器。2 道を切り開いて進むこと。3 修験道の行者。山伏。4 金剛杖。修験者が持つ杖。八角または四角の白木の杖で、長さは等身大。5 宮中や貴人に仕える女性。ここでは巫女姿。6 衣擦れの音。「衣の音なひはらはらとして」（『源氏物語』「帚木」）。7 底本「つまに」。端手《つまで》。かどのある、荒削りの材木。角材。8 神主。9 中臣氏は古来祭事を司る家で、大祓《おおはらえ》の詞のことを中臣《なかとみの》祓《はらえ》と称する。ここでは、祝詞を声高ら

て出づる神は、白髪おひたるる中に、目一つ[10]ありありと見ゆ。口は耳まで切りさきたる。鼻有りやなし。白き[11]大うち着の[12]にぶ色にそみたるに、藤の無文の袴、是は[13]今さらしたるをめされたるに似たり。

かに唱えたことをいう。「中とみのをらび声、物まをしのによぼひ、秋鹿のつま恋に、ちかきにたけく、遠きにかなしげなるものか。」（『藤簍冊子』四・巻頭文）。10 底本「あかあか」とも読める。11 大袿。大きく仕立てた袿。本来は人に賜わるもので、着る時には普通の袿に仕立て直す。「白き大袿に御衣一領、例のことなり。」（『源氏物語』「桐壺」）。12 鈍色《にび》。濃いねずみ色。13 洗ったばかりのものを。

読みの手引き

くつろいでいた若者の気持ちとは裏腹に、異変が起こる。矛をもった人物（神主）・修験・狐の行列が近づいてきたのである。若者の視線を通して、あたかも童話の一場面のような行列の様相が描かれる。ここには、百鬼夜行が下敷きとなっていると考えられている。

行列は社の前で足をとめ、神主の祝詞に応じるようにして、目ひとつの神が現れる。飯倉洋一「老曽の森の物語——「目ひとつの神」私見——」（『秋成考』〈翰林書房・二〇〇五年〉所収）によると、老曽の森がある奥石神社の祭神は、中臣氏の祖とされている天津児屋根命《あめつこやねみこと》であり、その呼び出しであるからこそ中臣の祝詞が唱えられたという。なお、天津児屋根命は、天目一箇神《あまのまひとつのかみ》の父とも語られる（『古語拾遺』）。天目一箇神は、多度大社（三重県桑名市）で別宮の一目連神社に祀られるなど、風を司る一目連と習合する神である。本編の、扉で若者を扇ぎ上げる（〔八〕）一つ目の神の造形とかかわるものと思われる。

神の形相はすさまじいものながら、本来は着る物ではない大袿を着ていたり、袴だけが洗い立てであるなど、どこかアンバランスな様が滑稽みを醸している。百鬼夜行を題材とした大徳寺真珠庵蔵『百鬼夜行絵巻』などには、様々な妖怪の行列がユーモラスに描かれている。本編においても、恐ろしいはずの怪異の場面でありながら、戯画的に表現されている点を味わいたい。

〔四〕修験の挨拶

立ち並びたるが、[1]かんなぎ申す。「修験はきのふ[2]筑紫《つくし》を出でて[3]都にありしが、又あづまに使すとて、ここを過ぐるたよりに、御見あげ申さんとて、[4]道づとの物奉りてんと申さる」。神とふ。「又いづこにと指して、きのふけふとあはただしきぞ」。「され

1 神に仕え、神をおろしたりする人。
2 九州地方の古称。現在の福岡県と大分県との境にある彦山は、古来修験道の霊地として栄え、豊前坊という天狗のすみかとも伝えられた。 3 現在の京都市の北西にある愛宕山も、彦山と同様に修

ば、都の何某《なにがし》殿の、鎌倉の君に心合はせて、ちかき中[5]軍立《いくさだ》ちせんとあるを告げ聞こえてよと、仰せかうぶりてここ過ぐる。鹿の[6]宍《しし》むら[7]一きだ油に煮こらし、[8]出雲《いづも》の松江の[9]鱈《たら》の膾《なます》、[10]鮮《あざら》ければすすめ[11]たいまつる」。神云ふ。「この国には[12]無やくの湖水にせばめられて、川の物も広きは得がたし。鹿の宍、つくしの何がし山にとや。いづれもよし。よろこぶべし。山ゆき野ゆきて、めづらしき物獲《え》たる、いとよし。先《ま》づ、酒あたためよ」となり。

験地とされ、天狗太郎坊が住むと考えられていた。4 旅の土産。5 戦場に向かって出陣すること。6 肉。肉の塊。7 一切れ。「きだ（段・分）」は、一つのものを切り分けた断片を数える単位。8 現島根県松江市。9 富岡本「鱸《すずき》」。鱸が松江の名産であることを考えると、ここも「鱸」の誤りか。10 新鮮なので。11 奉る。12 役に立たない湖。ここでは琵琶湖のこと。

読みの手引き

ここで語られる修験の事情から、修験の正体が天狗であることが理解される。世の乱れや戦乱の背後には天狗の存在があるのだという叙述、そうした歴史の舞台裏を人間が見聞きするという構図は、『太平記』の影響によるものと考えられる（巻第二十五「天狗直義の室家に化生する事」、巻第二十六「大稲妻天狗未来記の事」など）。近世においてこの構図は、軍書によくとられている。秋成の場合、『雨月物語』「白峯」において、この『太平記』流の設定を利用している。ただし、「白峯」では天狗は人間とは直接かかわらないのに対して、本編では若者を送り届ける役目を担っている（一八）。本編では、異類と人間との距離は、思いの外近いものとして設定されている。本編末尾に置かれている「ふしぎ」論との関わりが想定される。

〔五〕酒宴の始まり

童《わらは》めかしこまりて、[1]正木づらたすきにとりかけ、御湯《みゆ》たいまつりし竈《かまど》のこぼれのこりしに、手にあたる落葉、松かさ、小枝さし[2]くゆらす。昼より明《あか》くてぞ、火の明りてふ神は、かかるにてこそあらめと、おそろしく[3]かしこし。兎《うさぎ》と猿が荷《にな》ひかづきてくるは、酒瓶也。[4]「遅きがおもたさに」と[5]わぶる。[6]檜扇《ひあふぎ》とりすてて、[7]かはらけささげ参る。「あい」と云ふ。四つめはとり納めて、五つめ参らす。神取り上げて[8]たたへさせ、一つめして、「あな、うまし」。[9]酒なもの、是かれ[10]めで言《ごと》しつつ、山伏にとさす。

1 蔓性植物テイカカズラのこと。
2 火をおこして煙を立ち上らせる。
3 おそれ多い。
4 底本「遅（朱筆）する（墨筆）」を、朱筆で「する」の部分を「きか」に改め、さらに朱筆で「運す」と改めている。『春雨草紙』「遅きをわぶるさま也」。『上田秋成全集』（中央公論社）では「『遅きは』か。」とする。
5 つらさを嘆く。こぼす。ぼやく。
6 檜《ひのき》で作った扇。美しく彩色されたり絵が描かれたりする。
7 素焼きの杯。「海の物山の物盛ならべて、瓶子土器《かはらけ》擎《ささ》げて、まろや酌まゐる。」（『雨月物語』「蛇性の婬」）。
8 酒をなみなみと注がせて。
9 酒を飲む時に添える食物。
10 誉

め言葉。「一説に、めづるは誉出《ホメイヅ》るを約めて言ふと云へり。」(『万葉集見安補正』八)。

読みの手引き

修験の土産を肴に酒宴が始まる。狐が湯を沸かし、兎と猿が酒瓶を運んで来て、巫女姿の狐が酌をする。ここには、高山寺に伝わる『鳥獣人物戯画』の影響があるといわれる。〔三〕とあわせて、本編に戯画風の趣が備わる一因となっている。

なお、「火の明りてふ神」は、『春雨草紙』では「火の明りの命」となっていて、中村博保は、次のように述べている(前掲「目ひとつの神」研究)。

「火の明りの命」は火明命《ホアカリノミコト》とも考えられるが、「目ひとつ」の属性を一致させることはむずかしい。この場合むしろ火に対する漠然たる信仰から生れた名かまたは「明神」を補って解したことばと考えるべきであろう。いずれにしても野にある鬼神(土俗神)の類をさすものであった。

行列や神の属性を考える際の手がかりとなるだろう。

〔六〕神の諭し

又、「あの木の根を枕にしたる男、ねたるさまにくし。あい[1]いたせよ」となり。わらはめ立ち来たりて、「めすぞ。とく」といふ。おそるおそるはひ出でたり。「汝はあづまの者よ。志す事ありて宮古[2]にとや。九重の内[3]はみだれみだれて鬼の行きかよへば、高きいやしきなく心すさまじく、歌よくよまんとては林にかくれ野にやどる者のみぞ。とくかへれ。東の道々も今日ときのふに改まりて、ゆききをなやます也。山伏の袖につつまれて、とくかへるぞよき」とて、御めぐみの物がたりたふとし。

1 相手をさせよ。
2 都。
3 都の中。

読みの手引き

若者の目前で繰り広げられていた異世界の光景が、不意に現実と接点を持つ。神は、若者の存在に気付いていた。そして、若者を召した神は若者の上京の動機を既に知っていた。『雨月物語』「仏法僧」とよく似た展開である。

神は、今の都では歌を学ぶことができないと語り、若者に帰郷を勧める。その神の造形には、次の一文とのかかわりが指摘されている。

おのれ此の十とせばかりこなた、あしびきの病に繋がれて、天にます神の目ひとつさへ、（『楢の杣』序例）

つまり、目ひとつの神は、眼病のために片目の視力を失っていた秋成の分身と捉えられているのである。また、都に対する神の批判は秋成の自説とも重なっていて、神の言葉を通して秋成の持論が開陳されている。

ただし、文化五年本では、富岡本にくらべて、神の台詞はきわめて短い。〔七〕で語られる僧の言葉は、富岡本では神の言葉として語られている。文化五年本の神は、言葉少なに、しかし簡潔な力強さをもって若者を説得する。特に、富岡本にはない「歌よくよまんとては林にかくれ野にやどる者のみぞ」という部分は、〔七〕でも語られる不遇意識の布石になっている。「林にかくれ野にやどる者」は、神自身でもあり、ここに集う異形の者たちでもある。

〔七〕僧の諭し

社のうしろより[1]黄衣《きごろも》の破れまよひたるを取りきて、肌はあらはなり。[2]低きあし駄はき、袋おもげに提《さ》げ出でていはく、「[3]飲酒は破れ[4]やすくさめやすし。こよひ三つ四つ」と乞ひてのむ。

1 黄色の僧衣。位の低い僧侶が身につける。
2 下駄。3 富岡本「酒は、戒破り安くとも」。4 底本「し」。

神の左座[5]に足くみたり。鬼には角なしとみる。是も恐ろし。盃めぐらせて、「若き者は人なれば数おとるべし」とすすむ。赤きはかまの狐立ち上がりて、「から玉[6]や、から玉や」とうたふ。僧打ちわらひ、「扇かざさずとよし。こよひ誰かあざむかれん。酒はよし。ししむら、膾はくさし」とて、蕪の根干したるをかみかみ飲むが、是もおそろし。「若き者よ、都に物学ばんは、今より五百年[7]のむかし也。和歌にをしへありといつはり、鞠[8]のみだれさへ法ありとて、つたふるに幣《ぬさ》[9]ゐやゐやしくもとむる世なり。己歌よまんとならば、心におもふままを囀《さへづ》りて遊べ。文こそいにしへは伝へあれ、手かく[10]法をつたへたりとも、必ずよく書けるは、今はぬす人に道きられ[11]、となりの国のぬしが掠《かす》めとりて、裸[12]なな代のいつはり也。是はあしきとしるしる始めは申せしを、今の君たちはまことに大事と秘めたるが拙《つたな》し。もの[13]の夫《ふ》も、君のため親の為にはあらで、おのれにほこりて乱れあひ、つよきが勝ち弱きは溝[14]がくにうづもるる時也。とくかへれ。

5 上座。首座。
6 唐や朝鮮などから渡来した珠玉。また、美しい玉。
7 平安時代末にあたる。8 蹴鞠の遊び。『春雨草紙』「歌のよしあし、冠、さう束の色を、古きにかへてにほはせ、鞠にみだれ遊び、糸竹の内に及ばぬをなめしくして、曲のおもしろきは、伝へなくなりし也」。9 神祇に捧げるもの。ここでは、進物。「神に君に奉り物を云ふ」(『万葉集見安補正』六)。10 書の技術。「都に手かく人のかぎりは、はるばる参りてたよりをもとめて、拝みたいまつる。」(『春雨梅花歌文巻』)。11 じゃまをされて。12 未詳。13 武士。14 溝壑。みぞや谷。貧困などで苦しむ場合などに用いる。15 尊い。価値が高い。16 修行。
17 けがらわしい。きたならしい。
18 四海の内。国内。
19 どうか。

神のをしへ[15]たとし。何の心もあらず、我は[16]すぎやうしあるくさへ、耳さわがしく跡の[17]けがしきに目とぢて過ぐるよ。目一つの神の、まなこひとつをてらして[18]海の内を見たまふに、すむ国なしとてこの森百年ばかりこなたにとどまらせしを、時々とひ来て物がたりしなぐさむ。山ぶしのめぐみかうむりて、あやうからず故郷にかへり、一人の母につかへよ」といふは、「[19]いかで委《くは》しく」と問へば、打ち笑ひてこたへず。

読みの手引き

社の後ろから僧が登場する。僧は、人間のようであるが、その姿、挙動は「恐ろし」いものとして表現されている。その僧の口から、都の歌壇がもはや和歌を学ぶにはふさわしくないほどに堕落していることが語られる。これが、伝授を偏重する近世堂上歌壇に対する秋成の批判と重なることは、諸注の指摘する通りである。〔六〕でも述べたように、富岡本では神の台詞であるところを、文化五年本では僧が引き取っている。神は多くは語らず、僧によって神の言葉が補完される形になっている。

内容については、伝授批判の後の記述に、文化五年本と富岡本との違いが見える。富岡本は、自力本意の和歌修行を奨励し、その流れから若者に帰郷を勧めるという展開である。一方、文化五年本では、神が老曾の森に住むに至った経緯が語られる。「すむ国なし」として百年間老曾の森に身を隠す神には、才ありながら俗世を嫌って隠れ住む隠者の面影が投影されているであろうし、秋成自身の不遇意識と繫がっているであろう。

そして「耳さわがしく跡のけがしき」を避け、時折神のもとを訪れては語り合う僧は、神と価値観を共有する者として位置づけられている。ただし、単に神の考えを補うというよりも、神の姿を間接的に伝える役割を担っている点に注目したい。間接的に語られることで、富岡本とくらべると、言葉少なな文化五年本の神の威厳と神秘性とが増す表現になっている。

〔八〕帰郷

酒よきほどにすすみたり。「いざかへんなん」[1]とて、袋打ちかづきいぬ。絵に見たるさま也。山ぶしも、「いざ」といふ。神は扇とりて、この若き男をあふぐあふぐ、空に上らせたり。山ぶしとりつたへて袖かづかせ[2]、空行くほどに、此のあしたに母の前に落ち来たる。「いなや」[3]と問へば、「水たまへ。おそろ

1 「帰らなん」に同じ。
2 頭にかぶらせ。
3 驚きを表わすときに発することば。いやこれは。これはまた。

しき事物がたりして聞かせ申さん」とて、ねや[4]に入りたり。

読みの手引き

袋を担ぎ上げた僧の姿は、絵で見たようだと語られている。ここには、当時画題として人気のあった布袋和尚が想起されるといわれている。本編とかかわりの想定される百鬼夜行（〔三〕）もよく絵にとられた題材であるし、『鳥獣人物戯画』との接点（〔五〕）もある。本編には、絵画の要素がちりばめられている。

〔八〕も、富岡本との相違が顕著である。富岡本では、「都にはあすとこころざしたれど、上らじ。御しるべにつきて、文よみ歌学ばん。」と、神の言葉に若者が納得して自ら帰郷を決める記述があるが、文化五年本では若者が納得したかどうかは不明である。神が扇で若者を仰ぎ上げて山伏が受け取り、そのまま若者は帰郷する（富岡本では、若者の帰郷は描かれない）。納得するしないにかかわらず、若者と共に読者もまた強制的に連れ去られ、老曾の森を後にすることになる。帰郷した若者は母親に不思議な体験を語り、〔九〕の結びへと物語は続く。この点については、富岡本にくらべて、より典型的な怪談のスタイルをとっているといえる。

4　家の奥深い所にある部屋。

〔九〕「ふしぎ」の存在

さて、かしこ[1]には夜明くるまで飲みうたひたるに、若き男の空に上るを猿とうさぎは手打ちてよろこぶ。このあやしき中に、僧とかん人は人也。乱れたる世は鬼も出でて人に交はり、人亦鬼に交はりておそれず。よく治まりては神も鬼もいづちにはひかくるる、跡なし。ふしぎなし。ふしぎはあるべき物ながら、世しづかなればしるし無し。なき物とのみいふ博士たち、愚か也。おのが心の西に東にと思ふままに行かるるも、ふしぎ也。文にたばかられて無しといふは、無識[2]の学士也。信ずべからず。

1 ここでは、老曾の森のこと。
2 見識のない学者。

読みの手引き

視点が切り替わり、再び老曾の森である。わざわざ老曾の森へ視点を戻すのは、次に続く「ふしぎ」についての持論へ導くためであろう。この「ふしぎ」への言及は、富岡本をはじめ諸本には見られない、文化五年本のみの特徴である。富岡本の末尾は、次のようなものである。

この夜の事は、神人が百年を生き延びて、日なみの手習したるに、書きしるしたるがありき。墨くろく、すくずくしく、誰が見るともよく読むべき。文字のやつしは、大かたにあやまりたり。己はよく書きたりとおもひしならめ。

本編を、酒宴に参加していた神人が記したものと語っている。書体は独特であるとする点には、秋成も相当のくせ字だったことがふまえられているといわれる。すなわち、『春雨物語』が自筆で読まれることを前提とした演出となっているのである。天理冊子本と『春雨草紙』とは、富岡本と比較的近い表現となっている。これらに対して、文化五年本の末尾は独自のものとして注目される。

文化五年本末尾と同趣旨の記述は、『胆大小心録』十三段や二十九段に見られる（前掲中村博保「「目ひとつの神」研究」）。注意しなければならないのは、これらの記述をもって秋成がすなわち神秘主義者であるとは断定できないということである。『胆大小心録』などには望遠鏡のようなものを用いて天体観測をしたという記述が見えたり（一〇一段）、秋成が浅間山の噴火について記した「浅間の烟」では迷信を退けて科学的な見地から火山の噴火について述べられていることなどが知られている。こうした科学的合理主義の一面も持ちながら「ふしぎ」の存在を否定しなかったところに、秋成の特徴があると見るべきである。

なお、「ふしぎ」の否定は当時大坂の学者の間で盛んに唱えられていた。『胆大小心録』二十九段では中井履軒の名があがっているが、「無識の学士」は履軒に限る必要はないだろう。実は、秋成が敬していた五井蘭洲も「ふしぎ」の存在を徹底的に否定している。参考までに掲げておく。

われおもふに、天下理外の事なし。知見の至らぬより、理外の事ありと思へり。我知の足らぬをしらずして、俄に理外の事ありとするは、ちか頃粗忽の至りなり。是わづかなる知見を至れりとして、天下の事を理内理外と分かち出だすなり。是則ち井蛙の見なるべし。（『茗話』）

死首《しにくび》の咲顔《ゑがほ》　第六回

〔一〕「おにおにしき」父・五曾次と、「仏蔵殿」五蔵

[1]津の国兎原《うばら》の郡《こほり》宇奈五《うなご》の丘は、むかしより一里よく住みつきて、鯖江氏の人ことに多かり。酒つくる事を[2]わたらひとする人多きが中に、五曾次と云ふ家、殊ににぎはしく、秋は[3]いな舂《つき》哥の声、この前の海にひびきて、海の神をおどろかすべし。一人子あり。五蔵といふ。父に似ず、うまれつき[4]宮こ人にて、[5]手書き、歌や[6]文このみ習ひ、弓とりては[7]翅《つばさ》を射おとし、かたちににぬ心たけくて、[8]さりとも人の為ならん事を常思ひて、交はり[9]ゐやゐやしく、貧しきをあはれびて、力をそふる事をつとめとするほどに、父が[10]おにおにしきを鬼曾次とよび、子は仏蔵殿とたふとびて、人このもとに先づ休らふを心よしとて、同じ家の中に、曾次が所へはよりこぬ事となるを、父はいかりて、無やうのものには茶も飲ますまじき事、門に入る壁におしおきて、

1 現在の兵庫県神戸市、会下山《えげやま》。秋成は『万葉集』一八〇九番歌について、「菟名負をとめ宇奈比男とあるは、童児の宇奈為にはあらで里の名と聞こゆ。（中略）宇奈五、宇奈比、名の近きには里並びにも有歟」（『金砂』八）と述べ、宇奈五を菟原処女《うなひをとめ》伝承の舞台に隣り合う地と見ている。2 生業。

3 稲搗き歌。酒造用に盛んに精米する様子の賑やかさを言う。

4 都人。風流を解する人の意。

5 筆跡が見事、書に秀でる。

6 漢学の書物。本編では、親や家に対する五蔵の孝が重要なモチーフとなる。

7 空を飛ぶ鳥。8 そうは言っても。

9 礼儀正しく。

10 鬼のように恐ろしく無慈悲だ。

11 五蔵を尋ねて来るのを押しとどめて争った。「からかふ」は、互いに押し合って争う意。「無やくのからかひ也」

（桜山本「樊噲」）。

まなこ光らせ、征[11]しからかひけり。

読みの手引き

「死首の咲顔」には、源太騒動と呼ばれる実説がある。明和四年（一七六七）十二月三日、京都北郊愛宕郡一乗寺村の渡辺源太は、妹やゑと同村の庄屋役渡辺右内との恋愛関係の処理のもつれから、右内宅に妹を連れて乗り込んだ。右内不在の中、その父団次に改めて縁組みを申し入れるも拒まれ、ついに源太は団次の面前で妹の首を自ら斬って殺した。同族ながら確執のあった両渡辺家の関係を背景とする惨劇という。（事件の詳細については、浅野三平「源太騒動と綾足、秋成」（『上田秋成の研究』（桜楓社、一九八五年）所収）、および野間光辰「いわゆる源太騒動をめぐって」（『近世作家伝攷』（中央公論社、一九八五年）所収）参照。）

この衝撃的な事件は世間の耳目を集め、早くも翌明和五年正月には京都で歌舞伎に仕組まれた（外題「けいせい節用集」）。また同年二月には、源太騒動に取材した建部綾足の読本『西山物語』が成立する（売り出しは明和六年）。遅れて文化三年（一八〇六）四月十七日、秋成は門人大沢清規を通じて洛北円光寺で渡辺源太と対面することを得た。その時の感激と、大沢から伝え聞いていた源太騒動の顛末に基づいて、秋成は「ますらを物語」（大正八年刊『秋成遺文』での藤井乙男による仮題、元無題。現存自筆本二種は文化四年筆。）を執筆する。そして、さらに『春雨物語』文化五年本の一編として「死首の咲顔」を作ることになる。なお文化五年本の他には、天理巻子本に作品末尾と思われる断簡があり、後に〔八〕で見るように両者には大きな異同がある。

「ますらを物語」は綾足の『西山物語』を「いたづら文」（無益なつくりごと）だと批判し、「まさし事」（事実、もしくは真実）を伝えることを志向する。尤も、伝聞である上に当事者の一方のみを情報源とする偏りがあり、実説に対する設定の意図的な改変もあるのだが、大きくは事実を外れないと言ってよい。それに対して、「死首の咲顔」には事実離れが顕著である。実説や自他の先行作品を参照することは勿論有効だし必要でもあるのだが、「死首の咲顔」は自立した一編として読むことにも十分堪える。

なお、こうした執筆態度の変化には、文化四年秋頃の著書廃棄に伴う秋成の心境変化、「まさし事」を書くことの困難や限界に対する認識の反映が指摘されている（長島弘明「秋成の著書廃棄」、『文学』八‐三、二〇〇七年五月）。『春雨物語』序に言う「いつはり」の自覚とも関わって、興味深い問題である。

さて「死首の咲顔」は、時間設定を明示せずに、作品の舞台を「津の国菟原郡宇奈五の丘」に設定する。頭注でも触れたように、それは『万葉集』や『大和物語』、謡曲「求塚」などで知られる菟原処女（求塚）伝承を想起させる地名である。こうした時間や舞台の設定は「…と人皆かたりつたへたり」という説話的な作品末尾の形とも相まって、「此頃の事ども」（『春雨物語』序）に取材する「死首の咲顔」に、古代の物語や悲恋伝承に通じる趣を与えている。ただし、二人の男に同時に求婚された女がいずれか一人を選べずに自死し、男達もその跡を追って死んだという菟原処女伝承と、「死首の咲顔」との間により具体的な対応関係は認めにくく、舞台設定の意味は必ずしも明瞭でない。天理巻子本の断簡を視野に入れて、両者に「塚の物語」という接点を見る説（嶋田彩司「「ますらを物語」から「死首のゑがほ」へ（下）」（『明治学院論叢』（総合科学研究）五二、一九九五年九月）、および長島弘明「「死首の咲顔」考」（『国語と国文学』八五・五、二〇〇八年五月））があって注目されるが、舞台設定の意味についてはなお考察の余地があるだろう。

実説の右内に当たる五蔵は、この地の富裕な酒造家、鯖江五曾次の一人息子として登場する。周囲に「鬼曾次」とあだ名される「おにおにしき」父と、優美だが雄々しく「仏蔵殿」と慕われる五蔵。対照的な親子の姿が印象づけられる。「うまれつき宮こ人にて」云々という五蔵の人物設定は、後の書物をめぐる父とのやりとりなども含めて『雨月物語』「蛇性の婬」の豊雄を想起させる。ただし、豊雄が次男であるのに対して、五蔵は鯖江家の跡継ぎである点で決定的に異なる。また五蔵は、和歌や物語に加えて漢学を好み学ぶ人でもあった。五蔵親や家に対する孝は、全ての儒教的倫理や秩序を支える礎として大変重視された。それゆえ孝は、五蔵の行動原理の中でも極めて重い意味を持つことになる。

〔二〕五蔵と宗の恋

又、[1]同じ氏人に元助と云ふは、久しく家おとろへ、田畑わづかに[2]ぬしづきて、[3]手づから鋤鍬《すきくわ》とりて、母一人いもと一人をやうやう養ひぬ。母はまだ[4]五《い》そぢにたらで、いとかいがいしく女のわざの[5]機《はた》おり、[6]うみつむぎして、おのがためならず立ちまどふ。妹を宗といひて、[7]世のかたち人にて、母の手わざを[8]手がたきなし、火たき飯かしぎて、夜はともし火のもとに母と古き物がたりをよみ、手つたなからじと習ひたりけり。同じ氏の人なれば、五蔵常にゆきかひして交はり浅からぬに、物とひ聞きて、師とたのみて学びけり。いつしか物いひかはして、[9]たのもし人にかたらひしを、母も兄もよき事に見ゆるしてけり。

同じ[10]ぞこの人、[11]くすし靫負《ゆげひ》といふ老人あり。是をさいはひの事とて、母兄に問ひただして酒つくる翁が所に来たり、[12]「鶯はかならず梅にすくひて他にやどらず。御むす子の為に、かのむすめとりたまへ。貧しくてこそおはせ、兄は志たかき[13]ますら

1 同じ鯖江氏の一族。2 所有して。
3 みずから。4 五十路、五十歳。
5 機織りする母の姿は本編で三度にわたり描かれる。「孟母断機」の故事など、機織りは賢母のイメージに結びつく。
6 績み紡ぎ。麻や綿花、蚕の繭などから得た繊維を縒りあわせて糸にする。
7 たぐいまれな美貌の持ち主。8 相手となり、手助けして。9 生涯頼りとする人、夫。10「族」の転訛。「ぞう(族)」の誤写とも。11「くすし」は医者。「靫負」は本来、内裏を警護する衛門府の武官の別称。それを人名に用いた。「ゆぎおひ」「ゆきへ」とも。 12 諺に「梅に鶯」と言うのと同様に、男女にも似合いの組み合わせがある。13 心身ともに壮健な男性。「ますらを」は真淵国学での理想的男性像。「巌《いはほ》すら行き通るべき建男《ますらを》も」(『万葉集』二三八六)
14 底本「鬼曾二」。五曾次のあだ名および通称について、底本では「鬼曾次」

を也。いとよき事」といへば、[14]鬼曾次あざ笑ひて云ふ。「我が家には[15]福の神の御宿申したれば、[16]あのあさましき者のむすめ呼び入れば、神の御心にかなふまじ。とくかへらせよ。そこ掃ききよむべし」と云ふに、[17]おどろき馬の逃げ出て、かさねて誰云ひわたすべき[18]打橋《うちはし》なし。五蔵聞きて、「この事父ははゆるしたまはずとも、[19]おもふ心あれば、必ずよ、我よくせん」といひて、絶えずとひよると聞きて、「おのれは何神のつきて、親のきらふ者に契りやふかき。只今思ひたえよかし。さらずば、赤はだかにていづこへゆけ。不孝と云ふ事、おのれがよむ[20]書物にはなきか」とて、声あららか也。母ききわづらひて、「いかにもあれ、父のにくみをかうむりて[21]たつ所やある。まづしき人の家には、[22]ふつにゆきそ」とて、夜は我がまへに[23]来たらし、物がたりなどよませてはなたず。

「曾次」と表記する場合と、「鬼曾二」「曾二」と表記する場合の二通りある。前者で全て統一する。15 五曾次が福の神を尊ぶ言動は、この後にも繰り返し描かれる。貧を穢れとして忌み嫌うなど、それは単に富裕を願うというより信仰に近い。16 賤しく見苦しい。17 癇の強い馬が驚いて跳ね上がるように。「驚き馬の様に手な触れ給ひそ」（『落窪物語』）にヒントを得た表現か。18 架け外しできる仮の板橋を、恋の通い路に見立てる。ここでは仲人、媒酌人の意。「天の川打橋渡せ妹《いも》が家道《いへぢ》止まず通はむ時待たずとも」（『万葉集』二〇五六）19 諸注「互いに思い合う心」とするが、「こうしようと考えていること、心づもり」とも解せる。20 漢学の書物、儒教の経典。21 立つ瀬、居場所。22 決して行ってはならない。「ふつに」は強調の副詞。23 正しくは「来たらせ」。

読みの手引き

もう一方の当事者で、実説の渡辺源太家に当たる元助家について、「久しく家おとろへ」貧しい中にも家族で支え合い、「志」は失わずに暮らす様を簡潔に記す。宗が教養として王朝の物語を読み、手習いすることが、彼女を五蔵と結びつけ、やがて将来を誓い合うに至るまでの経緯も自然で無駄がないが、やや類型的か。

宗の側から正式に仲人を立てて申し入れた縁組みを、五曾次はとりつく島もなく拒絶する。それを聞いた五蔵は、「おもふ心あれば、必ずよ、我よくせん」と宗を慰めている。宗と連れ添うために、五蔵には何か思うところがあるようだ。しかし、その内実まではまだ明かされない。それは具体的にはどのような心づもりなのか。

ところで、その二人の仲を「母も兄もよき事に見ゆるし」ていたとある。実説の右内とやゑの関係は、両家の親の許しなき密通であり、やゑの「不孝」「身持放埒」がむしろ問題になっていた。作品構想の全体に拘わる重要な改変である。

「死首の咲顔」の設定では、五蔵と宗の仲を妨げる外的要因が五曾次の拒絶のみに絞られる。貧しさ故に元助家を忌み嫌う五曾次の「おにおにしき」人柄が、一層際だつことになる。そして、その父に対する五蔵の孝に作品の焦点が合わされる。父が宗との縁組みを拒絶する限り、五蔵が、親や家に対する孝と、宗への愛情や信義とを同時に実現することは論理的に不可能である。五蔵にとってはどちらも守りたい大切なものだが、その葛藤の中から、彼がどのような行動を選びとるのか。以降に描かれる、一見矛盾に満ち、変心とも優柔不断の極みとも思える五蔵の言動をどう読み解くかが、本編読解の重要な鍵となる。

1 軽い病気でついちょっと床に臥したかと思うと容態が悪化し。

2 目の下には黒く隈《くま》ができたのを見て。

3 不孝の罪から、来世では人に使役されて苦しむ様を言う。

4 一たび将来を誓い合った言葉には背かない。

〔三〕恋煩いに病み臥す宗

かよひ絶えたりとも兼ねての心あつきをおもひて、うらみ云ふべくもあらずぞありける。[1]かりそめぶしにやまひして、物くはず、夜ひるなくこもりをり。兄は若きままに心にかけず。母、日毎にやせやせと色しろく、[2]くろみつきたるを見て、「恋に病むとはかかるにやあらん。くすりはあたふべきにあらず、五蔵こそ来たまへ」と云ひやりつれば、其のひるま過ぎに来たりて、「いふかい無し。親のなげきを思はぬ罪業とかに、さきの世いかなる所にか生まれて、[3]荷かつぎ、夜は縄ないて、猶くるしき瀬にかかりたらん。親のゆるしなきは、はじめよりしりたらずや。我、父にそむきても[4]一たびの言はたがへじ。山ふかき所にもはひかくれて、相むかひたらんがうれしとおぼせ。ここの母君、[5]せうとのゆるしたまへば、何の[6]むくひかあらん。我が家は宝つみて、くづるまじき父の守り也。よき子養ひて財ほうまさせたまはんには、我が事忘れて百年をたもちたまふべし。[7]人、百年の寿たもちがたし。たまたまにあるも五十年は夜のねぶりについえ、なほ病にふし、[8]おほやけ事に役せられて、指くはしく折りたらば、廿年ばかりやおのが物ならん。山ふかくとも、海べにすだれたれこめて世に在る人ともしられずとも、ただおもふ世をいのちにて、一、二とせにても経《へ》なん。おろかといふは、親兄も、我も、[9]罪あるものにてあらせんとや。いといとつらし。ただ今より心あらためたまへ」と、ねもごろに示されて、「さらにさらにやまひすとも[10]おぼさで。おのが心のままに起きふしたる、御とがめかたじけなし。[11]即《やがて》みたまへ」とて、小櫛《おぐし》かき入れてみだれをきよめ、着たる馴衣《なれぎぬ》ぬぎやりてあたらしきにあらため、床《とこ》は見かへりもせずおき出て、母にせうとに

5 兄上。「兄人《せひと》」のウ音便。
6 不孝の罪を犯したという報いを受けることもないだろう。
7 以下の部分、人が自分のために使える時間は限られており、だからこそ自然の道理に従い、限りある生を楽しむべきことを言う『列子』楊朱篇の一節による。
8 公の夫役を課せられて。
9 宗を救えずに死なせてしまったという罪の意識を背負わせようというのか。
10 お思いにならないで下さい。下に続く「あれ」が省略された形。
11 そのまま。「即」は「すなはち」とも、「やがて」とも読めるが、女性の言葉としては「やがて」の方がふさわしい。
12 底本「五曹」。底本では、五曾次の子の名が「五蔵」「五曹」と二通りに表記

ゐみたてまつりて、かいがいしく掃きふきす。五蔵[12]、「心かろらかにおはすを見てこそうれしけれ。あかし[13]の浜に釣りしたいを、蜑《あま》がけさ漕ぎてもてこし也。是にて箸とるを見て帰らん」とて、[14]苞苴《わらづと》いときよらにして出す。打ゑみて、「よんべの夢見よかりしは、めで鯛と云ふ魚得べきさがぞ」とて、包丁とり、煮、又あぶりものにして、母と兄とすすめ、後に五蔵の右に在[15]りて立ち走りするを、母はいといとよろこぶ。兄はうそぶき[16]てのみ。五蔵は涙[17]かくして、「うまし」とて箸鳴らし、常よりもすすみてくらふ。「こよひはここに」と、やどりぬ。

される。全て「五蔵」に統一する。
13 今の兵庫県明石市。鯛は明石の名産。
14 土産を編んだ藁で包んだもの。
15 右隣は下座に当たる。五蔵の妻として振る舞う様。
16 素知らぬ顔をする。わずかな描写の中に、口数少なく思いやりも言葉にはしないが、情愛深い兄の人柄が示される。
17 健気に振る舞う宗のいじらしさを見ての涙。なお、読みの手引きを参照。

読みの手引き

親の意に背く不孝を責められ、外出も留められて通いが絶えた五蔵を思い、宗は恋煩いに臥せってしまう。それを知らされた五蔵は、親を悲しませる不孝を咎め、宗を励ます。「我、父にそむきても一たびの言はたがへじ」という言葉は力強く、頼もしい。五蔵の言葉に力を得て、病に弱った身を奮い立たせ、にこやかに笑みをたたえて立ち振る舞う宗の姿は健気である。

「よき子養ひて」云々と言い、野山に二人で身を避けて「一、二とせにても経ななん」と言う五蔵は、最終的には親や家を捨てて宗と駆け落ちすることを決意している。ただし〔四〕〔六〕に見るように、その覚悟の程や、そこに至るまでの過程がどのように考えられているかについては諸説がある。

一方で、五蔵本人の意図とは別に、「一、二とせにても経ななん」という言葉は、二人に残された時間と宗の余命の短さを暗示して不吉な響きを帯びてもいる。五蔵の涙に「二人の関係の悲劇性を、ひそかに感知した」（高田衛「「死首の咲顔」素描」（『春雨物語論』（岩波書店、二〇〇九年）所収））ことを読み取るなら、漠然とした形であれ、この時点で既に彼自身にもそうした予感はあったことになる。

なお、ここで五蔵が持参した明石の鯛は、ささやかながら結納の品に当たる（井上泰至「「死首の咲顔」試論」（『雨月物語論　源泉と主題』（笠間書院、一九九九年）所収））。結納の授受後は、輿入れ前でも、法的・社会的に夫婦関係は成立したのに準じた扱いになる。やがて宗が「五蔵の右」に身を置いて妻として振る舞うのも、母、兄、五蔵が三者三様の喜びを見せるのも、そのためである。

〔四〕五蔵の改心

あしたとくおきて[1]多露行露の篇うたひてかへるを待ちとりて、

1「厭浥《ようゆう》たる行露、豈《あ》に夙夜せざらんや。行《みち》に露多きを謂《おも》ふ。」（『詩経』召南・「行

親立ちむかへ、「この[2]柱くさらしよ。家を忘れ、親をかろしめ、身をほろぼすがよき事か。[3]目代どのへせめ[4]かうじて、おや子の縁たつべし。物な云ひそ」とて、おにおにしき事いつよりおそろし。母[5]とりさへて、「先《まづ》我がところにこよ。よんべよりのたまひし事つばらかに云ひきかせて後、[6]ともかうもなるべし」。曾次いかりにらみたるも、さすがに子とおもひておのが所へ入る。母なくなく意見まめやか也。五蔵頭を上げ、「いかにも申すべき様ぞなき。若き身は生死のさたもすみやかにて、かなしからず。財宝もほしからず。父ははにつかへずして出でゆかんが[7]わりなき事とおもへば、ただ今心をあらためてん。罪いかにも赦したうべよ」と云ふつらつき、まこと也。母よろこびて、「神のむすびたまふ縁ならば、[8]ついのあふせあるべし」となぐさめつつ、父にかくと申す。「いつはり者めが言、聞き入るべからねど、[9]酒の長《おさ》が腹やみしてよべより臥したり。蔵々のくまに小ぬす人等が、米、酒とりかくす事あまた度ぞ。ゆきて見あ

露）この詩は当時、深夜早朝に出歩いて露に濡れるのを避ける慎み深い女性の様を言うと解するのが一般的だが、秋成は単に露多い早朝の景と解したようだ。「行露多露など云ふごとく、夏野の朝明の道には袖裳しとどならんものぞ」（『金砂』一）。

2 家産を破り傾ける者。

3 代官。

4 「責め勘じて」で、代官に訴え出て厳しく取り調べて貰うの意。

5 間に入って取りなし。

6 底本「ともかうなるべし」

7 理に合わない、分別がない。底本「わりなき」。

8 正しくは「つひ」。「逢ふ瀬」は男女が出会い結ばれることを言う歌語。最後には結ばれることもあるだろう。

9 酒杜氏《さかとうじ》。酒を醸造する職人の長。

10 文意不明。「またとひやれ」（酒杜氏

らためて後に、長が腹やみをも[10]ましこりやれ。この男なくては、一日に何ばかりのついえあらん。今ただいまぞ」と[11]追ひはしらす。承りて履《くつ》だにつけず、ただ片時に見めぐりて、「[12]まう候」と申す。「[13]渋そめの物似あひしは、福の神の[14]御仕きせなり。けふをはじめに、[15]くる春のついたちまでは、物くふとも[16]用へと出るはしにせよ。あらいそがしのたからの山や、[17]ふくの神たちに追ひつきたいまつらん」とて、[18]ほかの事云ひまじへずぞある。「[19]此のついでにいふぞ。おのれが部屋には書物とかいふものたかくつみ、夜は油火かかげて無やくのついえする。是も福の神はきらひたまふと云ふ。[20]反古買《ほごがひ》には損すべし。もとの商人よびて価とれ。親のしらぬ事しりて何かする。まことに、[21]似ぬをおに子といふはおのれよ」とののしる。「なに事も此《この》後うけたまはりぬ」とて、日来《ひごろ》[22]渋そめのすそたかくかかげて父の心をとるほどに、「今こそふくの神のみ心にかなふらめ」と、よろこぶよろこぶ。

の病状も見舞ってやれ）などの誤写か。
11 追い立てて走らせる。底本「追はらす」。
12 「参り候」の略言。見て参りました。
13 柿渋で染めた仕事着。
14 お仕着せ。盆と正月に、主家が奉公人に支給する衣服。
15 酒造業では醸造用の米を収穫する秋から新酒を出す春までが最も忙しい時期。
16 大小の用を足しに行くついで。
17 諺「稼ぐに追ひ付く貧乏なし」を意識した表現。
18 仕事や金儲け以外のこと。
19 以下の言葉は、『雨月物語』「蛇性の婬」で長兄の太郎が豊雄に向けた苦言を想起させる。
20 紙くず買いに売るのでは。
21 諺「親に似ぬ子は鬼子」
22 動きやすいように裾を高くまくり上げ、熱心に働く様。

翌朝早く帰宅した五蔵は、待ち受けていた父に厳しく叱責される。間に入って取りなし、泣く泣く意見する母の言葉を聞いて、五蔵は真剣な表情で改心を口にする。母は安心し、父は半信半疑ながらも早速五蔵を仕事に追い立てる。

読みの手引き

「ただ今心をあらためてん。罪いかにも赦したうべよ」という言葉は一見、五蔵が一夜にして変心し、宗を裏切った、あるいは、その場しのぎで優柔不断な言動をしているかに見える。実際、そのように理解されることも少なくない。だがそうした把握と、冒頭での五蔵の人物設定、特に「心たけくて、さりとも人の為ならん事を常思ひて」とあることとの整合性が問われなくてはならない。この点について、五蔵は最終的に親の意に背いて宗と駆け落ちすると決意したからこそ、せめてしばらくの間は父母のもとで孝行を尽くしたかったのであり、改心の言葉は方便であるとする説（井上前掲論文）や、親と宗のいずれに対しても誠実であろうとする五蔵は、『雨月物語』「菊花の約」に見える商鞅叔座《しょうおうしゅくざ》の故事のように先後の序を立て、親への孝を先とし宗への愛情を後にしたとする説（高田前掲論文）がある。その言動が結果として優柔不断に見えることまでは否定できないとしても、五蔵は誠実に親や家への孝と宗への愛情とを両立させる道を探っている。ただし、それは現実的には宗に忍耐という一方的な犠牲を強いることであり、そのために宗が死に瀕することになるのもまた確かである（揖斐高「死首のゑがほ」の主題」、『近世文学の境界』（岩波書店、二〇〇九年）所収）。

なお〔四〕には、五曾次が「さすがに子と思ひて」怒りを抑える姿が見え、そこに「五曾次の情的側面」が認められる（勝倉壽一「「死首の咲顔」論」、『上田秋成の古典学と文芸に関する研究』（風間書房、一九九四年）所収）。

他に、五蔵が親の心をとって熱心に働く様を見れば大いに喜ぶ姿もある。その「よろこぶよろこぶ」という表現が示す父の姿に、邪気や悪意は感じられない。「おにおにしき」五曾次の言動にも、彼なりに子を思う親としてする側面があるのかもしれない。

〔五〕輿入れ前夜、そして別れの朝

かのむすめのかたにはおとづれ絶えぬるままに、やまひおもく成りて、「けふあすよ」と母、兄はなげきて、五蔵にみそかの使してきこゆ。「兼ねて思ひし事」とて、[1]ことみねどもあはれにえたへずして、つかひしりに立ちていそぎ来たり。おや子にむかひて云ふは、「かからんとおもふにたがはざりし事よ。[2]後の世の事はいつはりをしらねばたのまれず。ただ此のあした、我がいへにおくりたまへ。千秋よろづ代[3]也とも、ただかた時といふとも、同じ夫婦なるぞ。ちち母のまへにて、[4]入るさきよか

1　底本「ことみかねども」
2　夫婦の縁は現世と来世の二世と言うが、来世というのも本当かどうか分からないから当てにできない。
3　底本「へ」。
4　「入るさ清からん」と見れば、「嫁入りのときに清らかなことを」の意。「さ」は動詞の終止形に付いて時を表す接尾辞で、「入るさ」は歌語。また「入る先良

らんぞ、せめてねがふなり。せうとの御心たのもしくはからひてたべ」と申す。[5]元助いふ。「何事も仰せのままにとりおこなふべし。御宿の事よくして待ちたまへ」とて、よろこび顔なり。母も「いつの門出ぞと待ち久しかりしを、あすときさて心おちゐたる哉」とて、是もよろこびの立ちまひして、茶たき、酒あたためてまいらす。盃とりて、むねにさす。いとうれしげにて、[6]三々九度ことぶき、元助[7]うたふ。そ[8]夜の鐘ききて、「れいの門立ちこめられんよ」とて、五蔵はいぬ。おや子三人、こよひの月のひかりに何事をもかたりあかす。

夜明けぬれば、母[9]しろ小袖とう出て打ちきせ、髪のみだれ小[10]櫛かきいれて、「我もわかきむかしのうれしさ露わすられずぞある。かしこにまいりては、ただ父のおにおにしきをよくみ心とれ。母君は必ずよ、いとほしみたまひてん」とて、よそほひとりつくろひて、駕《かご》にのるまで万《よろづ》をしへきこゆ。元助、[11]麻かみしも正しく、刀、わきざし横たへ、「[12]又五日といふ日にはかへ

からん」と見れば、「嫁入りの幸先がよいようにすることを」の意。あるいは、「いさぎよからん」の誤写か。いずれにせよ、翌朝の宗の嫁入り支度を元助に願う言葉。

5 底本「元すけ」。宗の兄について、底本では「元助」「元すけ」「もと輔」「元輔」「もとすけ」など表記が一定しない。全て「元助」で統一する。

6 夫婦のかための盃の儀式。

7 祝言を寿いで謡曲「高砂」を謡う。

8 初夜（午後八時頃）に鳴る鐘。

9 白無地の着物。婚礼では本来この上に内掛けを着るので、貧しさの表現。白小袖はまた、死に装束でもある。

10 底本「かきれて」

11 名字帯刀を許された郷士の礼装。

12 嫁入りして五日目に、新婦が一度里帰りする風習があった。

13 満面に笑みを浮かべて。
14 婚礼の際、離縁されて戻ることがないようにと、門口に火を焚いて嫁を送り出す風習を言う（『女重宝記』二）。なお「門火」は本来、盂蘭盆に死者を送迎する送り火。死の門出になることをも暗示。
15 嫁入りの付き添いに祝儀として銭や雑煮を振る舞う風習があった。
16 貧しい朝食を準備する様子に、召使い達のわびしい心境を重ねる。

りこんを、あまりに言長し」とて、母をせいしかねたり。むすめただ[13]ゑみさかえて、「やがて又参らん」とて、駕にかきのせられ行く。元助そひて出れば、母は[14]門火たきてうれしげ也。めしつかふ二人のもの等、みそかにかたりあふ。「かくても御こし入れと云ふにや。われわれもつきそひて[15]銭いただき、ざうにの餅に腹みたさんとおもふにたがふよ」とて、けさの朝げのけぶり、[16]しぶしぶにもゆる。

読みの手引き

宗の衰弱は激しく、もはや余命幾ばくもない。父の心をとり、宗との仲を認めてもらおうとする五蔵の努力は間に合わなかった。尤も、「兼ねて思ひし事」と独りごちる五蔵は、仕事に追われ宗を訪れることが叶わない時間のうちに、最悪の事態を既に予期していたようだ。あるいは、宗が恋煩いに病み臥した当初から、漠然とは抱えながらも打ち消してきた悪い予感が、日を追う毎に確かなものとなっていったということか。

残された時間の短いことを知った五蔵は、明朝の宗の輿入れを申し入れる。ただ、父五曾次が輿入れを許すことはまずないだろう。読者を含め、それは事情を知る誰の目にも明らかであり、翌朝の悲劇が既に予感される。しかし母と兄はそれをおくびにも出さず、五蔵の申し入れを快諾して喜ばしげに祝宴を開く。以降、三三九度の盃事から、翌朝、嫁入り後の心得を宗に説いて繰り言めく母と、言葉とは裏腹にそれを制しかねる兄の姿を描く場面までは、宗との死別を覚悟した上での「静かな別れの情景」（高田前掲論文）なのであり、悲劇的な結末は予期しながら、それでも「一縷の望み」（大輪靖宏「春雨物語「死首のゑがほ」論」、『上智大学国文学科紀要』三、一九八六年一月）を托して努めて明るく振る舞う家族の情愛と悲哀を描いて秀逸である。

その中に、翌朝に備えて五蔵が帰ったのち「おや子三人、こよひの月のひかりに何事をもかたりあかす」という美しく印象的な一節がある。ここで親子は何を話し合ったのか。そのことに思いを巡らせながら、以下の場面は読みたい。

なお、仲人を立てての申し入れに始まり、結納、盃事、「高砂」の謡いと、宗の側では手順を踏んで正式に婚礼の儀式を進めていることにも注意したい。

〔六〕宗の輿入れ

かの家には、おもひまうけざる事にて、「何もののやまひし[1]

1　第三者から見て、宗の姿が輿入れとは到底思えなかったことを示す。

てここに来たる。御むすめありとも兼ねて聞かざるを」と、あやしみて立ちならびをる。元助、曾次の前に正しくむかひて、「妹なるもの、五蔵どののおもひ人也。久しく病みつかれてあり。『こし入れいそぎてん』と、ねがふままにつれ来たりぬ。日がらよし。さかづきとらせたまへ」と云ふ。鬼の口ありたけに[2]はだけて、「何事を云ふぞ。妹に我が子が目かけしと云ふ事ききしかば、つよくいさめて今は心にも出ず。おのれ等、きつねのつきてくるふか」とて、膝たて直し、目いからして、「帰れ。かへらずば我が手にも及ばず、男どもに棒とらせて追ひうたんぞ」とて、おそろしげ也。元助[3]打わらひて、[4]「五蔵よびこよ。『とくむかへとらん』とて、月日をわたるほどに、病してしぬるに、『せめて此の庭に入りてしなん』とねがふままにつれ来たる也。ここにてしなせ、此の家の墓にならべてはうぶれ。れいの[5]物をしきさがはしりたる故に、此のいへの費《ついえ》にしはせじ。金[6]みひらここに有り。是にてかろくともとりをさめよ」といふ。

2 大きく開け広げて。
3 元助が五曾次の反応や五蔵の無為など全てを見越していたことを示す反応。
4 直前の元助の言葉では「五蔵どの」だったが、ここには敬称がない。
5 物惜しみ、吝嗇な性質。
6 小判三枚。

7 親に逆らう不孝の罪。
8 底本「いかもしたまへ」
9 前出。癇の強い馬が驚いたように飛び上がって。
10 先祖代々の墓。
11 処罰を受けよ。

をどり上がりて、「かねは我がふくの神のたま物なれど、おのれが家にけがれたるは何せん。もとよりよめ子にあらず。死人ならばとくつれいね。五蔵いづこにをる。此のけがらはしき、きかずはいかに。よくはからはずば、おのれも追ひうたん。[7]親にさかふ罪、目代どのにうたへ申してとり行はせん」とて、来たるをすぐに立蹴《たちげ》に庭にけおとしたり。五蔵、「[8]いかにもしたまへ。この女、我がつま也。『追ひ出されば、ここより手とりて出ん』と、兼ねて思ふにたがはざるこのあした也。いざ」といひて、手とりて出づべくす。兄がいふ。「一足ひきては、たをるべし。汝がつま也。この家にてしぬべし」とて、刀ぬきて、いもうとが首切りおとす。五蔵、取り上げて袖につつみて、涙も見せず門に出んとす。父[9]おどろき馬にはね上がり、「おのれ、其の首もちていづこにか行く。我が[10]おやおやの墓にをさめん事ゆるさじ。それまでもあらず。兄めは人ごろしぞ。おほやけにて[11]罪なはれよ」とて、いそぎむら長《おさ》の方へしらせに行く。

元助は五曾次の前に威儀を正して向き合い、五蔵が願ったとして宗との縁組みを改めて申し入れる。しかし情理を尽くした言葉も、五曾次には狂気の沙汰にしか見えない。激しいやりとりの後、五曾次は五蔵を呼んで庭に蹴落とし、不孝を盾にとって、非情にも彼の手で二人を追い払おうとさせる。五蔵は父に向かって「この女、我がつま也」と言い放ち、兼ねて覚悟の通り宗と駆け落ちしようとするが、元助は妹の体を案じ「汝がつま也。この家にてしぬべし」と、その首を切り落とす。五蔵は涙も見せず、宗の首を家の墓に納めるために門を出る。〔六〕後半の本文には短文が多く、その畳みかけるような叙述が緊迫した状況を描く上で効果を挙げている。

読みの手引き

まず問題となるのは、使用人たちや五曾次の反応が示すように、五蔵が父はもちろん、家の誰にも宗の輿入れについて伝えていなかったことであろう。五蔵が孝を大切にする以上、親の意に背くことを自分からは言い出せないのもやむを得ないかもしれないが、宗の側からすれば優柔不断の誹りを免れまい。冒頭の人物設定との整合性に拘るなら、何か別な解釈を考えたいところではある。

続く元助の言葉に、昨夜親子三人が語り合った内容を窺うことができる。家に入り、その家の墓に葬られることは、嫁として処遇されることを意味する。一縷の望みも絶たれたなら、「せめて此の庭に入りてしなん」という願いを受け、余命わずかの宗を何とか五蔵の妻として死なせようというのである。不孝の罪を我が身に引き受けて「この女、我がつま也」と宣言する五蔵も、宗の思いに精一杯応えようとする点では一致している。

ただし、母と兄と宗、それに五蔵も含めた四人の間でどこまで事前の合意があり、また現場ではどのような意思疎通がなされているのかなど、行為の背後にあって余白の部分が多く、表現の細部を読み込むことで様々に考える余地があろう。例えば、五蔵と元助の間に「食い違いのドラマ」を読む説（揖斐前掲論文）があり、この場面の読みを深める上で参考になる。

〔七〕それぞれの罪と罰

長きて、「いかなる物ぐるひしたる。元助が母はしらじ」とて、軒遠からねば走り行きて、「かくかくなん。元助は気ちがひなり」とて、息まくしていふ。母はいつもの機にのぼりて布おりゐたるが、ききて、「しかつかうまつりしよ[1]。こころえたれば、おどろかず。よくこそしらせたまふ」とて、おり来てゐやまひ申す[2]。長、又これにもおどろきて、「鬼はかねて曾次が事と思ひしに、此の母も鬼女なり。角《つの》よくかくしてとし月ありしよ」とて、逃げ出て目代にうたふ。すなはち人々めしとら

1　そのように致しましたか。

2　御礼の言葉。

へて、「おのれら何事をかして一さとをさわがすぞ。元助は妹ながら人ころしたれば、ここにとどむべし。五蔵も問ひただすべき事あれば、ここにとらへおくぞ」とて、ともにひと屋[3]につながれたり。日比《ひごろ》十日ばかりへて人々めし出で、ただしつるに、「曾次は罪なきに似て罪おもし。みすみすに、おのが心のよからぬから、かかる事仕出たり。家にこもりをれ。やがて御[4]つみうけたまはりて行はん。元助は母のゆるしたる事なれば、罪あれど罪かろし。是も家にこもりをれ。五蔵が心いといとあやし[5]。されど、せめとふべきにあらず」とて、またひと屋に追ひ入れたり。五十日[6]ばかりありて、「国の守のおほせ、うけたまはれ。此の事、ことごと[7]五蔵と曾次が罪におこる。此の里にをらせじ。ただ今ただ追[8]ひはらふぞ」とて、この御門より[9]いかめしく取りかこまれ、親子[10]はとなりの領さかひまで追ひうたれて行く。「元助は母ともに事かはりし事を仕出たれば、このさとにはをらせじ。西のさかひまで追ひやらへ」とて、事すみぬ。曾次が

3 牢獄。4 国の守に判決をお伺いして。5 奇妙だ、不可解だ。6 前例のない事件なので代官所だけでは裁けず、国の守に報告して判決が下るのを待った期間。実説でも、関係者の処分は幕府の評定所（今の最高裁判所に当たる）の判断を仰いで、確定まで一年以上かかった。7 先の目代の判断と違い、国の守の判決では筆頭に五蔵の名を挙げることに注意。8 直前に「此の里にをらせじ」とあり、近世の所払いの刑に当たる。続く元助と母への刑も同じ。幕府の刑罰法規集『御定書百箇条』によれば、所払いは居住地からの追放で、立ち入りも禁止。利欲に関わる罪の場合は財産も没収とある。9 役人に厳しく取り囲まれ。このあたり、元助親子と刑の重さは同じだが、五蔵と五曾次の側により大きく非を認めてか、刑の執行が厳しい。10 隣の領地との境まで。ただし隣国との境だとすると摂津の国を追放されたことになり、後に五曾次が同じ摂津にある難波を目指す

家のたからは、ふくの神とともにおほやけにめし上げられたり。

ことと矛盾する。所払いと見れば、隣村との境。

読みの手引き

五曾次の訴えを聞いた村長は、元助の所行を「物ぐるひ」として母に知らせた。予期していたこととて母は動じることなく、そう致しましたか、よく知らせて下さいましたと礼を述べる。これに驚いた村長は「此の母も鬼女」だと逃げ出し、その足で代官に事件を訴え出た。代官は一応の判断を述べるが、前例のない事件として国の守に報告し判決を仰ぐ。やがて判決が下り、五蔵父子、元助母子はそれぞれに罪を問われて宇奈五の地を追い払われる。

異常な事態に動転する村長との対比で、娘を失った深い悲哀を底に秘めながらも動じない母の静謐が強調される。このとき、これまでは五曾次にだけ与えられた「鬼」の形容が、母に使われていることが目を引く。これについて、周囲に憎まれる五曾次はもちろん、元助や母、五蔵も共同体にとっては理解できない異質な存在、「鬼」であり、事件を契機として彼らが排除される物語として本編を捉える説（風間誠史「「死首の咲顔」試論」、『春雨物語という思想』（森話社、二〇一一年）所収）がある。周囲の目によって、宗や元助、母の行為が相対化されるという観点は重要である。

また、頭注でも触れたように、はじめ目代は五曾次を筆頭に関係者の罪を咎めたが、国の守が下した判決では「此の事、ことごと五蔵と曾次が罪におこる」と、五蔵の名が最初に挙がる。これを「直接的な原因ではないにしろ、惨劇の要因がむしろ五蔵にあったことを、作者秋成が読者に対して念入りに説き示している」（揖斐氏前掲論文）と見ることは十分可能であろう。あるいはこれも、当事者の意図とは別に、第三者の目に事件はどう映ったかという相対化の一つとして考えられようか。五蔵と五曾次には財産の没収も伴うとは言え、元助と母との間で量刑に殆ど差がない一方で、刑の執行の厳しさでは差が見られるところなど、処分は単なる勧善懲悪に留まらず複雑な表現になっている。

〔八〕微笑む宗の首

鬼曾次、[1]足ずりし手を上げて[2]をらびなくさま、いと見ぐるし。「五蔵、おのれによりてかく罪なはるるは」とて、引きふせてうつ。[3]うてどもさらず、「御こころのままに」といふ。「にくしにくし」とて、ここかしこに[4]血はらせたり。里人等つどひ来て、[5]兼ねてにくみしものなれば、曾次はとり放ちて五蔵をたすけたり。[6]「いのちたまははるべくもあらねど、[7]わたくしには死ぬ

1　地団駄を踏み。2　大声で泣きわめく。3　以下、親への孝を最後まで重んじ続ける五蔵の姿を描く。4　文意不明。血があふれ出る、飛び散るなどの意か。底本、右側に「はららせは血を立る也」と朱で傍書。「はしらせたり」「はららかせたり」などの誤写とも。5　底本では「兼ねて」以下、作品末尾までを散らし書き風に書く。秋成自筆本が巻子本だったこ

とを窺わせる。6 親に逆らい家を滅ぼした私の不孝の罪は重く、命を助けて頂けるはずもありませんが。7 自分で勝手に。8「勘当」で、親子の縁を切る。公式に届け出る本勘当と、私的な内証勘当があるが、ここは後者。9「大徳」で、徳の高い僧。10 今の兵庫県西南部で、摂津の隣国。11「族」で、同族の意。12 底本「秋」。13 栲幡千々姫。高皇産《たかみむすび》霊尊《のみこと》の娘で、天忍穂耳尊《あまのおしほみみのみこと》の妃（神代紀）。「幡」は機で織った布。機織りに縁のある古代の神のイメージを母に重ねる。「神代に栲はたちぢ姫と申して、天照大神のおほんぞ織りて奉らせしを始に、なべてをみなのまめ業としもなりんたる」（「年のななふ」）14 気性が激しい。底本「たけだけけれ」。15 微笑んだままの死首のイメージを中心に、宗と五蔵の悲恋を土地の伝承として位置づける。

べからず」とて、父のまへにをりて面もかはらず。「おのれはいかで貧乏神のつきしよ。ざい宝なくしたれど、又かせぎたらば、もとの如くならん。難波《なには》に出てあきんどならん。[8]かんだうの子也。我がしりにつきてくな」とて、つらふくらしつつ立ち出て、いづこにか行きけん。五蔵はやがて髪そりて法しとなり、この山の寺に入りて、いみじき[9]大とこの名とりたり。元助は母をたすけて、[10]播磨《はりま》の[11]ぞうの方へしりぞきて、鋤《すき》[12]鍬《くわ》とりてむかしに同じ。母も機《はた》たてて、[13]たぐはた千々《ちぢ》姫の神に似たり。曽次がつまはおやの里へかへりて、これも尼となりしとぞ。「妹が首のゑみたるままにありしこそ、いと[14]たけだけしけれ」と、[15]人皆かたりつたへたり。

読みの手引き

五曾次は財産を失ったことを嘆き、腹いせに五蔵を引き据えて打つ。不孝の罪を自責し、逃げずに打たれ続ける五蔵の身からは血が飛び散っている。それでも表情一つ変えない五蔵に根負けし、五曾次は勘当を言い渡して、難波で商人となり再興を果たそうと立ち去る。その後、五蔵は法師となり、高徳を称された。元助と母は播磨の同族を頼り、以前と変わらない暮らしをした。五曾次の妻は親里に戻り尼になったという。あの日、切り落とされた宗の首が微笑んだままだったのを、「たけだけしけれ」と人は皆語り伝えた。

〔八〕と、これに対応する天理巻子本の断簡との間には先述の通り大きな異同がある。主な違いとして次の三点を挙げられる。

①巻子本では、どこか遠い地での五曾次の死（行路死か）が記され、五蔵法師が亡骸を求めて舟で庵に連れ帰る。文化五年本でも、〔七〕で財産と共に福の神を召し上げられたとあり、五曾次の落魄は暗示されていると読めるが、それでもしぶとく生き抜く可能性を残す描き方になっている。同じ悪役、憎まれ役でも、こちらの方が生き方として徹底しており、その逞しい生命力は魅力的ですらある。

②巻子本では、他の墓（五曾次家代々の墓か）に並んで宗の埋葬された墓がある。ただし五曾次を葬る際に改葬され、宗は「すこし隔て」祭られる。この場合、作品は新たな塚の由来を語る物語という性格を帯び、巻子本でも宇奈五を舞台とするなら、その設定が活きてくる。一方、文化五年本では宗の首と亡骸がどのように葬

られたのかが描かれない。五曾次の妻の行く末まで書きとどめているにも拘わらず、宗の扱いはやや落ち着きが悪いようでもある。だが、その結果として、宗のイメージは作品末尾で「死首の咲顔」という一点に見事に収斂される。こうした文化五年本のあり方には捨てがたい魅力がある。

③巻子本では末尾に、五曾次ではなく親に似ぬ五蔵こそ鬼子だとして「鬼律師と名よびしとぞ、かたりつたへたりけり」とある。つまり、微笑む宗の死首に関する記述が、少なくとも末尾にはない。巻子本では、そもそも篇名が「死首の咲顔」ですらない可能性もある。このあたり、全体を読み比べられない現状では何とも言えないことだが、単純に作品の結び方だけを比べるなら、文化五年本の方が表現として優れていると見ても異論は少ないのではなかろうか。

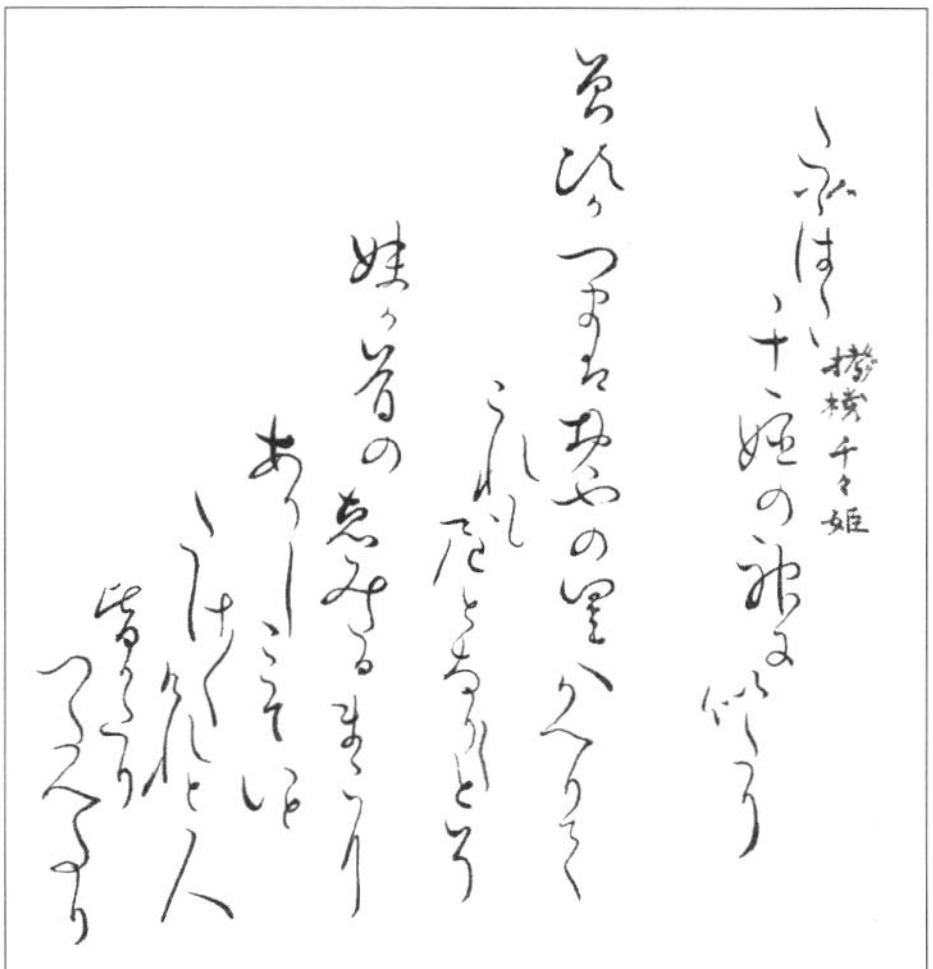

『春雨物語』桜山本「死首の咲顔」末尾
（『桜山本　春雨物語』　昭和61年刊　勉誠社より転載）

宗の死首はなぜ微笑んでいたのか。それが「たけだけし」と評され、土地の伝承となっていくことをどう解釈するのか。「死首の咲顔」の魅力は、この末尾の一文を抜きにしてはやはり語れない。

捨石丸　第七回

〔一〕小田の長者一家

[1]「みちのく山にこがね花さく」と云ふ[2]古ことは、まこと也けり。麓《ふもと》の里に、[3]小田の長者と云ふ人[4]あり。[5]あづまのはてには、ならびなき富人《とみびと》なりけり。父は、宝も何も、子の小伝次と云ふにまかせて、明《あけ》くれに酒のみて遊ぶ。姉の[6]豊《とよ》と云ふは、[7]をとこをさいだてて、[8]親にゆるされて尼となり、豊苑比丘尼《ほうゑんびくに》と改め、[9]すぎやうまめやかなり。母なければ、家の事つかさどりて、恵みふかかりければ、出入る人いとかたじけなくつかうまつりけり。

1「天皇の御代栄えむと東なる陸奥山に金花咲く」（『万葉集』四〇九七・大伴家持）。天平二十一年（七四九）に、東北から初めて金が産出したことを受けている。「此の時陸奥山に黄金出でて、此の費をつぐのひしとなり。」（『胆大小心録』一五八段）。「みちのく山にこがね花さきし御代よりは」（『山霧記』）。2 古歌。3 現宮城県遠田郡東部の地域。「東の国の陸奥の小田なる山に金ありと」（『万葉集』四〇九四・大伴家持）。「みちのくの小田のやまより、さそく出金の花をさかすにぞ」（『癇癖談』上）。4 底本「る」。意によって改めた。5 都から東の諸国。東国。6 底本「常」。姉の法名が「豊苑比丘尼」であることから改めた。なお、後に「豊」を「常」と誤写した箇所がある。7 夫を先に亡くして。夫に先立たれて。「老が頼める人をさいだてて」（『藤簍冊子』六「嵐山夕暁」）。8 底本「行」。「親」の誤写とする説に従って改めた。9 修行。

読みの手引き

陸奥に金が産出したことを寿ぐ大伴家持の歌から物語は語り始められ、ついで裕福な長者一家が紹介される。中央から見て、政権の及ばない陸奥は異国のようなものであり、別天地として一種の憧れを抱かせる土地であった。『胆大小心録』にも、陸奥に流罪になった時尚が都に戻る際に陸奥の人々が餞別として「砂金あまた袋にみちこぼるるばかり」を与えたという記述が見える（一四三段）。「捨石丸」は、古代から続く豊かで自由な土地から幕を開ける。

青洞門《あおのどうもん》開鑿という江戸時代の事業が取り上げられている（「九」）ことなどから、本編の時代設定は江戸時代であると考えられる。秋成にとっては現代小説ということになるが、「捨石丸」の物語世界は、必ずしも当代的なものではない。冒頭にもその一端はあらわれている。大伴家持の歌が置かれ、古代の金の産地に舞台が設定される。読者にいにしえの陸奥を想起させたうえで、以降の物語が紡ぎ出されていくのである。

『春雨物語』では、和歌修行は都よりも東国でするべきだと述べられていたり（「目ひとつの神」）、主人公が陸奥の僧侶となったことが語られたり（「樊噲」）する。本編とあわせて、『春雨物語』における「あづま」の位置付けを考えてみることもできるだろう。

〔二〕 長者と捨石丸

捨[1]いし丸と云ふは、背六尺《むさか》[2]にあまりて、肥えふとり、世にすぐれ酒よくのみくらふ。長者の心にかなひ、酒のむ時は必ず呼びよせたり。或《あ》る時、長者酔《ゑひ》のすすみに、「おのれは、酒よくのめど、酔ひては野山をわすれ臥《ふ》す故《ゆゑ》に、石捨てたりと云ふあだ名はよばはる也。よく寝入りたらんには[3]、熊、狼にくらはるべし。此《こ》の剣は、五代[4]の祖の力量にほこりて、刃広《はびろ》[5]にうたせたまへる也。野山の狩を好みて、あら熊に出《い》であひ、いかりにらまへ[6]、歯むきて向ひ来たるを、此の剣ぬきて、腹をさし、首うちてかへられしより、熊切丸と名よばせし也。おのれ必ず酔ひふしてくらはれん。此の剣、常に帯びよ[7]。守り神ならん」とてたまへる、推しいただき、「くま、狼は手どりにせん。鬼や出でてくらひつらん。鬼去丸《おにさり》[8]と申さん」とて、左におき[9]、よろこびの酒とてすすむるほどに、酌《しやく》にたつわらはめ、「今は三ますにも過ぎたらん」とて、わらふわらふ[10]。

1 「捨石」は、庭に何気なく据えるなど、特に用途もなく置いてある石のこと。
2 尺は、長さの単位。一尺は、約三〇センチメートル。
3 熟睡してしまったならば。天理冊子本「石すてし如くうまく寝入りたらんには」。 4 五代目の先祖。
5 刃の幅が広いこと。幅広の刃物は、よく切れるが重いので、力のある者でなければ使いこなすことが難しい。
6 睨み付け。
7 腰にさしておけ。
8 天理冊子本「おに切丸」。「鬼切」は、渡辺綱が鬼の腕を切り落とした刀（『太平記』巻第三十二）。
9 本来は、刀は右に置くのが作法。捨石丸の無頓着な性格が表現されている。
10 底本「いらふ」。文脈から、天理冊子本に「哂ふ」とあるのに従って改めた。「猿とうさぎは、手打ちてわらふわらふ。」（富岡本「目ひとつの神」）。

主人公が登場する。酔うとどこでも寝てしまう酒飲みの大男、捨石丸である。〈無意味な石〉を意味する名で呼ばれ、熊や狼は手捕りにしてやろうなどと豪語する捨石丸については、「みちのくの山野が生んだ自然児」（新編日本古典文学全集『英草紙 西山物語 雨月物語 春雨物語』頭注）、「荒ぶる神の性格をもつ山人」（森山重雄『幻妖の文学 上田秋成』〈三一書房、一九八二年〉所収「捨石丸」）などといわれる。

ある日捨石丸は、主人である長者から、護身用に剣を与えられる。文化五年本で五代目の先祖のものと語られるこの剣は、天理冊子本では長者の父親、『春雨草紙』では祖父が所持していたものとされる。文化五年本の剣が最も古いようである。また、文化五年本での、「常に帯びよ。守り神ならん」という長者の台詞、及びそれを「推しいただ」くという捨石丸の動作は、天理冊子本には見えない。天理冊子本よりも文化五年本のほうが、剣は恭しく扱われている。その結果、剣の価値と、それを無造作に左に置くという捨石丸の行為との間に生じる落差が、文化五年本では大きくなっている。捨石丸の物事に頓着しない性格が、より強調されている（『春雨草紙』では、剣を左に置くという行動が描かれない）。別天地陸奥に登場する主人公もまた、その土地柄にふさわしく、人智から自由な若者であった。

〔三〕 捨石丸・長者・小伝次の立ちあい

「此の心よきに、野風をあびん」とて、たつ足[1]しどろにたち行く。長者見て、「得させしつるぎ失ふべし。かへるを[2]見とどめん」とて立つも、足[3]よろぼひたり。小伝次、「父あやふし」とて、跡に付きて行く。

[4]はた、流れある所に打ちたふれ、足はひたして、つるぎは枕のかたに捨てたり。「[5]かくぞあらん」とて、長者とりたるに、目さめ、「たまひしを、又うばひたまふや」とて、[6]主《しゅ》わすれあらそふ。父、力にたへねば、剣もちながら、あふむきになりて、捨石其《そ》の上にまたがる。小伝次はるかに見て、丸を引きたふし、父をたすけんとすれど、力よわくて[7]心ゆかず。丸、又小伝次を右手《めて》にとらへて、「[8]和子《わこ》よ、何をかす」と、前に引きまはし、父のうへにすゑたり。されど、主といふ心やつきけん、[9]いたはるほどに、父をたすけて、丸をつよくつきたふす。

1 「しどろ」は、秩序なく乱れているさま。ここでは、酔って千鳥足になっている。
2 見届けよう。
3 よろよろしている。よろめいている。「起居《たちゐ》もあさましうよろぼふ」(『源氏物語』「明石」)。
4 やはり。思った通り。
5 こんなことだろう。
6 相手が主人であることも忘れて。
7 満足にできない。思うにまかせない。「来る春のまうけも御心ゆかせ給はぬ事のみにて」(『書初機嫌海』上)。
8 身分の高い人の男の子に向かって、呼びかける語。若様。
9 手加減するうちに。

読みの手引き

酔って長者の家を出た捨石丸は、果たして川の畔で寝てしまう。天理冊子本では、眠りこけた捨石丸の「枕がみにつるぎ有り」と表現されている。「つるぎは枕のかたに捨てたり」とする文化五年本の方が、捨石丸の無頓着ぶりが際だつ表現となっている。捨石丸に悪気はないのだが、剣を放置したままで眠りこけてしまったことが、長者や小伝次との争いを招いてしまう。

記紀の景行天皇の条に、倭建命が東征の帰途、伊吹山の神を討ちに出かけるというくだりがある。このとき倭建命は素手で神を討つとうそぶき、窮地になれば身を護ってくれるはずの草薙の剣を妻に預けて出かける。ところが、倭建命は神の怒りに触れて重く患い、そのまま絶命してしまう。辞世は、「嬢子《をとめ》の床の辺に我が置きし剣の大刀その大刀はや」(『古事記』)という、草薙の剣を置いていったことを悔いる歌であった。自身の力を過信して守り神ともいえる剣を手元から離したことが悲劇を招いた点は、「捨石丸」の構想にも影響を与えているのではないか。

秋成作品についていえば、刀剣が物語のキー・アイテムとなる例に、『雨月物語』「蛇性の婬」がある。「蛇性の婬」は『万葉集』の和歌と縁の深い紀伊国三輪が崎が舞台となっていて、三輪山神との関連など神話的要素に彩られた作品である。ここに、主人公の男性が、蛇の化身である女性から古代の太刀を贈られ、そのことがきっかけとなって思わぬ事態へと展開するというくだりが見える。

長者から与えられた剣も、捨石丸を事件に巻き込んでいく。古代神話における刀剣の呪術性は、「捨石丸」

の物語展開にも影響を与えていると考えられる。

〔四〕捨石丸の逃走

父、おき上りて剣をとり、「おのれはまことに日本一の力量ぞ。武蔵坊《むさしばう》[1]と申せしは、西塔一《さいたふいち》[2]の法師也」と、うたひて行く。捨石、あとにつき、「衣河《ころもがは》[3]へと急がるる」と、拍子をとりてくる。父がつるぎに手かけて、うばはんやとするに、抜け出で[4]て、おのれが腕《かひな》につきたてしかど、長者の面《おもて》にそそぎて、血にまみれたり。小伝次、「父をあやめしや」とて、後よりつよくとらへたり。とらへたるを、又引きまはして面をうつ。是《これ》もいささか血そそぎかけたり。父は「子をあやまちしか」とて、つるぎの鞘《さや》もて、丸がつらをうつ。抜けたるにうけて、何やらんうたひつつ、又父をとらふ。さすがに刀はあてざれど、おのが血の流れて、長者の衣《きぬ》にそみたり。

1 武蔵坊弁慶。源義経に仕え、義経が奥州に逃げのびるのに随行して、最期まで忠義をつくした。2 比叡山延暦寺の塔の一つ。弁慶は、比叡山西塔に住して修行をしていたといわれる。「武蔵坊」と「西塔一」は、浄瑠璃や謡曲などの決まり文句。3 現岩手県南西部。衣川の流域に位置する。文治五年（一一八九）衣川の合戦において、弁慶は立ったまま全身に矢を受けて義経に殉じた。「衣川は、和泉が城をめぐりて、高館のもとにて大河に落ち入る。」（『奥の細道』）。

4 刀が鞘から抜け出て。

[5]家の子ども一二人追ひ来て、「[6]こはや、御二人を殺すよ」とて、前うしろにとりつく。「さてはあやまりつ」と思ひて、二人の男を左右《さう》の腋《わき》に[7]かいはさみ、「主ごろしはせぬぞ」とて逃げ行く。二人のをとこら、とらはれながら、「主ごろしよ」とて、おらび云ふ。「さては、父子ともに我あやまちしよ」とて、二人の男を深き流れに打ちこみて逃げゆく。

5 使用人。奉公人。
6 おそろしいことだ。
7 挟み込んで。

読みの手引き

〔三〕から〔四〕にかけての捨石丸・長者・小伝次の立ちあいは、きわめて具体的な筆致で描かれる。三者は必ずしも相手を斬りつけているわけではないのにもかかわらず、互いに血にまみれてゆく。不思議な場面である。しかも、酒に酔っているのか、状況に昂揚しているのか、血しぶきの中で長者と捨石丸は歌まで歌う。

この現実離れした立ちあいについては、「長者と捨石の二人の行動、本気なのか、ふざけているのか、夢幻のうちに微妙な緊張を盛り上げてゆく。」（前掲新編日本古典文学全集・頭注）、「捨石丸の無邪気さと、それゆえの肉体の暴力性が印象的」（風間誠史『春雨物語という思想』〈森話社、二〇一一年〉所収「「捨石丸」試論」）などと評される。また、三者が血を浴びることは、「血の洗礼」によって霊威を受けることで、神話性を帯びることを意味するとの指摘もある（高田衛『春雨物語論』〈岩波書店、二〇〇九年〉所収「「捨石丸」札記——石と剣の物語」）。

この場面で、捨石丸は弁慶に重ねられている。秋成は、源頼朝に対して批判的で、『藤簍冊子』四「剣の舞」では義経と別れて頼朝に捕らえられた静の姿を美しく描いている。秋成は頼朝の智略を嫌っていた（『藤簍冊子』四「月の前」など）。弁慶に捨石丸をなぞらえたことをその文脈で考えれば、智略に対置する存在として捨石丸を造形したと捉えることもできる。

1 両手で頭上に捧げるようにして持って。

2 騒ぎ立てる。「心とげに見えてきはぎはとさうどけば」（『源氏物語』「空蝉」）。

3 不審に思って。

4 何事もない。たいしたことはない。

〔五〕帰宅する長者と小伝次

父はまだ酒さめざれば、血にまみれながら、つるぎの身ささげ[1]てをどり拍子にかへる。小伝次もあとにつきてかへる。家の内こぞりて、「いかにいかに」と立ちさうどく[2]。されど、小伝次がせいししづめて、父をふし所《ど》につれゆく。尼のこころえで[3]、「この血はいかに」ととふ。「捨石めが、たまへる剣に、おのが腕をつきさしたる血也。おのれもいささかそみたれど、事な[4]

し」と云ふ。姉、[5]落ゐてよろこぶ。捨いしは主をころせしよと思ひて、家にもかへらず、[6]いづちなく逃げうせたり。二人のをとこ等《ら》こそ、水底《みなそこ》にしづみてむなしく成りぬ。

一里《ひとさと》立ちさうどき、「捨石、主をころして逃げ行きしか」とて、みな長者の家にあつまりて、小伝次[7]せいして、「[8]必ずあらぬ事也。[9]渠《かれ》がかひなに血出でて、父にそそぎし也」と云ふ。「さらば」とて、「ただ二人のをとこが屍《かばね》[10]もとめん」とて、立ち走り行く。

5 安心して。
6 どこへともなく。
7 人々が騒ぐのを制して。
8 決して。
9 彼。ここでは、捨石丸を指す。
10 捜し出そう。

読みの手引き

夢幻的な立ち合いから一転して、目が覚めたように現実的な場面である。捨石丸・長者・小伝次以外の人物から見れば、彼らの立ちあいや血に染まった姿は凄惨なものでしかない。〔四〕で互いに血を浴びて取っ組み合う姿が後から追ってきた使用人たちの誤解を招いたのと同様に、ここでも長者親子の姿を見た家の者や里人は捨石丸の仕業だと思いこむ。非現実が現実に引き戻されたとき、捨石丸は長者と小伝次とを傷つけた（あるいは殺めた）罪人と認識される。当時、主殺しは大罪である。捨石丸自身、使用人の言葉を真に受けて実は犯していない大罪を背負い、逃走を余儀なくされ、陸奥をあとにする。

一方、長者の家では、小伝次が冷静に事の次第を説明することで、姉も周囲の人々も納得する。すなわち、捨石丸に罪はないことが、いったん理解されるのである。事態は何事もなく収束するかに見えた。

〔六〕長者の頓死

いかにしけん、父はあしたになれど起き出でず。おとどい[1]ゆき見れば、口あき目とぢ、身はひえて死にたり。「こはいかに」とて、いそぎくす師[2]よびてこころみさす[3]。くすしこころみて云ふ。「是は頓《とみ》[4]にやみて死にたまふ也。今は薬まゐらすともかひなし」と云ふ。おとどいなきまどふ。家の内の者ども、又立ちさうどき、「まこと、主はころせし也。御めぐみふかくて、とみのやまひとはのたまふ也。御仁恵《ごじんけい》[5]といふもあまり也」と云ふ。

1 きょうだい。「母物に詣でんといへば、おとどい二人して輿にかきのせ、になひもてゆく。」（『藤簍冊子』五「旌孝記」）。ここでは、姉と弟。2 医者。3 診察させる。「年ごろ、常のあつしさになりたまへれば、御目馴れて、帝『なほしばしこころみよ』とのみのたまはするに」（『源氏物語』「桐壺」）。4 急の病で。にわかに病んで。天理冊子本に「卒症のしるし」、天理巻子本に「病は、中風の一症に、卒倒して鼾を吹き、寝たるままに死ぬる者あり」とある。

国の守《かみ》に聞えて、[6]目代《もくだい》いそぎ来たる。かねて長者が富をうらやみしかば、「[7]此のついでになくしてん」とて、屍見あらため、「是は血はそそぎかけし也。ただしたたかにうたれて死にたる也。[8]小伝次親をころされながら、え追ひとらへず、病に申す事いぶかし」とて、[9]よこざまにいふ。薬師《くすし》をりあひて、「いささかもうたれし所なし」と。目代目いからせ、「おのれ、[10]賄賂《まひなひ》とりていつはるよ」とて、[11]からめさす。

小伝次はさすがにえからめず、「[12]守に参れ」とて、つれ行く。参りて、始めよりを[13]つばらかに申す。守も[14]ねたくてありしかば、「いな、明らかならず。くすしめは[15]ひと屋にこめよ。小伝次は数百年ここにすみて、民の[16]数ながら、[17]刀ゆるし、鑓《やり》、馬、乗輿《こし》ゆるされしは、[18]ものの部《ふ》の数也。目の前に親をうたせながら、いつはる事いかに。[19]国の刑《つみ》に行はんものを。見ゆるすべし。親のかたきの首提《さ》げてかへらずば、領したる野山、家の財《たから》、のこりなく召し上げて[20]追ひやらふべし。ゆけ。とく」とて入りぬ。

「伴蒿蹊の女の、とみの病にむなしきと聞きて」（『藤簍冊子』二・六〇七詞書）。
5 情けをかけること。慈悲。6 代官。
7 この機会に長者の家を取り潰そうと。
8 底本「小伝二」。以下、「小伝二」とある場合も「小伝次」と統一する。
9 事実をゆがめて。理を曲げて。「横さまの罪に当たりて、思ひかけぬ世界に漂ふも」（『源氏物語』「明石」）。10 わいろ。
11 捕らえさせる。捕縛させる。
12 国の守のところに。
13 つまびらかに。詳しく。14 長者の富を羨み、妬んで。15 牢屋。16 ある範疇に入る人。ここでは、身分。
17 帯刀を許され、槍・馬・輿を許されているからには。18 武士。
19 藩の法律。
20 追放の刑に処する。

読みの手引き

長者が頓死したことで、物語は急展開を迎える。前日の騒動と長者の不慮の死とが、不運にも結び付けられてしまう。

親の敵を討つように命じる国の守の処分は、当時の価値観に照らして特に不当なものではない。武士にとって、親を殺されて、その犯人を見逃すことは許されないことであった。長者の家は武家でこそないが、同格に扱われている。そうである以上、小伝次は捨石丸を討たねばならない。

とはいえ、どこに隠れたともしれない敵を捜し出して討つことには、たいへんな困難が伴う。しかも、力で劣る小伝次に、怪力の捨石丸を討つことができるはずもない。つまり、成功する見込みのない敵討ちを、国の守は小伝次に強いているのである。長者の財産を没収する口実を作るために、国の守は捨石丸による長者殺しのストーリーを捏造する。

小伝次にとって、捨石丸は親の敵ではない。しかし、捨石丸が主殺しを犯したという〈事実〉は作られた。もはや小伝次には敵を討つ以外に選択肢はない。小伝次は、無実だと知りながら、捨石丸を討たねばならないのである。誤解が現実となり、架空の〈事実〉が捏造される。現実社会の一種のおそろしさが描き出されている。

〔七〕小伝次の武術修行

打ちわびつつかへりて、姉に申す。「病こそやまね、骨ほそく、刀こそさせ、人うつすべ知らず。丸めは力量の者なり。あはば必ず[1]さいなまれん」と云ふ。姉の尼、泣く泣く云ふ。「我がしうと君、[2]日高見《ひだかみ》の[3]社司《かんづかさ》は、弓矢とりて、みちのく常陸《ひたち》の[4]あら夷《えびす》らを、よく[5]なごし給ふ。行きて[6]刀うつ業《わざ》ならへ。必ず[7]いとほしびて、[8]まめやかにをしへ給ふべし」とて、こまごま文《ふみ》かきそへて出でたたす。小伝次、是に[9]便《たより》を得て、いそぎ日高みの社《やしろ》に行く。社司[10]春永聞きて、「あはれ也。力は限りあり。業はほどこすに変化自在也。やすくうたせん」とて、年をこえ習はす。[11]心にいりて習へば、一とせ過ぎて、社司「よし」と云ひて、出でたたす。「助太刀といふ事、おほやけにゆるしたまへど、[12]ますら男《を》ならず。一人ゆけ。あはば必ず首うちてかへらんものぞ」とて、いさめてたたしむ。はじめ「いかにせん」と思ひし心はいささかあらで、身軽げに、先づ[13]あづまの都にと心ざしゆく。

1 ひどく乱暴されるだろう。手ひどい目にあわされるだろう。2 「日高見」は、陸奥の一部の地名。古代、夷《えびす》がいた地域とされる。「東の夷《ひな》の中に、日高見国有り」(『日本書紀』景行天皇二十七年二月)。天理冊子本「香取神宮」、天理巻子本「香取のかんづかさ」。3 神官。神主。4 荒々しい東国人。中央権力に従わない人々。「ひたすらのあらえびすのやうなれども、したがひ奉ッて」(『平家物語』巻第八)。5 穏やかにする。従わせる。6 剣術。7 気の毒に思って。哀れに思って。8 懇切に。心をこめて。9 手段。手がかり。10 歌舞伎や浄瑠璃の世界では、織田信長の芝居上の名。11 専念して。身を入れて。「さばかり心いりてよむとも、何のやくなきいたづら文なり」(『藤簍冊子』三「秋山記」)。12 立派な男子。勇ましい男子。「你又畜《かれ》が仮の化《かたち》に魅《まど》はされて丈夫心《ますらを》なし」(『雨月物語』「蛇性の婬」)。13 江戸。

読みの手引き

窮地に陥った小伝次に手をさしのべて力を添えたのは、姉であった。姉の紹介により、小伝次は日高見神社の神官のもとで武術修行をする。姉が主人公を助けるという展開は、秋成作品では『雨月物語』「蛇性の婬」や『藤簍冊子』「郝廉留銭」に見ることができる。秋成は、物語における姉という存在に、救済者の役割を担わせることが多い。

姉が紹介した日高見の神官は、武術で「あら夷」を従わせた人物であるという。この設定は、江戸時代の物語である本編と時代が合致しない。日高見は、日本武尊が東方遠征に赴いた地である（『日本書紀』景行天皇四十年）。また、日高見神社は現宮城県石巻市に実在する神社であるが、秋成は日高見神社は陸奥ではなく常陸国にあるとしている（「天保六章解」など）。一方、天理本にある香取神宮は下総国である。新編日本古典文学全集は、常陸の鹿島神宮のこととする（鹿島神宮の祭神は武甕槌命《たけみかづちのみこと》で、武勇、特に刀剣の神）。秋成は、実在の日高見神社をそのまま物語に取り入れたのではなく、複数の神話や縁起等を利用して、古代神話の面影をまとったオリジナルの設定していると考えるのがよいだろう。「捨石丸」は、江戸時代と古代とが交錯する物語として仕立てられているのである。神官は小伝次に、限度のある力ではなく「変化自在」の業を伝授する。小伝次が身につけたのは、物理的な力を超越した、神話的な力といえる。なお、日高見神社について、またここで小伝次が修行するという設定の意味については、前掲高田「「捨石丸」札記——石と剣の物語」が参考になる。

〔八〕逃げる捨石丸と追う小伝次

捨いしは、[1]すずろ神にさそはれて、夜昼なく逃げて、江戸に、[2]ここかしこと、わたらひわざしらねば、[3]力量《りきりやう》にやとはれ、[4]角力《すまひ》に立ち交りたり。或《あ》る国の守の、すまひこのみ、酒好みたまふにめされて、[5]御伽《おとぎ》につかうまつりぬ。「いかなる者ぞ」と問はせしかば、愚かなるままに、いつはらず申し上ぐる。[6]「さるは、主の敵《かたき》もちなり。其の子弱くとも、ただにてあらんや。富みたりといへば、[7]人数におしして捕ふべし。[8]国にことしはまかれば、我よく隠すべし。とく」とて、御のり物ぞひにめされてくだる。

小伝次は尋ねまどひて、江戸を[9]ちこちにも三とせばかりありて、其のくにの守の御恵みにて西にゆきしと[10]聞きあらはし、其の日に立ち行く。

1 人の心を、落ち着きなくそわそわさせる神。「そぞろ神」ともいう。「そぞろ神のものにつきて心を狂はせ」（『奥の細道』）。2 あちらこちらを渡り歩いたが。3 力仕事。天理冊子本「車つかひ」。4 力士。相撲取。5 貴人などのそばに仕えて、退屈を慰めるために話相手になること。天理冊子本では、捨石丸は「いかづち」と名付けられる。6 それならば。それでは。7 人数にものをいわせて。8 今年は江戸から領国に戻るので。参勤交代により、江戸でのつとめを終えて国許へ帰ることをいう。

9 あちらこちら。「彼此《ヲチコチ》 今の俗に、あちこちと云ふに同じ。」（『万葉集見安補正』十）。ここでは、江戸の近辺。10 さぐり聞いて。聞き出して。

江戸時代には、三都を中心として勧進相撲という興業相撲が隆盛し、失業した浪人などがこうした職業相撲の力士となることがあった。『諸道聴耳世間狙』二「孝行は力ありたけの相撲取」では、相生浦之助という貧しい家の息子が相撲を取って賞金を稼ぎ、博打と酒が好きな両親に孝行を尽くす姿が描かれる。相撲取になるという道は、力持ちの若者が比較的手っ取り早く稼ぐことができる方法の一つだったのだろう。渡世の術を知らない陸奥の若者捨石丸が、江戸で就く職業として自然である。また、相撲好きの大名などは、強い力士を競って召し抱えた。捨石丸が相撲取になったという設定は、国の守との出会いを用意するものとしても有効に働いている。

読みの手引き

秋成は、『胆大小心録』一三八段で、相撲取について述べている。そこに、取り組み相手を投げて踏みにじって殺してしまい、大坂を去らねばならなくなる相撲取のエピソードが見える。実は、取り組み相手はずる賢い男で、その男が以前奸計によって勝ったことに対する怒りゆえの行為であった。悪気なく、しかしその怪力のために結果的に大事件を起こしてしまう、こうした相撲取に対するイメージが、捨石丸の造形に繋がっている。なお、「樊噲」にも、喧嘩をして追放になった元相撲取の村雲という人物が登場する。

〔九〕捨石丸の決意

国は[1]豊《とよ》くにの何がし殿にて、心広き御人也。かく養ひたまふ中に、酒の毒にや、[2]疔《ちやう》をやみて、つひに腰ぬけと成りたり。中し上ぐるは、「主をこそ殺さね、其の名たかきには罪大《おほい》也。若君[3]たわやかにて、我は得《え》うつまじく、仏の弟子にや、姉の尼ぎみと[4]同じ衣にやつさせたまはんものぞ。いきてうたれんと思へど、こし折れたれば、[5]四百余里いかであゆまん。聞きつるに、此の御くにの何がしの山は、[6]岩ほ赤はだかにて、今の道を廻りて、八里ばかりと聞く。[7]ある人の大願にて、此の[8]あか石一里ばかりを道にきりとほさば、往来《ゆきき》の旅客《たびびと》、夏冬のしのぎを得て、[9]命損すべからず。今やうやう穴をつつきて、[10]一丁ばかりと云ふ。我が主の長者の御為に、是をぬきて、人のためにすべし。足立たねど力あり。よくよくつとむべし」とて、御いとまたまはり、鉄槌《てつつい》の二十人《はたたり》してもささげがたきをふりたてて、先づうつほどに、凡《およそ》一日《ひとひ》に十歩はうちぬきたり。国の守[11]触れながして、民に

1 底本、諸本「常」。意によって改めた。「豊くに」は、現九州北東部の国名。ここでは、豊前国（現福岡県東部と大分県北部）。 2 悪性の腫れ物。急性で激痛を伴う。

3 たおやか。華奢なさま。

4 「同じ衣」は、姉が尼であることから、ここでは僧衣をさす。姉の尼君と同じように出家なさって。 5 里は、距離の単位。一里は、約四キロメートル。 6 巌がむき出しで。 7 豊前国耶馬渓の青洞《あおのどう》門《もん》を切りひらいた僧禅海から着想している。 8 むき出しの岩石。 9 命を失うこともないでしょう。

10 丁は、距離の単位。一丁は、約一〇九メートル。

11 触れを出して。布告して。

「力そへよ」とて、民は此の石の屑《くづ》をはらふ事を、いく人《たり》かしてつとむ。

読みの手引き

〔四〕〔五〕で長者を殺してしまったと勘違いしていた捨石丸であるが、ここでは自分は無実であると認識している。とはいえ、長者が亡くなっていることや小伝次が敵を討とうとしていることは知っている。そこで捨石丸は、長者の供養のために、ひとつの事業に加わることを決意する。交通の難所にある大岩を掘削して、道を通そうとするものである。享保期に青洞門を切りひらいた禅海の事績から想を得た展開となっている。青洞門については、菊池寛の小説『恩讐の彼方に』によって人口に膾炙している。豊前国耶馬渓に、不便な上にきわめて危険な断崖の桟道があった。その難所に、禅海が、三十年にも及ぶ工事の末に鑿道を切りひらいた。江戸時代においては、豊後国の儒者三浦梅園などが書き留めている（『梅園拾葉』）。ただし、当代の記述には敵討ちという要素はない。梅園は、秋成と交流があった中井履軒と懇意だった。また、履軒の周辺には豊後国出身の学者麻田剛立などもいる。たとえばこうした人物から、秋成は禅海の事績を知ったものかと推定されている。

禅海や古来の聖の開鑿史については東喜望「「捨石丸」と青の洞門」（『上田秋成「春雨物語」の研究』〈法政大学

青洞門

出版局、一九九八年〉所収)、前掲森山「捨石丸」に詳しい考証がある。また森山は同論文において、捨石丸が掘削に挑むことについて、「捨石丸」という名とのかかわりに着目し、「劣等化された捨石という石神が、より大きな石を穿つことで、その捨石性を超越する」と指摘している。

〔一〇〕再会

一とせに過ぎて、[1]やがて打ちぬくべき時に、小伝次たづね来たりぬ。捨石申す。「主をころさぬ事、御子《みこ》の君ぞしらせたまへる。されど、かく[2]事ひろごりては、申しわくとも[3]無《む》やく也。我が首うちて往《い》にたまへ」と云ふ。「首とらんとて来しかど、此の行路難《かうろなん》を開きて、長き代にたよりする、御父の手《た》むけとぞ。いで、我も力そへん。家は亡ぶともいかにせん。始めある物、必ずよ終《をは》りある、[4]時なるべし。姉は仏の弟子にておはせば、よく[5]思《おぼ》しとりて、心しづかに[6]行ひたまはん。我力をそへて後に、あねの所にいきて、す行《ぎやう》すべし」とて、かひがひしく石はこび、民とともによく交はる。捨石、「あなたふと。しかおぼして此の事に力そへ給ふは、神よ、ほとけよ」とて、よろこぶよろこぶ。

或る日云ふ。「若ぎみ、我をうたんとて尋ね来たまへど、骨よはく力なければ、こしぬけたる我をもえ打ちたまはじ」と云

1 間もなく。すぐにも。
2 噂が広まってしまっては。話が大きくなってしまっては。
3 無益に同じ。無駄。
4 それも時勢というものだ。
5 理解してくださって。お悟りくださって。「いとど心深う世の中を思しとれるさまになりまさりたまふ」(『源氏物語』「鈴虫」)。
6 仏道修行をする。勤行をする。

ふ。小伝次こたへなく、そこにある石の二十人ばかりしてかかぐべきを、躍りたちて蹴れば、石は鞠《まり》のごとくにころびたり。捨石おどろきて、「いつのまに、かかる力量は得たまひけん」と、いぶかる[7]。小伝次又、こしの弓つがひて、ひやうと放つに、雁《かり》二つ射ぬかれて、地に墜《お》ちたり。[8]「汝《なんぢ》力ほこれども、かれは限りあり。我が業千変万化。汝がこしたちてむかふとも、童《わらべ》をせいする斗《ばかり》たやすし」。丸ふし拝みて、「心奢《おご》りたるは愚か也」とて、小伝次に、かへりて事とひ、学ぶ。

7 不思議がる。「男いぶかりてとへど、よくよくねんじてあかさず」（『藤簍冊子』三「秋山記」）。

8 矢を弓につがえて。「与一鏑《かぶら》をとッてつがひ、よッぴいてひやうどはなつ」（『平家物語』巻第十一）。

読みの手引き

ようやく捨石丸を尋ね当てた小伝次であるが、捨石丸の行いを見て敵討ちを断念し、掘削作業に手を貸す道を選ぶ。敵を討たねば、家は取り潰されることになる。小伝次は、そのことも覚悟の上で決断する。ここで、小伝次の姉が出家しているという設定が意味を持ってくる。姉が世俗のままであれば、家が断絶すると姉が犠牲となり、新たな悲劇を生むことになる。姉を尼と設定することで、別の葛藤が生じることを免れ、また帰郷後は姉と同じく仏門に入ろうという小伝次の決意を自然な形で導くことができる。

小伝次が業を披露する経緯については、文化五年本と天理巻子本とでは若干異なっている。文化五年本では、まず小伝次に果たして自分を討つことができるのかと捨石丸が疑問を口にする。小伝次はそれに応える形で業を披露し、それを見た捨石丸がひれ伏す。一方、天理巻子本では、捨石丸が自分の首を小伝次に差し出す。小伝次は故郷の国の守に正直にすべてを話し、それでも仇討ちを強要されれば修行の成果を見せると語り、業を披露する。捨石丸はそれに勇気を得るという展開である。

いずれにしても、ここで小伝次が捨石丸に見せた修行の成果は、日高見の神官が教えた通り、力によらない「業」であった。小伝次は、まずその場にある巨石を軽々と蹴り上げてみせる。力を誇示するときに大きな石を用いる例は、記紀にいくつか見える。たとえば、千引の石を軽々と捧げ持って登場する建御名方神《たけみなかたのかみ》（『古事記』上）、大石を蹴り上げて武運を占った景行天皇（『日本書紀』景行天皇十二年）などである。また、特に「捨石丸」の表現との関係において注目されるのは、前掲「「捨石丸」札記――石と剣の物語」において高田衛が指摘する石切剣箭《いしきりつるぎや》神社にまつわるエピソードである。同社のウェブページによると、神武天皇が東征の際に戦勝を祈願し、傍らにあった巨石を蹴り上げて武運を占ったという。石切剣箭神社の摂末社である神武社には、神武天皇（神倭磐余彦尊《かむやまといわれひこのみこと》）とともに、天皇が蹴り上げたといわれる巨石が霊代として祀られていて、武運の神として信仰を集めている。高田は、秋成ゆかりの河内国日下村は石切剣箭神社の氏子の村であり、実際に秋成は石切剣箭神社を訪れたこともある（『山霧記』）と指摘する。秋成が、神武天皇の蹴り上げ石の逸話を知っていた可能性はきわめて高い。また、天理巻子本に、小伝次の業が次のように語られていることは注目に値する。

大なる石の岸に立ちたるを、つとよりて蹴りたれば、谷の底に鞠の如くにころび落ちたり。又、枯木の大なるが立ちたるを、刀ぬきて丁と切れば、やすく倒れぬ。又、弓取り出でて、空ゆく雁ふたつ、ひようと引きはなちたれば、つらなりて地に落ちたり。

石を蹴り上げて弓で雁を射抜くという文化五年本と共通する業に加えて、刀で木を切り倒したという記述がある。小伝次の業は、「石」、「剣」、「矢」によって披露されている。この三要素は、石切剣箭神社という神社名と一致する。これは偶然とはいえないのではないか。日高見神社の神官から小伝次が受けた業が、古代の神がかり的な要素をはらんでいることを改めて確認することができる。

その圧倒的な業を見て、捨石丸は小伝次にひれ伏す。諸氏が指摘するように、ここには謡曲「橋弁慶」における弁慶と義経の姿が重ねられている。『義経記』と異って、謡曲「橋弁慶」において特徴的なのは、義経が敵討ちのために刀を人から奪って集めている点である。敵討ちを企図するという点で、小伝次と通底する。弁慶は義経を退治しようとして逆に敗れ、義経に従う。捨石丸の場合、弁慶と異なり、相手の武術の技量に屈したというよりも、「神話・伝承の存在に対する畏れ」（前掲高田衛「「捨石丸」札記――石と剣の物語」）が背景としてある。

〔一二〕開鑿

かくて月日をへ、年をわたりて、凡一里がほどの赤岩を打ちぬき、道たひらかに、所々石窓をぬきて、内くらからず。もとの道は八里に過ぎて、[1]水うまやだになく、夏は照りころされ、冬はこごゆるを、此の岩穴にて、ゆききやすく成りにたり。馬に乗りて鎗《やり》たてて行くともさはりなし。太初の時、[2]大穴《おほな》むち、少名《すくな》ひこの、国つくらせしと云ふも、かかる[3]奇工にはあらず。

国の守大いによろこびて、みちのくの守に使遣はし、[4]事よく執りをさめたまへば、小伝次は[5]御ゐやまひ申してかへりぬ。

捨石はほどなく病して死にたれば、捨石明神とあがめて、岩穴の口に祠《やしろ》たてて、国中の民あふぎまつる。小伝次は東《あづま》にかへりて、国の守の罪かうむらず、益《ますます》家とみさかえたり。姉のよろこび、いかばかりならん。日高見の神社、大破にて年わたりしを、此のゐやまひに、こがね、玉をきざみて作りたりしかば、荘厳《しやうごん》のきらきらしきによりて、となりの国までも、夜昼まう

1 本来は水路の宿駅のことだが、秋成は街道の茶店の意で用いる。「門の前なる水うまやに入りて、昼の物とう出でたるに」（『藤簍冊子』四「御嶽さうじ」）。「水うまやの戸たたき、酒買はんと云ふ」（富岡本「樊噲」上）。
2 大国主命《おおくにぬしのみこと》と少名彦命《すくなひこのみこと》。記紀で、国造りを行なったとされる。
3 珍しく巧みな仕事。例がないほど優れている仕事。
4 事態をうまく収拾してくださったので。円満に解決してくださったので。
5 謝礼。「よく拝みて、御ゐやまひ申して、兄と連れだちてお山にはのぼれ」（富岡本「樊噲」上）。

でてちか言《ごと》[6]す。はたうけ[7]ひたまひて、此御ゐやまひに、たからやぬさやつどひみちて、あづまには二つなき大神となむ、いはひまつれりける。

6 本来は、誓いのことばの意だが、ここでは祈願。
7 神が祈りを聞き入れる。受納する。

読みの手引き

ついに青洞門は完成した。捨石丸と小伝次との事績は、大国主命と少名彦命の国造りに比せられている。神がかり的な業を身につけた小伝次と、それに学んだ捨石丸とが果たしたのは、神話世界で語られるような事業だったのである。総じて「捨石丸」は、江戸時代を舞台にしながら、神話世界の心象をもって描かれているとえいる。あたかも当代に神話を再現しようと試みているかのようである。

また、振り返ってみれば、小伝次は敵討ちのために故郷を出立する際に、「ますらを」として扱われていた。ただし、それは親の敵を討つことが前提であった。敵を討たないという決断をくだした小伝次だったが、故郷に戻って繁栄する。この点から、秋成の考える真の「ますらを」像を考えてみることもできるだろう。

宮木が塚　第八回

〔一〕河口の港町

[1]本州河辺郡《かはのべこほり》[2]神崎《かんざき》の津《つ》は、昔より古きものがたりのつたへある所也。[3]難波津《なにはつ》に入りし船の、又[4]山崎の[5]つくし津に荷をわかちて運ぶに、風あらければ、ここに船まちせる。其の又むかしは、[6]猪名《ゐな》のみなとよびしはここなりとぞ。この岸より北は、河辺郡とよぶ。是《これ》は猪名の川辺と云ふなるべければ、猪名郡《ゐなのこほり》と名づくべきを、いかにこころえたるべし。[7]「すべて、国、郡、里の名、よき字を二字につづめよ」と勅《みことのり》有りしに、大方はよしと思へるが中に、[8]かかるもありけり。

1 この国。本作を執筆した当時、秋成は摂津国加島村に住んだという設定。
2 兵庫県尼崎市神崎町周辺。
3 淀川河口付近にあった港。
4 京都府乙訓郡大山崎町。大阪府との府境に位置する。
5 九州からの船が着いた港（催馬楽）。
6 猪名川河口付近の港。「大海にあらしな吹きそしなが鳥猪名の港に舟泊つるまで」（『万葉集』一一八九）。
7 『続日本紀』『延喜式』に見える政令。
8 粗末な。いいかげんな。このあたり、富岡本の方が詳しい記述。

読みの手引き

船乗りは男達の仕事で、危険なものでもあったから、自然と港には遊廓が出来る。物語の語り手は、淀川の河口にある神埼の港に焦点を当て、古い伝えがあると言いつつ、まだその内容は明かさない。この港は、京と西国を結ぶ水運の要所であるが、その郡の名のぞんざいさに象徴されるように、「陋巷」のイメージがある。本作の舞台設定である「猪名」「昆陽」「生田」「敏馬《みぬめ》の和田」「住吉」は、秋成の万葉集評論『金砂』二にも顕著に見える摂津国西岸へのこだわりを反映している（山下久夫『秋成の「古代」』森話社、二〇〇四年）。この古代的な物語空間の設定は、本作末尾の宮木の塚の湮滅の記述とも呼応する（高田衛『春雨物語論』岩波書店、二〇〇九年）。

〔二〕独占された名妓

この舟泊り[1]には、日数ふるほどに、船長商人《ふなをさあきびと》等、山河に上りて、酒くむ家に入りて遊ぶ。ここに何がしの長《ちやう》[2]が許《もと》に、宮木[3]と云ふ遊び女《め》あり。色かたち[4]よりほかに、立まひ、歌よみて、人のこころを蕩《とろ》かしむと云ふ。されど、多くの人むかへ見る事なし。昆陽野《こやの》[5]の里《さと》に富みたる人ありて、是がながめ草《ぐさ》[6]にのみして、他にゆかず。このこや野の人は、河守の長者と云ひて、つの国に今は並びなきほまれの家也。今のあるじを十太兵衛とい

1 港。船で寝泊りする意もあり。
2 亭主。ここは遊女屋の経営者。
3 『後拾遺和歌集』巻二十、大江匡房『遊女記』に名が見える。寛政十年刊『摂津名所図会』に法然上人に懺悔した「遊女宮木墓」が記載される。 4 容貌容色。
5 現兵庫県伊丹市昆陽。京都と大宰府を結ぶ西国街道の宿駅。 6 切り花。寵愛を受けた女のたとえ。

ふて、年いまだ廿四才とぞ。かたちよく、立ちふるまひ静かに、[7]文よむ事を専《もは》らに、詩よく作りて、都の博士たちに行き交はり、ほまれある人なりけり。この宮木が色よきに目とどめて、しばしばか行きしが、今はただおもひ者に、ほかの人来とむらへどには[8]交らせず、めでてありしかば、宮木も又、「此の君の外には酌《しやく》とらじ」とて、いとよくつかへけり。長《ちやう》も、十太兵衛、[9]黄《こ》がねにかへてんとて、[10]よくいひ入るに、いとかたじけなく、人には[11]あはせざりけり。

7 典籍。漢詩文。
8 接客させない。
9 黄金で身請けする。
10 丁重に申し入れる。
11 会わせない。

読みの手引き

この物語の時系列の展開は、近代小説のようにテクニカルだ。ヒロイン宮木がどういう生まれ育ちで、なぜ遊女となったのか、そんな経緯は後回しにする。まず、神崎の港一の遊女宮木に焦点をあて、これを独占する若き貴公子十太兵衛を紹介する。宮木も彼のことを慕っている。恋を商売にする遊女としては、最高の環境にあることを読者は知ることになる。

〔三〕不幸な生い立ち

此の宮木が父は、都の何がし殿と云ひし[1]納言《なごん》の君なりしが、いささかの罪[2]かがふりて、[3]司《つかさ》解け、[4]庶人《しよにん》にくだされしかば、[5]めのとの[6]よしありて、この里には、[7]はふれすみたまへりき。もとより[8]わたらひ心なく、宝も何も、もて出でたまひしは残りなくて、わび住したまひしが、病にふして、ついに空しくならせぬ。母も藤原なる人にて、父につかへて、おのが里にもかへらず、共にわび住ひして今は[9]やもめに成りたまへば、いかにすべきを、[10]かたち人におはしければ、物いひよる人あれど、[11]けがしきとて、[12]ひたこもりに、ただ[13]稚子《ちご》をのみいだき[14]かしづきたまふほどに、貧しさの[15]ひとつをこそ、なげきくらしたまふに、めのとが云ふ。「よき人の、ここに落ちはぶれ来てたよりなく、よきをとめ子を、長《ちやう》に養はせたまひし[16]ためしあり。今はただおぼしすてさせ、いとし子を人に[17]たまへ。[18]むかしのをとめ子は、よき人に思はれ、黄金あまたにかへられ、親たちをさへ伴なひ、

1 中納言。「納言」のみ表記した場合は、中納言を指す。2 こうむる。受ける。
3 官職を解かれて。4 位階を剥奪され。
5 乳母。子供の授乳・養育だけでなく、貴人の身の回りのお世話もする。
6 つて。7 落ちぶれ、流れてくる。
8 生計を立てる心がけ。
9 寡婦。10 美人。
11 汚らわしい。
12 ひたすら。
13 乳飲み子。
14 大切に養育する。
15 そればかりを。
16 先例。
17 差し出されなさい。
18 この話、出典未詳。『源氏物語』で夕顔の遺児玉鬘が乳母に連れられ九州へ流

つくしの長者のめと成りし事あり。いかで思ひたまへ[19]」と云ふ。「つれなくも云ふものかな[20]」とおぼせど、「此の子もともに肌さむく、うゑて今は死なんよ」と打ちなかれて、めのとがいふに従ひ、こがねにかへて手放したまへり。かかるほどなく、わびしさに涙[21]の淵とかにしづみて、世をはやうせさせけり。なみだの淵と云ふ所、歌にはよめど、いづこぞと誰も知らざりしに、この神崎の里になん在りける。

れ、そこで美しく成長して土地の豪族の求愛を受ける例などが念頭にあったか。19 どうにかご決断ください。
20 無情にも。
21 涙をどめどなく流す様。歌語。「影みえぬなみだのふちのころもでにうづまくあわの消えぞしぬべき」(『斎宮女御集』)

読みの手引き

天理巻子本には、寡婦となった母が美人で言い寄られるが、これを拒絶したという記事はなく、実家から帰ってくるよう言われてこれを断る記事がある。また、天理巻子本では、乳母は、「長」が裕福で善人であることを強調し、母を説得後はしてやったりと遊女屋へ行き、金を受け取り、母にこれを示してすぐにも宮木を遊女屋へ連れ去る。幼い宮木の髪を母はなでて泣き、事情が分からない宮木は、遊女屋の豊かさを喜ぶが、乳母は宮木と母を会わせないよう画策する。成長後、宮木は遊女の運命を母の許したことと受け入れる。総じて、文化五年本は、母も娘を売りわたしたことを自覚している事実の経過を語り、天理巻子本のような描写のふくらみはない。そのふくらみは、宮木の不幸をより際立たせている。文化五年本の方は、最後の涙の淵の地名説話の落ちも、いささか理知的な筆の運びである。

〔四〕生田の花見

長者[1]、わきていとほしみて養ひたつるに、母にはまさりて、かたち人におひ立ちける。河守の色好みが、ほかの人にあはす[2]なとて、宝つみて云ふほどに、長かしこまりぬとて、我が子の如くかしづきたりけり。春の林の花見んとて、思ひめぐらすれど、都には此の比出《ごろ》[3]したつまじき事ありて、兎原《うはら》の郡《こほり》[4]いくたの神の森のさくら盛りなりと聞きて、舟の道、風なごやかなれば、宮木をつれ立ちて、一日《ひとひ》遊びけり。林の花みだれさきたるに、この面[5]かのもに幕はりて遊ぶ人多かるが、宮木がかたちの世にならびなしとて、目を偸《ぬす》みて見おこすにこそ、弥《いよよ》[6]つつましくて、扇とりても立ちまはず。酒つきしづかにめぐらしてあ

1 「長」に同じ。
2 接客させるな。
3 出かけられない事情があって。後で出てくる都からの使いのことを指すか。
4 現神戸市の生田神社の森。桜の名所(『摂津名所図会』)。昆陽から約二十キロメートル離れる。
5 あちらこちら。
6 ますます。

るが、十太もけふのめいぼく[7]に、わかければ思ひほこりてなんある。此の河守があり様に、心おとり[8]せられて、「宮木かくかたかちよし」、「ねたし」「兼ねて思ひつるよ」とて、つれたちしくす師、何がしの院のわか法師にささやき、酒くむこころさへなく成りぬ。さて何思ひけん、「大事忘れたり」とて、歩《かち》よりは遅し、みぬめ[9]の和田[10]の天《あめ》の鳥船《とりぶね》[11]に、舟子《かこ》の数まさせて、飛びかへるやうにていそぐいそぐ。只かた時[12]ばかりにぞ漕がせける。

7 面目。
8 自分自身への劣等感。引け目。主語の惣太夫が欠けている。
9 現神戸市の海岸周辺。10 海。
11 記紀に見える高速の船。
12 一時間。

読みの手引き

天理巻子本では、宮木十五歳の折の髪上げから、遊女として働きだし人気を得た様が描かれているが、文化五年本にはない。いずれにしても、冒頭提示された宮木の成人後の様に記述は戻って、事件はいよいよ展開を見せる。宮木は自らの美をほこらず、十太兵衛はこれをほこる。後半の生田の花見は大同小異だが、文化五年本には惣太夫（富岡本では藤太夫）を明記しない、文章の上の欠点がある。

〔五〕 惣太夫の謀計

家に入るより、先づ人走らせて、「十太兵衛、只今来たれ。[1]おほやけの御つかひ、ここを過ぎさせたまふに、一夜をやどらせ給ふ。汝がつとむべき也。いとどくとく」とせめ聞ゆ。留主《るす》守る翁があはただしく来たりて、「あるじはけふ物に[2]罷《まか》りて、あすならでは帰らず。ほかの御家に」と申す。「いな、汝が家きよしと申して、はや使《つかひ》は通られたり。[3]やがてにも至りたまはん」と云ふ。「いかに承るとも、あるじあらねば、つかうまつるまじき」と云ふ。長《をさ》にらまへて、「おのれは[4]老いしれて、国の大事を忘れたるよ。我が家の母、[5]あつき病にふしたまへば、汝が家にと申したり。いそげ、今、ただ即ちならん」と云ふ。老は走りかへりても、誰に[6]はかり合はすべき者なし。ただ長き息つぎて、「若君、翅《つばさ》かりても飛びかへらせよ。[7]中山寺《なかやまでら》のくわん自在ぼさつ」と、[8]うけひ言《ごと》すれど、すべなかりけり。長が方より使《つかひ》たち来て、「『宿すべきものの、立ちむかへこぬ、[9]むらい

1 朝廷。
2 出かけていて。
3 すぐにも。
4 老いぼれて。
5 重い
6 相談する。
7 現兵庫県宝塚市にある真言宗の寺院。本尊は十一面観世音菩薩。
8 祈願。
9 無礼である。

也。ここにはやどらじ。[10]夜こめて[11]住よしの里まで』とて、[12]高張あまた用意申し付け給ひしかば、[13]松などをもにはかに[14]くくりつかねて奉りし也。『十太は今めしかへせ。罪にこもらせよ』とて、馬飛ばせて行き過ぎたまひぬぞ」とて、「先づ十太が帰らぬにも」とて、門の戸ひしひしと、竹にて釘うち、[15]とぢめたり。十太、何心なくしてありしが、「心さわぎぬ」とて、夜の[16]亥《ゐ》中《なか》にかへり来て、「是はいかにいかに」と問ふ。翁《おきな》[17]腋《わき》の戸より出できたりて、「しかじかの事なん侍りて、あわただしくとぢめたまへりき。いきてわびたまへ」と云ふ。ただちに長がまへにかしこまりる。長いかりにらみて、「此の月は汝が役に[18]さされたるならずや。我に告げず(し)て、いづこにうかれ遊ぶ。今はとりかへされず。[19]五十日はこもりをれ」とて、言ひ叩《ののし》りて打ち入りぬ。「桜の花はまださかりと見しを、[20]この嵐に今はちらん。我はただこもりをりてん」とてつつしみをりき。

10 夜通し。11 現神戸市東灘区、本住吉神社付近。12 高張提灯。
13 松明。14 くくりつけかねて。
15 閉じ込めた。
16 午後十時ごろ。
17 側門。
18 指名される。
19 閉門の期間は、五十日から百日。
20 花見の楽しさが頂点にあったが、不意の災難でその気分も終わってしまったことのたとえ。

読みの手引き

惣太夫は着々と手を打って、十太兵衛を落とし入れて行く。惣太夫が捏造した、不意の朝廷の使いの到来によって、その接待をすべき日に遠く生田で遊んでいた十太兵衛の隙をついて、その落ち度が作り上げあられてゆく。その文章もきびきびと事態の経過を読者に伝える。惣太夫の悪は卑劣だが、十太兵衛の油断は、文化五年本では、すでに前段で「都には此の比《ごろ》出したつまじき事ありて」とさりげなく紹介されていた。このあたりは文化五年本の用意周到さに軍配を挙げねばならない。

〔六〕 捏造された罪

其のあした、申しつぐる。「御つかひ、明石《あかし》[1]の駅より飛檄《ひげき》[2]をつたへ来たらす。『汝が里のやどりたがへしによりて、馬の足折り、今は船にてつくし[3]に下る也。波路は御つかひ人の乗るまじきおきて[4]をたがへ、日のをしさ罪のかしこさ[5]に、しかすれど、又風波たたばいかにせん。五百貫[6]の価の駿馬《しゅんめ》也。此のあたひ、汝が里よりつぐのへ[7]』と申し来たりき。五百貫の銭、ただ今た[8]だ、又、此の銭の御家に贈るつひえ[9]せよ。是れ三十貫文なり」

1 現兵庫県明石市。
2 急告の文。
3 筑紫。九州。
4 出典未詳。
5 畏れ多さ。
6 室町時代、金一両が銭二百貫文に相当（親長卿記）。金二百五十両に当たる。
7 弁償せよ。
8 以下「運べ」を省略。
9 費用を負担せよ。

とて、取りたてて運ばす。「五十日は猶こもりをれ」とて、[10]つつしみをらす。此のあいだに、うまやの長惣大夫、くすし理内をつれて神崎にゆき、「宮木の酌とらせよ」と云ふ。「此のものは、御さとの河守どののあづけおかれし也。『他の人に見え[11]そ』と、此頃《このごろ》、御つつしみの事にてこもらせしかば、問ひまゐらすべき便りも無し」とて、出ださず。いよいよますますねたくて、酒のみ、[12]耳だたしくて、「河守めは、こたびの御とがめに首刎《は》ねられつべし。[13]よきわか者なりな」と、云ひおどしてかへる。宮木、[14]ここちまどひて、神に仏に[15]願たて、[16]いのちまたけさせたまへと、[17]おものたちて、十日ばかりはありしかど、[18]よき風も吹きつたへこず。長《ちやう》示して云ふ。「物くはで命やある。よく養ひて、出でさせたまふをまて。」長《をさ》が[19]酒《さか》ゑひのにくき口ききたる、まことならず。御科の事、又、五百貫の駿馬を買ひて[20]あがなひたまへりと聞く、やがてめでたく[21]門開かせんを」と言ふに、力を得て、経よみうつし、花つみ水むけ、[22]焼《た》きくゆらせて、観[23]

10 謹慎させる。
11 禁止の意味。「な」を伴わないのは江戸時代の用法。
12 聞こえよがしに。
13 良い若者なのにな。
14 心配して。
15 好物などを断って仏に祈願すること。
16 命が無事であるように。
17 食事。
18 いい知らせ。風聞。
19 酔った勢いの憎まれ口。
20 金品で罪をあがなうこと。
21 閉門が解かれるであろう。
22 香をたくこと。
23 中山寺の観音。

自在ぼさちをいのる。

読みの手引き

この部分は、天理巻子本と大きな違いはない。惣太夫は、冤罪で十太兵衛から馬の弁償代とその送料を合わせて五百三十貫文の金を騙し取る。十太兵衛が謹慎する隙に宮木を揚げようとするが、十太兵衛の言いつけが利いて叶わず、怒りにまかせて十太兵衛が極刑に科せられると脅す。宮木はこれを聞いて心配の余り、食事を断って、十太兵衛の助命を祈願する。宮木の純情に比べ、惣太夫は金と女に汚い、歌舞伎・浄瑠璃にもよくある典型的な悪人である。

〔七〕　十太兵衛毒殺

さて十太は、かくつつしみをるほど、風のここちなやましうて、くすしをむかふ。「当馬と云ふ医士は上手ぞ」と人いふに、迎へたり。脈みて[1]云ふ。「あな大事也。日過さば斃《たふ》れん。よき時見せし」とて、ほこりかに[2]匕子《さじ》[3]とる。女あるじなきには、誰

1　診察して。
2　得意げに。
3　薬を選択、配合すること。

も[4]あきるるのみにて、[5]怠りぬべし。先方へも、くすしは此のごろ日々にゆく。十太がかかりと聞きて、「[6]彼の五百貫文の中、わかちて奉らん。薬あやまらせよ」とささやく。医し、「いな、[7]大事の症也。御たのみの事は、我はえせず」といへども、「[8]つひにたふるべし」と云ひて、[9]膈《かく》症のあらはなるに、[10]附子《ぶす》を[11]つよく責めもりしかば、つひに死ぬ。長いとよろこびて、[12]外《ほか》の[13]ゐやまひにとりなし、百貫文をおくる。宮木が方へ、かくと聞えしらせしかば、「倶《とも》に死なん」と云ひつつ狂ふを、長がせいして、「仏の祈りだに、[14]しるしなき[15]御命也。よく弔らひて御めぐみむくへ」と云ひつつ、せいし兼ねたり。

4 驚く。
5 看病が疎かになる。
6 十太から納めさせた馬の弁償金。馬の怪我が駅長のいつわりであったことを示す。7 重大事。以下、惣太夫の頼みを尊重しながら、確約して証拠を残すことを避けた発言。8 結局は亡くなるに違いない。惣太夫の望みに従ったことを暗示した言い方。乳母といい、当馬といい、小悪が宮木や十太兵衛を決定的に追い詰めてゆく設定。9 原文「陽」。食べ物が胸につまるように感じられる病気。10 トリカブトから取った毒。11 無理矢理。12 母親の治療を指すか。13 礼。14 効果。15 寿命。

読みの手引き

この毒殺の経過は、惣太夫の計画的犯行ではない。それよりも、医師当馬が自分の力量を誇るべく、十太兵衛の重い容態を語ることが発端で、そこに惣太夫の悪意がつけこむことから始まった。この一連の経過の描写は、運命の偶然性を際立たせている。

また、中山寺の観音は、何度も登場するが、その祈りはいずれも空しい結果となる。それとともに、十太兵衛が毒殺された経過を知る読者としては、仏も助けられなかった命である、という長の台詞は、現世の悪に無力であることを暗に示すものとなっている。ただし、本作の最後に、宮木の魂の救済者として法然が登場しているから、秋成が単純な排仏論者だとするのはあたらない。

〔八〕身の汚辱を思い知る

かくてあるほどに、惣太夫[1]よくよくしたりと[2]独《ひとり》ゑみほこりて、宮木がもとへしばしば来て、[3]言《こと》よくいひこしらふれど、露《つゆ》したがふ[4]色なし。長《ちやう》呼び出でて、彼《か》の五百貫の銭をはこばせ、「是なん宮木が一月の[5]身の代に」と云ふ。欲にはだれもかたぶきて、「一月二月、尚《なほ》増してたまはらば、生きてあらんほどつかへしめん」と云ふ。さて、宮木に示す、「是、十太殿世になく成りたまひては、[6]よるべなし。かの里にては長《をさ》なれば、この人につかへよ」と。心にもあらねば、こたふべくもあらぬを、

1 うまくしてやった。
2 一人でほくそえむ。
3 言葉巧みに言い寄る。
4 様子。
5 遊女を揚げる遊興費。
6 頼るべき人。

度々《たびたび》夫婦が立ち代りていふに、よるべとこそたのまね、先づ夫婦の心にたがひてはとて、惣太夫に見ゆ。いと[7]情しく云ひなぐさめて、[8]心をとりやうやう枕ならべぬ。一夜酔《ゑ》ひほこりて、くすし理内が云ふ。[9]「生田の森の桜色よくとも、我が長《をさ》の[10]常磐《ときは》かき葉には、齢《よわひ》まけたりな。君もよき舟にめしかへしよ」とて、[11]そそるそそる。[12]「いかにしていく田の森かたりいづらむ。とまれ、惣太夫がよろづのふるまひ、男ぶりよりして、[13]たのむべき人ににあらず」となん、やうやう思ひしづもり、[14]来たれど、多くは病ありとて、出でて相見ざりけり。

7 情けがあるように。
8 機嫌をとる。
9 十太兵衛の短命を桜に事寄せた。
10 常緑樹。長命の象徴。
11 あおりたてる。
12 生田の花見と十太兵衛が惣太夫に負けたとの言から、惣太夫の策謀を直感的に感じ取った。
13 信用できる人ではない。
14 惣太夫が。

読みの手引き

この部分天理巻子本では、長がこれまで養育した恩を強調して、宮木に惣（藤）太夫の相手となることを強要する言葉や、惣（藤）太夫が宮木に対し、妻もない自分は妻同様に末永く思うとすかす言葉など、具体的な会話文が記されている。その点、文化五年本のこの箇所は、やや筋を追っただけのものとなってしまっている印象がある。また、宮木が理内の言葉から、何らかの策謀によって惣（藤）太夫に陥れられたことに感づく部分も、天理巻子本の方が具体的に、十太兵衛を惜しむ言葉が差し挟まれ、こちらに軍配を挙げざるを得ない。

いずれにしてもこの場面は、宮木の境遇が金銭的利害関係の上に成り立ち、それゆえ結果的に操を敵に売らなければならなかったことに宮木自身が気付いていく過程を示したもので、その入水の動機を語る核心部分となっている。生きるうえでの哀しみが集約されたこの宮木という存在を、自己のことのように悼むところに本作の出発点があったことは、最後の秋成自身の長歌との対応から浮かび上がる。

〔九〕宮木の入水

其の比《ころ》、[1]法然上人と申す[2]大とこの、世に出でまして、「[3]六字の御名《みな》をだに[4]しんじちとなへ申さば、極楽にいたる事やすし」と、示し玉へるに、高きいやしき、老《おい》もわかきも、ただ此の御前に参る。[5]後鳥羽のめされし[6]上局《うへつぼね》に、鈴むし、松むしと云ふ二人の[7]かたち人《びと》ありき。上人の御をしへを深く信じて、朝夕[8]ねぶつし、宮中をのがれ出でて、法尼となり、庵《いほり》むすびて行《おこな》ひけ

1 浄土宗の開祖。建暦二年（一二一二）没。八十歳。
2 高僧。
3 南無阿弥陀仏の六字。
4 心から。
5 第八十二代の天皇。
6 天皇の御座所近くに賜る控えの部屋。そこに住む寵姫。
7 美女。 8 仏道修行する。

るをば、帝《みかど》御いかりつよくにくませしに、[9]叡山《えいざん》の法師等、「仏敵」と申して、上人をうたふ。是よしとて、[10]土佐の島山国へ流しやらせ玉へりき。けふ上人の御舟、かんざきの泊《とまり》して、あすは波路はるかの[11]汐舟《しほぶね》にめさせかふると聞き侍りて、宮木、長《ちやう》に、「しばしのいとまたまへ。上人の御かたち、近く拝みたいまつらん」と云ふ。物よく馴れたるうばら一人、[12]わらはめ一人そへて、小舟出ださす。上人の御舟、[13]やをら岸をはなるるに立ちむかひて、「[14]あさましき者にて候。御念仏さづけさせたうべよ」と、なくなく申す。上人見おこせたまひて、「今は命捨つべく思ひさだめたるよ。いとかなしき[15]しづの女也」とて、船のへに立ち出でたまひ、御声きよく念仏高らかに、十度なんさづけさせたまひぬ。是をつつしみて、[16]口にこたへ申しをはり、やがて水に落ち入りたり。上人「念仏うたがふな」と、波の底に高く示して舟に入りたまへば、[17]汐かなへりとて漕ぎ出でたり。うばら、童等《わらはら》、おどろきまどひて、家に走りかへり、「かくなん」

9 比叡山延暦寺。天台宗の本山。元久元年（一二〇四）法然の弟子で他宗を誹謗した者がおり、天台座主に訴えがあった。10 現高知県。実際には讃岐国（現香川県）に変更。11 海の沖を航海する大型船。

12 老女。

13 静かに。

14 卑しい生業をする者。

15 身分の低い者。

16 口移しに唱えて。

17 汐の流れと行く方角が合う。

と告ぐ。長夫婦、くつだに付けず走り来て見れど、屍《かばね》もとむべくもなし。ややありて人の告ぐ。「かんざきの橋柱に、うきてかかれり」とぞ。いそぎ舟子《かこ》どもをたのみて、かづき[18]上げさす。此の宮木が屍の波にゆりよせられしとて、ゆり上《あげ》の橋[19]となん呼びつたへたる。屍は棺《ひつぎ》にをさめて、野づかさ[20]にはふりぬ。

18 潜る。
19 『摂津名所図会』「淘上（ゆりあげ）橋」。
20 野中の小高い丘。

読みの手引き

我知らず汚辱にまみれた宮木の魂の救済者として登場するのが法然である。建永元年（一二〇六）七月、後鳥羽上皇が紀州熊野へ行幸の際に、一日暇をもらった松虫・鈴虫は、清水寺に参拝し、その帰り鹿ケ谷草庵において法然上人の説法を聞いた。御所に戻ってからも、その説法が忘れられず、二人は御所を忍び出て鹿ケ谷草庵を訪れ、住蓮房・安楽房に出家受戒の願いを申し出た。両上人は、出家するのであれば、上皇の許しが必要としたが、二人の決死の出家の願いに両上人も心を動かされ、二人を剃髪した。

このことを知った上皇は激怒し、翌建永二年（一二〇七）二月九日、住蓮房・安楽房を打ち首の刑に処した。安楽房の辞世は「今はただ云ふ言の葉もなかりけり南無阿弥陀仏のみ名のほかには」というものであった。さらに法然上人を七十五歳の高齢にも拘らず、讃岐国《さぬきのくに》への流罪の刑に処した。これを「建永の法難」という。こうした一連の経過は、宮木の薄幸と救済の前提ともなっている。

秋成が晩年身を寄せ、その墓もある京都西福寺は浄土宗の寺院である。「法然上人伝」という文章も書いている。晩年秋成の関心の中にかなり入っていたと言っていい。

〔十〕鎮魂歌と伝承化

[1]宮木が塚のしるし、今に野中にたちて、むかしとどめたりける。むかし我、此の川の南の岸の[2]かん嶋《じま》といふ里に、[3]物学びのために、[4]三とせ庵《いほり》むすびて住みたりける。此の塚あるを問ひまどひて、[5]ややいたりぬ。しるしの石は、わづかに扇打ちひらきたるばかりにて、塚と云ふべき跡は、ありやなし。いとあはれにて、歌なんよみてたむけたりける。[6]其の歌、

[7]うつせみの　世わたるわざは　はかなくも　[8]いそしくもあるか　立ち走り　高きいやしき　[9]おのがどち　はかれるも

1『摂津名所図会』に「遊女宮城墓神崎の北壱町許田圃の中にあり」。2 現大阪市淀川区加島。3 医学の勉強。4 安永二年（一七七三）四〇歳から、同五年まで滞在。5 ようやく。6 秋成の歌文集『藤簍冊子』に原歌「見神崎遊女宮木古墳作歌」あり。7「世」にかかる枕詞。8 謹直に勤める様。9 自分たち同士。

のを　[10]ちちのみの　父にわかれて　[11]ははそ葉の　母に手ば
なれ　世の業《わざ》は　多かる物を　[12]何しかも　心にもあらぬ
[13]たをやめの　操《みさを》くだけて　[14]しなが鳥　猪名のみなとに　よ
る船の　[15]かぢ枕して　[16]浪のむた　[17]かよりかくより　[18]玉藻《たまも》な
す　なびきてぬれば　[19]うれたくも　かなしくもあるか　か
くてのみ　在りはつべくば　いける身の　生けるともなし
と　朝よひに　[20]うらびなげかひ　とし月を　息つぎくらし
[21]玉きはる　命もつらく　おもほえて　此の神崎の　[22]川くま
の　夕しほまたで、よる浪を　枕となせれ　黒髪は　玉藻
となびき　むなしくも　過ぎにし妹《いも》が　[23]おきつきを　をさ
めてここに　かたりつぎ　言ひ継ぎけらし　この野べの
[24]浅ぢにまじり　露ふかき　しるしの石は　[25]たが手向《たむけ》ぞも
となんよみて、たむけける。[26]今はあとさへなきと聞く。歌よみ
しは、[27]三十年のむかし事也。

10「父」の枕詞。11「母」の枕詞。
12 何のめぐりあわせか。
13 か弱い女性。14「猪名」の枕詞。
15 梶を枕の共寝。遊女の業の象徴。
16 波と共に。17 あちらにこちらに寄り。
18 海の藻のように。19 無情なことにつらい気持ちとなる様。
20 恨み。
21「命」の枕詞。
22 川の流れの入り組んで深い所。
23 墓。
24 浅茅に混じる墓は、非命の人を悼む場面でよく詠まれる。
25 誰が手向けたものか。
26 実際には当時この塚は、尼崎遍照寺の管理下にあり、「略縁起」まで記された「名所」であった。
27 文化五年（一八〇八）から逆算して、加島滞在の最終年である安永五年（一七七六）は約三十年前にあたる。

読みの手引き

秋成は三十年前の遊女塚探訪と、その鎮魂の長歌で作品を結ぶ。歌によって、悲劇の女主人公への悼意を詠むことでカタルシスを得、一編を終える歌物語的方法は、『雨月物語』「浅茅が宿」と同じだが、同名の主人公宮木の境涯は全く異なる。夫婦の心の不通にもかかわらず、貞操を貫いた「浅茅が宿」の宮木に比べ、本作の宮木は、金銭によって翻弄され、明らかに意図的な、あるいは見えない悪意によって汚辱に塗れ、それに耐えられず死を選ぶ。その苦さが本作の特徴である。本当は名所化していた遊女塚を湮滅させたところに、秋成の作意が透けてみえる（木越治「「宮木が塚」研究」、『秋成論』ぺりかん社、一九九五年）。

長歌は下手をすると散文化しがちだが、この作品の場合、浪に翻弄される「玉藻」のイメージと、溺死体の「黒髪」のイメージが、清浄と冷やかさを象徴して情をかきたてる。

歌のほまれ　第九回

〔一〕 赤人・聖武帝・黒人の類歌

[1]山部の赤人《あかひと》の、

[2]和哥の浦に汐みちくればかたを無みあし辺《べ》をさしてたづ鳴
　わたる

と云歌は、[3]人丸の[4]「ほのぼの」にならべて、[5]哥[6]の父ははのやうに世にいひつたへたりける。此時のみかどの[7]聖武天皇、つくしにて[8]広継《ひろつぐ》が反逆せしかば、[9]「都に内応の者あらんか」とておそれたまひ、巡幸とよばせて、[10]伊賀、い勢、志摩、尾張、三河、美濃の国々に行めぐらせ給ふ時、いせの[11]三重郡阿虞《あご》の浦辺にてよませたまひし[12]おほん、

[13]妹にこひ[14]あごの松原見わたせば汐干のかたに鶴《たづ》なきわたる

又、此巡幸に遠く備へたまひて、[15]舎人《とねり》等あまたみさきにたたせしに、[16]高市《たけち》の黒人《くろうど》が尾張の[17]愛市《あいち》郡の浦べ見めぐりてよみける歌、

1 万葉歌人。下級官人として聖武天皇に仕えた。2『万葉集』九一九。神亀元年（七二四）十月五日、紀伊国への聖武帝の行幸に随行した折に詠まれた長歌の反歌。3 万葉歌人である柿本人麻呂。4「ほのぼのと明石の浦の朝霧に島かくれ行く舟をしぞ思ふ」『古今集』四〇九。5『古今集』仮名序で難波津・浅香山の歌を「この二歌は歌の父母のやうにてぞ手習ふ人のはじめにもしける」とするのを転用したもの。なお同仮名序には「人麿は赤人が上に立たむことかたく、赤人は人麿が下に立たむことかたくなむありける」として「和歌の浦」歌、「ほのぼのと」歌を引く。6 原本「の」ナシ。7 第四十五代天皇。在位神亀元年（七二四）～天平勝宝元年（七四九）。8 藤原広嗣（～七四〇）。九州で乱を起すが肥前国松浦郡で処刑（続日本紀）。9 ひそかに敵と通じること。内通。10 以下、現三重県・愛知県の国々。続日本紀には志摩・尾張・美濃の地名見えず。11 伊

[18]桜田へたづ鳴わたるあゆち潟汐干《しほひ》のかたにたづ鳴わたる
これ等、同じみかどにつかふまつりて[19]おほんを犯すべきかは。

勢国三重郡（現四日市市）の海辺。『万葉集』左注に「今案吾松原在三重郡」とある。ただし真淵『万葉考』『冠辞考』では志摩国英虞《あご》郡（現志摩市）とするなど諸説あり。12 天皇の和歌。ここでは聖武天皇。13『万葉集』巻六・一〇三〇。14 原本「ふ」を「ひ」と朱筆訂正。「恋ひ」訓は天理巻子本・目ひとつの神（春雨草紙）・金砂に見えるが、「恋ふ」訓も『遠駝延五登』・『茶瘕酔言』・天理巻子本に見える。
15 下級の官人たち。
16 万葉歌人。『鴬央行』に「くろうづ」「黒うづ」とあり。『楢の杣』では「此黒人が親、祖父も、近江の朝の御為に亡びしかば」（三二・三三）、「天智大友の御徳蒙りし人の子孫にて、身は天武の御裔につかへながら、古きを懐ひて下歎きつつ」（三〇五）あった人などとする。
17 現名古屋市南区辺りの入り海。「年魚市郡」（『日本書紀』・『万葉集』）。18『万葉集』二七一。高市連黒人羇旅歌八首の

内。第四句は原文「塩干二家良進」で通例の訓は「潮干にけらし」（『金砂』・『楢の杣』・『遠駝延五登』も同訓）。だが「汐干のかたに」訓は『茶瘕酔言』・天理巻子本・「目ひとつの神」（春雨草紙）にも見える。19 御製の表現をうばうはずがあろうか。ただし史実では黒人は聖武帝よりも前の時代の人物。

読みの手引き

果たしてこれは〈物語〉なのか。本作を読むだれしもが抱く疑問であろう。とはいえ天理巻子本では本作と「宮木が塚」を併収する巻の巻頭に「歌のほまれ 附宮木冢」との内題があり、文化五年本でも同様に題が書かれていることから（ただし排列は「宮木が塚」の後）、偶然にも何らかの草案が紛れ込んでしまったようなものでは決してない。本作は確かに秋成によって、『春雨物語』中の一編として書かれているのである。

さて、ここに挙げられているのは『万葉集』所収の三首の類歌である。いずれも鳴き声をあげながら飛び渡ってゆく鶴の姿を海辺から眺めたものである点は共通しているものの、紀伊・伊勢・尾張とそれぞれ全く別の地での詠である。にも関わらず、歌人たちは同趣の光景に心を動かされ、それを和歌に詠じた。ところで、諸注釈が指摘しているようにここでの記述にはいくつか史実との齟齬がある（『鴛央行』・『茶痕酔言』も同様）。中でも高市黒人が赤人・聖武天皇と同時代の人とされているのは、『遠駝延五登』においては黒人を「是等（赤人・聖武帝）より前代」の人と史実通りに記述しているだけに、甚だ不審である。また「おほんを犯すべきかは」との表現からして、本作では聖武帝の詠が最も早いものとされているようなのだが、これも『万葉集』の記事によれば赤人歌の方が早い。美山靖はこうした本作における時系列の逆転を、類歌論を展開する上では「聖武天皇御製を初出歌とする方が効果的」であったがための作為とする（「「歌のほまれ」の作品性」『秋成の歴史小説とその周辺』清文堂出版、一九九四年、所収）

〔二〕まことの歌とは

むかしの人はただ見るまさめ[1]のままを打出たるものなれば、人よみたりともしらず、よみになんよみしかど、正しく紀の行幸[2]、又この巡幸[3]に同じことうたひ出しはとがむまじく、おほんと黒人が歌とは世にかたりつたへずして、「和かの浦」[4]をのみ

1 正目。目で見たまま。
2 〔一〕注2の紀伊国への聖武帝の行幸。
3 注2の巡幸に際して行われた黒人らの前駆を指すか。
4 〔一〕注5の『古今集』仮名序の記事などを指す。

秀歌と後に云つたふる事のいぶかしかりけり。

又、同じ万葉集の哥に、よみたる人はしらずとて、

[5]難波がた汐干にたちて見わたせば淡路の嶋に鶴なきわたる

是もまた同じながめをよんだり。いにしへ人は心直くて、見るまさめをば、[6]人や云へども、問きかでよんだりける。さらば歌よむはおのが心のまま、又浦山のたたずまひ、花鳥の[7]いろね、さかしくいひたるものにはあらず。是をなんまことの歌とはいふべけれ。

5『万葉集』一一六〇。結句の原文は「多豆渡所見」で通例の訓は「鶴渡る見ゆ」だが、『金砂』三・『遠駝延五登』・『茶瘕酔言』・天理巻子本・「目ひとつの神」（春雨草紙）などいずれも「鶴なきわたる」。

6 他人が詠んだ表現であっても。

7 色や鳴き声。

読みの手引き

更に難波江において詠まれた詠人知らずの類歌一首を掲げつつ、これら古代の歌人たちは「見るまさめのまま」を、先行歌との等類をも恐れず素直に詠んでいたのだとし、それこそが「まことの歌」であると結論付ける。和歌において等類を避けることは、主に中世以来の伝統的な歌学において行われていたもので、「目ひとつの神」と同様の堂上歌学への批判意識をここに読み取ることができよう。丸山季夫「上田秋成の歌学考」（『国学者雑攷』吉川弘文館、一九八二年、所収）は、こうした秋成の和

歌観と小沢蘆庵の歌論における同情・新情説との類似性を指摘しており、注目される。

文章自体はごく平易なものながら、先述の通り、本作が『春雨物語』中の一編として収められていることの意味は判然としない。そもそも本作で述べられている類歌論は、秋成のかねてからの自説であって、同様の主張は他の著作にも幾度となく見える。その中に高市黒人とその妻の道行文の形式をとって創作された『鴛央行』という小品がある。成立は本作執筆以前と推定されるものの、黒人夫妻の対話の中で同様の類歌論が語られており、本作よりも遥かに物語らしい結構を備えている。加えて、この類歌論は『春雨草紙』「目ひとつの神」の断簡に見える神の議論の中にも見えることが知られている。すなわち、『鴛央行』から『春雨草紙』そして本作へと至る過程で、次第に物語的な結構がそぎ落とされてゆくという、何とも不可解な現象が認められるのである（長島弘明「『春雨草紙』の「目ひとつの神」」「『春雨物語』における歴史・虚構・命禄―『鴛央行』と「歌のほまれ」」『秋成研究』東京大学出版会、二〇〇〇年、所収）。

本来なら物語の一部を構成するはずだった断片にも見える本作をいかに捉えるかについては、従来の研究でも多くの見解が存在する。主なものを挙げておけば、本作を正史への疑念を抱いていた秋成が執筆した、歴史に対抗する虚構としての〈物語〉であるとする説（野口武彦「歴史の落丁と物語の乱丁」『秋成幻戯』青土社、一九八九年、所収）、秋成にとっての〈物語〉とは、何かをもの語る行為それ自体（「長物がたり」）であり、本作もそれに当たるとする説（飯倉洋一「「長物がたり」の系譜―『春雨物語』論のために―」『秋成考』翰林書房、二〇〇五年、所収）、和歌においては批評と実作が不可分であるのだから、秋成にとって他者の和歌を論じることがそのまま自己を語る〈物語〉たり得たのだとする説（長島弘明「『春雨物語』と和歌」――「宮木が塚」「歌のほまれ」を中心に――」前掲書所収）。いずれも通常の意味での〈物語〉とは異なる異相に本作を位置づけようとしたものである。とはいえ本作の捉えがたさが完全に消え失せた訳ではない。最晩年の秋成にとっての〈物語〉が仮にそのようなものなのだとすれば、『胆大小心録』や『茶痕酔言』、『神代がたり』といった著作群も〈物語〉となってしまうだろう（無論、そうした見方はあってよいが）。更に言えば『春雨物語』の他編、例えば「海賊」における海賊の議論の中にこの類歌論が語られていたとしても何ら不自然ではないように思われるが、なぜ『春雨草紙』の時点で当該類歌論が組み込まれていたのが「目ひとつの神」であったのかも改めて問われねばなるまい。ともあれ、本作のこうした捉えがたさは、当該時期における秋成の物語創作の方法を考察する上で、実に多くの示唆を与えてくれることは疑いない。

樊噲　第十回

〔一〕博奕宿に集う若者たち

[1]むかし今をしらず。伯耆[2]《はうき》の国の大智[3]《だいち》大権現の御山は恐ろしき神の住みて、夜はもとより、申[4]《さる》のときすぎとて寺僧[5]だにこもるべきはこもり、こもらぬは山をくだりて行ふ[6]となん聞こゆ。麓の里に、夜毎《ごと》わかき者あつまりて、酒のみ、博奕《ばくち》してあらそひ遊ぶ宿有りけり。けふは雨ふりて野山[7]のかせぎゆるされ、午[8]《うま》時《のとき》よりあつまり来て、酒のみ、あとさき[9]なきかたり言してたのしがる中に、腕[10]だてして口[11]こわき男あり。憎しとて、「おのれはつよき事いへど、お山に夜のぼりてしるしおきてかへれ。さらずば、力ありとも心は臆したり」とて、あまたが中にはづかしむ。「それ何事かは。こよひゆきて正《まさ》しくしるしおきてん。おのれら、あすまうでて見よ」とて、酒のみ物くひて、小雨なれば簑笠《みのかさ》かづき、ただに[12]出《い》で行く。友だちが中に老[13]《おい》たる心ある

1 昔のことか、今のことかは知らない。「いづれのおほん時にか」(『源氏物語』桐壺)、「いつの時代なりけん」(『雨月物語』「蛇性の婬」)などを想起させる、朧化した時間設定。2 今の鳥取県西部。3 伯耆大山《だいせん》にある天台宗大山寺《だいせんじ》の奥の院(今の大神山《おおかみやま》神社奥の宮)に祭られた大智《だいち》明神。大山は修験道の道場として知られる。明治の神仏分離令までは神仏習合で、地蔵菩薩を本地仏とした。4 午後四時頃。5 大山で修行する大山寺《だいせんじ》の僧。6 仏道修行する。7 野山での仕事が休みになり。8 正午頃。9 とりとめのない雑談。10 腕力が強いのを自慢して、むやみに人と争う。11 口調が猛々しい。12 そのまますぐに。13 年配で、分別のある者。14 負けじと争うこと。「まなこ光らせ、征しからかひけり」(桜

山本「死首の咲顔」）15 三人称。「彼」と同じ。16 眉にしわを寄せる。心配、懸念する様。

は、「無やくの[14]からかひ也。[15]渠《かれ》必ず神に引きさき捨てられんぞ」と、[16]眉しはめていへど、追ひとどむともせず。

読みの手引き

『春雨物語』の掉尾を飾る「樊噲」は、「むかし今をしらず」と王朝物語を思わせる朧化した時間設定で始まる。実際、作品の中には平安時代を思わせる設定があるかと思うと、明らかに江戸時代の感覚で書かれているところもある。この作品は虚構だと示しつつ、これは当代にも起こりうることだという可能性を排除しない設定だと言えようか（高田衛『鑑賞日本の古典 秋成集』、尚学図書、一九八一年）。なお書き出しの文体を見ると、むしろ「今は昔」（『今昔物語集』、『宇治拾遺物語』）など説話や伝承に近い。以下に展開されるのは、他の多くの古典作品と比べても独特な作品世界である。古雅で素朴、雄勁な中に、どこかユーモラスなところがある文体（濱田啓介「雨月・春雨の文体に関する二、三の問題」、『日本文学研究資料叢書 秋成』（有精堂、一九七二年、以下『秋成』）所収）と共に味わいたい。

最初の舞台は伯耆国大山の麓の里。作品はまず、大山に「おそろしき神」が住むことを告げる。神を祭る大山寺の僧でさえ、午後四時以降は籠もるか下山するという。「樊噲」の作品世界では、人々の間に神への強い畏怖が生きている。大山は古くから修験道の霊地の一つとして知られ、謡曲「鞍馬天狗」に名の見える伯耆坊など、天狗が住むと考えられた。

作品ははじめ主人公の名を明かさず、夜ごと博奕宿に集まる里の若者達を集団として描き出す。血気盛んな若者の一人が調子に乗って、いらぬ腕自慢をする。それが鼻についた仲間に挑発され、若者は禁忌を犯して夜の大山に登ることになる。分別ある友人は無益な言い争いだと嘆き、若者の身を案じるが、かといって強いて留めようとはしない。わずかなやりとりを通じて、血の気が多く、力をもてあまし気味の一人の乱暴者の姿が、集団の中から浮かび上がる。主人公の人柄と、育ってきた環境を簡潔に描く巧みな導入である。

〔二〕大蔵、禁忌を犯して神にさらわれる

この大蔵と云ふ[1]あぶれ者は足もいとはやくて、まだ日高きに[2]御堂のあたりにゆきて見巡る程に、日やや傾きて、[3]物すさまじく風ふきたちて、杉むら檜原さやさやと[4]鳴りとよめく。暮れはてて人無きに、[5]ほこりて、[6]「此のわたり何事かあらん。山の僧のいひおどろかすにぞあれ」とて、雨晴れたれば、みの笠投げやり、火うち、たばこくゆらす。いとくらうなりしかば、さら

1 乱暴者。2 大山寺の御堂。大山の中腹にある。3 このあたり、『忠義水滸伝』(以下『水滸伝』)第一回、洪大尉が封印を破り百八の魔星を飛散させる場面を踏まえる。「只見る山凹《さんおう》裏《り》より一陣の風起り、風の過ぐる処」(『水滸伝』第一回) 4 鳴り響く。あたりを揺り動かすように鳴る。5 心おごりして。6 「大尉笑《わらひ》道《い》ふ、胡説《こせつ》、你等《なんじら》妄《みだ》りに怪

事を生じ、百姓《ひやくせい》良民を扇惑するを要し」（『水滸伝』第一回）7 奥の院大智明神社。8 底本「にて」9 約二キロメートル。一丁は約一〇九メートル。10「幣《ぬさ》」は麻や木綿、紙で作って神に供える幣帛《へいはく》。それを入れて神に捧げる箱。また「幣」を金銭の婉曲表現と見れば、賽銭箱の意。「つたふるに幣ゐやゐやしくもとむる世なり」（桜山本「目ひとつの神」）11 突然のことに驚いて発する語。12 大声で泣き叫ぶ。わめく。「後れたる菟原壮士い　天仰ぎ　叫びおらび」（『万葉集』九・一八〇九）13 ここに自分を放り捨ててしまうのか。14 おのずと頼りにして。15 神々しく。底本「らうらうしく」16 巫《かんなぎ》。神官。17 神事や祭事に着用する、白絹か白布の狩衣。18 長く着てよれよれになった。19 贄《にへつもの》物。神へお供えする物。

ば[7]上の社と申す所[8]にとて、木むらが中を落葉ふみ分けてのぼる、[9]十八丁となん聞こえたり。ここに来て、「何のしるしをかおかん」とて見巡るに、[10]ぬさたいまつる箱のいと大きなるあり。「是かつぎおりてん」とて、重きをこころよげに打《うち》かつぐとするに、此の箱ゆらめき出《い》でて手足おひ、大蔵をつよくとらへたり。[11]「すは」とて力出して是をかつがんとす。箱におひ出たる手して、大蔵をかろがろと引きさげ、空に飛びかける。ここにて心よわり「助けよ助けよ」と[12]をらぶ。こたへなくて空をかけり行く。「波のおとのおそろしき上を走り行くよ」とおぼえていと悲しく、[13]「ここに打《うち》やはめつ」とて、今は是《これ》を[14]たのまれて箱にしがみつきたり。

夜漸《やうや》く明けぬ。この神は箱を地にどうと投げおきてかへりたり。眼ひらきて見れば海辺にて、ここも神やしろ、[15]かうがうしく松杉が中にたたせたまへり。[16]かんなぎならめ、白髪まじりたるに烏帽子《えぼし》かぶり、[17]浄衣《じやうえ》[18]めしなれたるに、手には今朝の[19]にへつ物、み台にささげてあゆみ来たり。見とがめて、「何ものぞ。無礼也。その箱おりて、[20]いづこよりかつぎ来たる、物がたれ」とぞ。「[21]伯岐《はうき》の国の大山《だいせん》に夜まうでて神にいましめられ、遠くぬさ箱とともにここに投げすてられたり」と云ふ。「いとあやし。汝《なんぢ》は[22]をこの愚《おろか》もの也。命たまはりしをよろこべ。こは[23]隠岐《おき》の嶋の[24]たく火の権現の御前ぞ」と云ふ。目、口は[25]だけておどろき、「[26]二親《ふたおや》有る者也。海をわたして里にかへらせよ」と泣く泣く申す。「他国ものの故《ゆゑ》なくて来たるは、掟《おきて》ありて、国ところを正《ただ》して後《のち》おくりかへさるる也。しばしをれ。是《これ》奉りて後に我が家につれかへり、よく問ひ糺《ただ》して、[27]目代《もくだい》にうたへ申すべし」とて、[28]みにへたいまつる。[29]ふとのりと言《ごと》高く申し、[30]手はらはらと打ち、さて御戸《みと》たてて家につれかへり、同じことわりなれば目代に参りて[31]掟《おきて》承る。「いとにくき奴也。されど、[32]ここにてさいなむべき罪無し」とて、其の日の[33]夕汐まつ舟にのせ、むかひの[34]出雲《いづも》の国におくりやる。[35]八百石《こく》と云ふ舟にてちいさくもあら

20 その箱をどこから担いで来たのかを、話しなさい。21 正しくは「伯耆」。22 大変な愚か者だ。「烏滸《をこ》」は愚か。「をこの愚もの」と同意の語を重ねて強調する。
23 今の島根県隠岐郡、隠岐諸島。
24 今の隠岐郡西の島町、焼火《たくひ》山中腹にある焼火神社。ただし、ここでは海辺に近いように描いている。航海安全の神として名高い。25 大きく開いて。26 生まれた国と里。27 平安・鎌倉時代に、受領国守の代行として私的に派遣された者。
28 御贄《みにへ》。神へお供えする物。「みにへたいまつる」以下に当たる表現、富岡本では神のお告げで夢に見た光景としてある。
29 祝詞《のりと》。「ふと」は美称。「天児屋命《あめのこやねのみこと》、太詔戸言《ふとのりとごと》禱《ほ》き白《まを》して」(『古事記』上) 30 手をぱんぱんと叩く。
31 判断を仰いだ。32 この隠岐の地で処罰するべき罪はない。大山の神に対する大蔵の振る舞いは憎らしいが、それは伯耆の国で裁くべき罪だという判断。
33 夕方の満潮を待って出航する船。「渚《す》

ぬを、風に追はす。されど、[36]よんべの神が翅《つばさ》にかけしよりは遅し。[37]三十八里を[38]あか時に乗りわたりて、「しかじかの者、おくり申す」と申す。所の長《をさ》が聞きて、[39]守《かみ》のやかたにいそぎうたへたり。やがてめされて、「隣のくにの守《かみ》にいひおくるべし。にくし」とて、[40]つばき吐きして、つらに吐きかけたまへりき。[41]めしうどならねど二人に捕りかこまれて、[42]里のつぎに追ひやらる。七日と云ふ日をへて、此のふるさとには来たりき。目代つよくいましめて、[43]しもと杖三十うち、家におくりかへさる。

に居る舟の夕潮を待つらむよりは」（『万葉集』十一・二八三一）34 今の島根県東部。35 八百石積みの船。米穀の積載量で船の大きさを示す。一石は約一八〇リットル。米の重さに換算すると約一二〇トン。36 昨夜。「よんべの泊りより」（『土佐日記』承平五年一月二十二日条）37 約一五〇キロメートル。一里は約4キロメートル。実際には、隠岐島前から島根半島まで約六〇キロメートル（十五里に相当）。38 明け方までに渡りきって。39 国守。40 唾を吐いて。41 囚人、罪を犯して捕らえられた者。「めしうどならねど」という表現、富岡本に無し。42 隣の里へと追いやられる。43 細い木の鞭で罪人を打つ。軽犯罪に対する刑罰で、五十敲き、百敲きの軽重二種ある（『御定書百箇条』）。三十は作者の勘違い、ないし誤写か。富岡本「罪重からねば、しもと杖五十うたせて」

若者の名は大蔵という。自分の力を頼んで心おごりし、神をも恐れぬその驕慢を大山の神が戒める。虚空へ連れ去られると気弱になって「助けよ助けよ」と叫び、海上では投げ捨てられるのかと悲しくなって箱にしがみつく。この大蔵の弱々しさは、先の驕慢な姿からの落差が大きく、笑いを誘う。そもそも、「ぬさたいまつる箱」が「ゆらめき出でて手足おひ」、その手で大蔵を掴まえて飛翔するという神のしわざ自体がどこかユーモラスである。そこに、神の戒めというだけでなく「大蔵を愛する要素」（日本古典文学全集 頭注）や「神の恩寵の表示」（高田前掲書『秋成集』）を見ることもできよう。

読みの手引き

ところで、注に示したように、大蔵が夜の大山に登る部分には『忠義水滸伝』（以下、『水滸伝』）第一回、洪大尉が封印を破り百八の魔星を飛散させる場面の表現が踏まえられる。「樊噲」が描く大蔵の姿には、篇名の由来である豪傑樊噲（後出）や記紀神話のスサノヲをはじめ多くの原型が想定される（中村博保「「樊噲」の原型」、『天理図書館善本叢書 秋成自筆本集』（天理大学出版部、一九七五年）月報）。その中でも『水滸伝』の豪傑魯智深との重なりは本編全体を通じて際立つ（中村幸彦「樊噲—春雨物語小論—」（『中村幸彦著述集第三巻』（中央公論社、一九八三年）所収）、および堺光一「春雨物語「樊噲」と水滸伝との関係」（『秋成』所収））。大蔵と魯智深との重なりをどう把握するかは、「樊噲」を読み解く上で外せない観点である。

〔二〕の場面に関して言えば、『水滸伝』において、凶暴な魯智深に後の大悟を予見し、その聖性を保証したのは五台山の智真長老だった（第四回）。「樊噲」で大蔵を戒めつつ、戯れるようにも見える大山の神の振る舞いも、やはり大蔵の聖性を保証する役割を果たすものと考えられるだろう。

ただし、大蔵の聖性が明らかになるのはまだ先の話である。文化五年本では、隠岐焼火神社で「をこの愚もの也」と罵られるのをはじめ、大山の神へ不敬を働いたことで大蔵が人々に憎まれ、「めしうどならねど」罪人同様に扱われる様を丁寧に描いている。一方、富岡本に「めしうどならねど」の表現はない。また、目代が大蔵を処罰する部分、富岡本では「五十うたせて」と敲きの回数は多いが「罪重からねば」という判断である。総じて文化五年本の方が、大蔵の罪をより重いものとして描いている（木越治「樊噲像の分裂」、『秋成論』（ぺりかん社、一九九五年）所収）。

なお、『水滸伝』の本文引用は、『国訳漢文大成文学部第十八―二十巻』（国民文庫刊行会、一九二三年―一九二四年）の幸田露伴訓訳による。

1　ミミズクのように忌み嫌われる存在となり。ミミズクは不吉な鳥と考えられた。また、ミミズクとよく似たフクロウは漢詩文で奸悪の人の比喩に用いられる

〔三〕無事に帰郷して改心し、山稼ぎに励む

里人追々《おひおひ》に「大蔵がかへりたり」と告ぐ。母と兄よめは、「いかにいかに」と云ひつつ、門立《かどだ》ちして待つ。ほどなく来たる。「生きてはあらじと思ひつるに、大智《だいち》大権現の御めぐみこそ有

がたけれ」と、手をとり内に入る。親は見おこせしのみにて、「神にさかれて死にたらんが、いとよかめり。ついにはおほやけに捕らはれ、首刎《は》ねられ、[1]みみづくとなりて人に爪《つま》はじきせられ、おやにいみじき恥あたへつべし」。兄《せうと》あざ笑ひて、「腕こきて、など神にはさかれざる。[2]ひきやうなり。[3]親兄に首つなかけられん、恐ろし。立ちかへりてよろこぶ者はなし」と云ふ。母泣きしづみて父兄にわび言しつつ、「物くへ。足あらへ」と云ふに、嫁、「[4]心つかざりし」とて湯わかし、足すまさせ、飯たきて「あたたか也」とすすむ。「何事も此の後、父兄に[5]さかだちてすまじ」とて、[6]犬つくばひしてわぶる。[7]日二日は夜ひるただ臥《ふ》しにふしてありしが、三日といふあした、とく起き出で、鎌、[8]朸《あふご》とりつかねて[9]山かせぎに兄よりさきに出たり。兄は小男にて、かつぎし薪《たきぎ》、柴《しば》いささか也。大蔵が肩おもきまで荷《にな》ひかへりしは、銭《ぜに》にかへてあまたにぞなりける。年くれて、としの貢納めても、大蔵がかせぎしに[10]銭三十貫はつみて、[11]稲ぐらに、

ので、両者を混同した表現か。「之《これ》を悪《にく》むこと鵂梟《ふくろう》の如し」(『顔氏家訓』勉学)
2 非興《ひきやう》。面白くない。興ざめだ。
3 いずれはお前が犯す罪に連座して、親兄も罪人として捕らえられるだろうことが恐ろしい。首綱は罪人の首にかける綱。
4 気がつきませんでした。うっかりしました。
5 逆らっては致しますまい。
6 犬のように這いつくばって。平身低頭して、ひたすらに詫びる。
7 富岡本ではこのあたりに、大蔵が神にお詫びし、また命を奪わずに返してくれた御礼を伝えるために、大山に一人詣でる場面がある。
8 荷をかつぐ棒。
9 山に行き、薪や柴を伐採する仕事。
10 銅銭三万文《もん》。銭一貫は千文。金一両を銭七貫文余りとして、金四両ほど。
11 稲の貯蔵庫に、櫃に入れて納めた。櫃は、蓋の付いた大型の収納箱。

櫃《ひつ》にをさめしかば、父はにが笑ひして、「よし」とほむ。兄は「冥加《みやうが》[12]なり。猶《なほ》よくせよ」と云ふ。母と嫁はささやきあひて[13]、綿入りたる布子[14]一重《ひとへ》かづけたり。夜はかの宿にゆきて遊べど、酒にみだれず、博奕《ばくち》うたずして見をる。若き友どち云ふ。「隠《お》岐《き》[15]の国よりかへりしは、罪ゆるされて大赦《たいしや》[16]にあひたる者ぞ」。大蔵と云ふ名を大しやと呼びかへてむつまじかりき。

12 神仏の御加護だ。
13 密かに相談しあって。
14 着物を一枚仕立てて与えた。
15 古来、隠岐島は流罪の地。遠島にされた大罪人は大赦でもなければ帰還できない。それを踏まえ、隠岐島から生還した大蔵を「大赦」とあだ名している。
16 吉凶事があった際、統治者が恩恵として罪人の刑罰を赦免すること。

読みの手引き

帰郷した大蔵を迎える家族それぞれの反応が描かれる。中でも、神に引き裂かれて死んだほうが良かったという父、兄の冷淡な態度が目に付く。しばしば『雨月物語』「蛇性の婬」の豊雄の家庭環境との類似が言われる設定である。

富岡本では、「父は持仏の前に膝たかく組みて、烟くゆらせ空に吹きゐたり」、兄は「生《なが》へ帰りしは不思議の事也。とふもうるさし」といって睨み、仕事に出たと描く。富岡本が描く父、兄にも不機嫌さはうかがえるが、それを荒々しい言葉にして大蔵にぶつけることはない。文化五年本が描く父、兄の冷淡さはやはり過剰だと言えそうだ。こうした父、兄の態度が今回限りのことではなく、二人が大蔵に対して日頃から苦々しい思いで接しており、それが積もりに積もっての結果なのだろうと思わせる。こうした父、兄との関係は、続く〔四〕の親兄殺しや、それ以降の大蔵の逃避行の意味合いにまでつながる重要な違いである。

また、大蔵が「犬つくばひしてわぶる」のも文化五年本だけの設定である。家父長制の下での次男という立場の弱さもあろうが、それだけではない。神へ不敬を働いて神罰を受け、世間も大きく騒がせた自分に非があることを大蔵が強く自覚しており、だからこそ父、兄の怒りに平身低頭して詫びるという描き方になっている。以降、大蔵は心を入れ替えて山仕事に精を出す。年の暮れには年貢を支払ってなお銭三十貫を貯えると、母や兄嫁はもちろん、父も大蔵の働きを褒めた。「猶よくせよ」という兄も、素直に褒めはしないが働きは認めている。大蔵が真面目に働いてさえくれるなら、父、兄の態度が違ってくるのも当然ではあった。この穏やかな時間が、続く場面の凄惨さと悲しさをより際立たせる。

〔四〕父と兄、友人を殺して追われる身となる

春ふけぬ。れいの博奕宿《ばくちやど》に打ちしこりて[1]、おひ目[2]多くて、友だち等、「是は大しやにせぬ」とていひつのる[3]ほどに、さすがのおにおにしき心[4]にもまけられて、日をへだててえゆかず。父

1 熱中して博奕を打ち。
2 博奕に負けて出来た借金。
3 借金返済を迫る口調が次第に厳しくなる。
4 鬼のように乱暴で恐ろしい心。大蔵

はひる寝、兄は里をさ[5]に申す事ありとていきし跡に、母を小手[6]まねきして、「去年の後に心をあらためし事は、またく[7]権現の御恵み也。お山にのぼりて、ゐやまひ[8]申したてまつらん。施物《せもつ》[9]の銭たまへ。知りたる御寺にたてまつりて、此の行く末をも守らせたまへと祈り申し[10]、あつらへてん」と云ふ。母、「よき事也。「倉には入らすな」と兄がいましめたれど、是は見ゆるしてん。こよ」とて、稲倉につれ立ち行く。「其の櫃《ひつ》の中にみだ[11]れたる銭あり。汝が手一つかみには事足るべし」とゆるす。櫃を開き見れば、三十貫文《もん》よくからめてつみおきしあり。ほしく成りて、母に又云ふ。「まことは博奕にまけ、おひめかさなりて此の里にはあられぬにぞ、いづちへも立ちかくるる也。此の銭[12]しばしたまへ。我[13]、山かせぎしてつみたるなり。又、山に入り谷にくだりて日毎《ごと》に立ち走りたらば、此の銭やがて入れ納むべし」とて、つかみ出す。母、「おのれ、ばくち打ちやまで親をいつはるよ。やらじ」とてささ[14]へたるを、片手にとらへて櫃《ひつ》

は作中しばしば「鬼」と形容される。「彼ノ樊噲ハ人也ト云ヘドモ、鬼ノ如シ」（『今昔物語集』十）。5 庄屋、村長。6 手先だけで招く。7 全く。8 御礼。9 神にお供えするための銭。お賽銭。

10 自分でもお祈りし、またお寺でも祈願して下さるようにお願いしよう。

11 銭さしにまとめていない、ばらばらの銭。江戸時代、銭は藁しべなどで作った銭さしにつなぎ、百文《もん》（九十六文）ないし千文ずつにまとめて使用した。

12 しばらくお貸し下さい。

13 大蔵には、この大金は自分が稼いだものだという思いがある。

14 行く手をさえぎる。

15 ゆらゆらと出て行く。母を騙し、大金を奪っても、動じることなく悠々とし

に投げこみ、ふたかたくして、銭、肩にかけて[15]ゆらめき出づ。兄嫁見とがめて、「それをいづこへもて出づる。やらじ」と、是もささふるを、又かた手にかろがろと柴つみし中へ投げやりたり。

父、目さめて、「おのれ盗人め」とて、枴《あふご》とりて[16]丁《ちやう》とうたるるを、かた手にて[17]とりはなち、つと門に出づ。父、「やらじやらじ」とて、背におひつきてぶらさがりたれど、事ともせず、[18]父をうしろざまに蹴《け》て行くに、たをれてえおきぬを、兄遠くより見て、枴、鎌とり具して、「親を打ちし大罪人め、ゆるさぬ」とて、追ひつきたり。[19]鎌は地におとして、枴にてうつ。うたれてあざ笑ひ、かへり見もせず走り行く。谷の[20]かけはしある所にて、友達一人行きあひ、「こはいかに。[21]兄も親も何者とかして、かくする」と立ちむかふあいだに、兄追ひつきたり。二人に成りしかば[22]力足つよくふみて、兄をば谷川のふかきに蹴おとしたり。友だちは[23]きととらへて、「おのれが親兄か。我が親

た大蔵の大胆不敵さを示す。銭の重さでゆらめくとする説もあるが、後に「銭を懐にして夷駄天走り」したとある。

16 主語のねじれがある。父が「丁と」打つ、大蔵は「うたるるを、かた手にてとりはなち」ということ。「丁と」は、ものを激しく打つ擬音語。

17 「とりはなつ」は普通、取り出す、取りのけて引き離すの意だが、ここでは、払いのける、振り払うの意。

18 以下、大蔵が父、兄を殺す経緯の描き方は富岡本と大きく異なる。「読みの手引き」参照。19 兄に殺意はないことを示す。少し後で、怒りの余り鎌を大蔵の肩に打ち立てる父と対比。

20 谷をまたいで掛け渡した橋。

21 親兄を一体何だと思って、このようにするのか。

22 足に力をこめて強く踏みしめ。

23 がっちりと。しっかりと。

兄也。[24]入らぬ骨ついやすか」とて、是も谷へ投げおとす。父又追ひつきて、「おのれ赦《ゆる》さじ」とて、鎌もて肩に打ちたてたり。いささかの疵《きづ》にても血あふれ出ぬ。「[25]子を殺す親もありよ」とて、父に打ちかへす。咽《のど》にたちて、「あ」と叫びてたをるを、「兄とともに水に入りたまへ」とて、かた手わざして父をも谷のふかきに落としつ。渕《ふち》ある所に三人とも沈みて、むなしく成りぬ。さて恐ろしく思ひなりて、銭を懐にして[27]夷駄天《いだてん》走りして行方しらず逃げたり。[28]一里《ひとさと》、となりの里つづきと大にさわぎて、追ひとらへんとすれど、力つよく足はやく、ことにただ[29]今鬼になりてかけるには誰かは恐れん。[30]里正《さとをさ》うたへ出しかば、国の守《かみ》、此の比《ころ》くだりたまひて[31]都の事を思ひはなれず、「絵にうつして国々に触れ[32]流さん」とぞ。里正申す。「山ざとには絵かく人なんなき。ただかたちを書きて、いひしらせたまへ」と申す。「[33]背六尺に過ぐ。つらつき赤く黒くて、年は二十一にてなんある。伯耆《はうき》の国[34]清水《しみず》の里にて、親の名九兵衛と云ひ、六蔵と云ふ

24 自分の親兄のことでもないのに、余計な世話を焼くのか。 25 父が自分を殺そうとしたことに驚き、怒る言葉だが、悲哀も帯びる。 26 ふと我に返り、自分がしたことの重大さ、罪深さに気づいて恐ろしくなる。当時、親殺しは磔刑となる大罪。なお、この表現は富岡本に無し。 27 正しくは「韋駄天」。仏法を守護する神の一。非常な速さで駆け、仏舎利を奪って逃げた足疾鬼を追い捕らえたとする俗説があった（『太平記』八、謡曲「舎利」）。 28 里中が大騒ぎになり、さらに隣の里まで。 29 日頃の乱暴さや恐ろしい容貌に加えて、親兄を殺して人の道に外れた今の大蔵は、人ならぬ鬼とみなされる。 30 里の長。庄屋、名主、村役人。「里正《なぬし》」（『新編水滸画伝』初編巻二） 31 都でのやり方が頭から抜けきらず。 32 大蔵の罪状と、容貌や身体的特徴を記した人相書き。「武松の郷貫・年甲・貌相・模様を写了し、影を画き形を図し、三千貫の信賞銭を出し」（『水滸伝』第三

男なり。親兄をころし、又一人の友をも殺したる大罪人也。めしとらへて国にしらせたうべよ」と触れ聞こゆ。

十一回）33　身長一八〇センチメートル余り。富岡本「五尺七寸ばかり」も当時としては大男だが、さらに大きい。34　不明。『大日本地名辞書』は、『延喜式』に見える「清水駅」を島根県東伯郡赤碕付近かとする。

読みの手引き

春になると大蔵はまた博奕に熱中し始め、いつしか大きな借金を負ってしまう。乱暴者とはいえ、それを踏み倒すことの出来ない素朴さが大蔵にはあった（新潮日本古典集成頭注）。この借金を返すために母を騙して蔵の金を持ち出そうとしたのを発端として、大蔵が何か大きな力に押し流されるように父と兄、友達一人を殺すに至る過程を、作品はひたすら事実を積み重ねるようにして淡々と描く。江戸時代、親殺しは主殺しと並んで倫理的に最大の罪であった。それを、倫理的評価や何らの感想も交えずに淡々と描くところにかえって凄味が感じられる。先に紹介した通り、暴れまわる大蔵には『水滸伝』の豪傑魯智深の面影が重ねられているが、さしもの魯智深も親は殺していない。この大蔵の父と兄殺しを作品の中にどう位置づけるかが、従来から問題とされてきた。

このあたり、淡々とした筆致は共通しても、文化五年本と富岡本とでは描き方が大きく異なる。富岡本では

「暴力的な場面でありながら、それを前面に出さず、二十貫文のお金をみて欲望を刺激された大蔵が、その欲望を実現するためにあらゆる障害を排除して突き進んでいくさま」が描かれ、そこに「神に許されたものとしての奔放さ」がある。それに対して、文化五年本の大蔵には「さて恐ろしく思ひなりて」と罪の意識が記されることが特徴的だと指摘される（木越前掲論文）。

さらに文化五年本では、〔三〕で見た父、兄との関係を背景として、父に鎌で打たれてわずかながら流血し、「子を殺す親もありよ」とつぶやく大蔵の驚きと怒りが、そのように父に見捨てられた子の悲哀を帯びて描かれる。文化五年本の大蔵はこれ以降、作品を通じて、父、兄の仕打ちに対する怒りと悲しみの入り交じった思いと、その父、兄、および友人を殺した罪の意識を抱えながら逃亡することになる。こうした陰影を帯びた文化五年本の大蔵像にも捨てがたい魅力がある。

石川淳は、富岡本「樊噲」を「人間のありのままの生き方を追究」するものと見て、「主人公の無頼漢の横行はあたかも道徳以前の人間が突然神話の雲の中からこの世にころげ落ちて来たやうな観がある」（『現代訳日本古典　秋成・綾足集』（小学館、一九四二年）解説、『石川淳全集第十七巻』（筑摩書房、一九九〇年）解題に再録）と評した。この言葉は「樊噲」のみならず『春雨物語』全体の理解に大きな影響を与えてきたが、文化五年本の「樊噲」からはまた異なる理解が得られるようである。

〔五〕博多、長崎で暴れ「樊噲」と呼ばれる

大蔵は、[1]筑紫《つくし》の博多《はかた》の津の[2]あぶれ者が中に立ち交はり、博奕勝ちほこり酒くらひて、[3]遊女を枕におきて、鼾《いびき》[4]吹螺《ほら》の如し。ここにも此の[5]人がたの触れ聞こへくるに、あぶれ者等、「是《これ》也」と思へど、力量の者なれば立ちむかひてあやまたれんとて、「しかじかの触れ来たる、汝《なんぢ》が事なるべし。はやく立ち去れ」と云ふに、[6]おどろき馬して、ばくちの金百両をはだかにつかみ入れて、酒のみて逃げ走りたり。長崎の津にゆきて、[7]やもめ[8]わびしげにて在り。金あたへ、ここに足とどむ。やもめ、[9]始めこそあれ、おにおにしさに恐れて[10]丸山の廓《くるわ》の内に[11]物ぬひにやとはるる方に逃げかくる。大しや聞きしりて、夜中過ぐる比《ころ》かの家に行きて、「しかじかの者は我が女《め》也。あるじ、[12]みそか事やする。[13]とく出《いだ》せ」とて、[14]とこへ[15]あぶれ入る。[16]局《つぼね》ごとに客ありて遊女らと酒くみて居るに、もろこし人の[17]局《つぼね》してある所にをどり入り、へだての[18]障子《さうじ》も戸もかいやぶりて立ちはだかる。もろこし

1 今の福岡市、博多港。
2 はみ出し者、法に外れた乱暴者。
3 遊女の膝を枕に眠り。遊女の膝枕で高いびきをかいて眠ること、富岡本に無し。4 法螺貝。フジツガイ科の巻き貝で、先に穴を開けて吹き鳴らす。大音。
5 人相書き。6 気性の荒い馬のように跳ね上がって驚き。「おどろき馬にはね上がり」（桜山本「死首の咲顔」）
7 寡婦、未亡人。
8 貧しく暮らしていた。
9 始めこそよかったが。
10 長崎の遊郭があった地。
11 物縫い。着物などの仕立て、針仕事。
12 密通。人の妻に言い寄る。
13 底本「とく出とて」
14 「床《とこ》」、畳を敷いた客間。
15 乱暴に押し入る。
16 部屋。
17 部屋を取っている。
18 今の襖《ふすま》や障子の総称。

人おそれて、[19]「樊噲《はんくわい》へ、命たまへ」といふ。「いとよき名つけたり。ゆるすべし。酒くまん」とて座につく。あるじおそれて、「もろこしの御客は大事の御客也。ゆめゆめ何事しらせ[20]たまへず。酒のみて遊ばせよ。もとめたまふ物ぬひは、きのふ尼になるとてここは出たり」と云ふ。「さがしもとめんも酒のみて後にすべし」とて、[21]大なるあはびの盃《さかづき》に二つ、三つ、つづけ呑みにのむ。から人、[22]「さかなたてまつらん」とて、衣をぬぎてささぐ。「おのれが着よごしたらめど、錦《にしき》のきぬいまだ着ず」とて、肩にかけて立ちおどる。「まことに樊噲《はんくわい》にておはす」とふして云ふ。「よき名つきしあたひに」とて、かしら三つ四つつよく打ちて、又さかづきとり上ぐる。から人、「かくから[23]きめをこよひかふむる事よ」とて泪《なみだ》さめざめとなく。「おのれも男なるべし。うたれてなみだおとすか」とて又立蹴《たちげ》に蹴ちらして、夜明くるまで狂ひをる。夜明けて人あり。「かくかくの者のここにやどるか」とて、[24]おほやけの人々、めしとらへんとて棒も

19　樊噲よ、命は助けてくれ。なお、「へ」は「也《なり》」の誤写とも。だとすれば、樊噲だ、樊噲が来たの意。樊噲は漢の高祖に仕えた豪傑で、「鴻門の会」の活躍で知られる（『史記』『漢書』『蒙求』など）。

20　正しくは「たまはず」

21　ここは酒が中心だが、本編には大飲飽食する場面が頻出する。本能的な食欲のたくましさを前面に出し、豪放さの一面とする（大輪靖宏『上田秋成文学の研究』）。

22　酒肴を差し上げましょう。実際には、引き出物を渡している。

23　今夜はまったくひどい目にあわされることだ。

24　召し捕りの役人たち。

25　底本「はん噲」。大蔵をこのあだ名で呼ぶ場合、表記は「樊噲」「はん噲」の二通りあるが、以下全て「樊噲」で統一する。

26　誰も大蔵の相手をするに足る力量は

ないので。

ちなどして取りまきたり。樊噲[25]大にいかり、さきに立つ男の棒うばひて散々に打ちちらす。誰[26]あひむかふばかりの力量なければ、ついにとりにがしたり。

追われる身となった大蔵は、博多を経て、たどり着いた長崎の遊廓で一暴れする。居合わせた人々には気の毒な話だが、痛快な場面である。

読みの手引き

富岡本では、大蔵が押し入った部屋の先々で、酔いが醒めたと言っては残された酒や肴を平らげ、「気力ますますさかりに成りて」「おどり狂ふ」様が描かれる。その囚われるところのない奔放さが魅力的である。一方、文化五年本では、樊噲とは良い名を付けてくれたと、中国人客が怯えるのにも構わず酒を酌み交わそうとし、名前の価にと言って頭を三、四発、強く打つ。ご機嫌取りに錦の衣を贈られると、まだ着たことがなかったと嬉しげに肩に掛けて踊るなど、同じく暴力的ではあるが、より稚気溢れる姿として描かれている。「心をさなき者」という「海賊」の文屋秋津像にも通じるところがある。こちらも魅力的で甲乙付けがたい。

なお、中国人客が言う「樊噲へ、命たまへ」という言葉が、富岡本では「樊噲排闥《はんかいはいたつ》樊噲排闥。ゆるしたまへ」云々とある。注に示した通り、樊噲は漢の高祖に創業時から仕えて活躍した豪傑で、後に舞陽候に列せられた。

その活躍ぶりは『史記』項羽本紀や『漢書』巻四十一「樊噲伝」に詳しい。「樊噲排闥」とは、高祖が政務を怠り、寵愛する宦官以外の群臣を遠ざけた際に、樊噲が門を破って中に押し入り高祖を諫めた故事で、『蒙求』の標題の一として著名。中国人客は、戸も障子も引き破って部屋に押し入る大蔵の姿からこの故事を想起して、彼を「樊噲」と呼んだのである（日本古典文学大系 頭注）。忠義の要素は別にして、豪放な樊噲の名は大蔵のあだ名としていかにもふさわしい。以下、作品での呼称の変化に合わせて、大蔵をあだ名の樊噲で呼ぶ。作品名を言う際には括弧を付けて「樊噲」とする。

〔六〕 疫病に倒れ、盗賊に命を救われる

ここをのがれて、つくし[1]のあいだここかしこにはひかくるる中に、えやみ[2]して、山あさき所ながら岩陰にふしたをれたり。三日、四日過ぐるに熱き心ちややさめたるやうに思ひて、又物ほしくなり、夜ははひ出て物くはせよとをらぶ声恐ろし。たびゆく人の中に大男のひとり、かろがろしく[3]出たちてここを過ぐ。見とどめて、「鬼の泣くを見しよ」とて、こり[4]につめし飯《めし》[5]とう

1 九州地方のあちこちに。
2 流行性の熱病。
3 身軽な出で立ちで。
4 梱《こり》。柳や竹で編んだ籠。
5 「とり出て」のウ音便。

出てあたふ。「うう」とのみいひてくらふ。この大男、「おのれは何者ぞ。ぬす人にはあらじ。いかでここに病《やみ》ふしたる」。「我は[6]世のあぶれ者にて、酒のみ、ばくち打ち、すみ家定めずしあるく者也。ここに病につながれて、やうやう人ごこちしたれど、七日ばかり物くはねば足たたず、いづちへも[7]あぶれゆかれぬ也。今たまへるめしくひたれば、足は立つぞ」とて、力足ふむ。「[8]あたら男や。物くはせん。里にこよ」とて、麓《ふもと》の[9]水うま屋に走り下り、めし、酒、ほしきままにあたへつれば、忽《たちま》ちに[10]面かわり、「[11]御徳見つ。何事も仕《つか》うまつらん」と云ふ。「よし。[12]こよひまでこの道くる者あり。馬に[13]金おふせたり。是《これ》奪はんとて、ここの足場よしとて来たる也。[14]人馬いづれにてもおのれむかへ。金分《わ》かちてあたへん」と云ふ。鬼よろこびて、「二、三人に馬、車ありとも我立ちむかはん」とて躍り上がりて、又酒のむ。やうやう夕暮れにちかづく。もとの坂道に登り、もとの岩陰に待ちふしたり。馬の鈴からからと鳴り、[15]口とるをとこ何やらんう

6 全くの無法者、乱暴者で。
7 暴れ歩くことができない。
8 惜しい男よ。その力量を活かす場を樊噲に与えようとする。
9 「水駅《みづうまや》」は水路の宿場、船着き場。転じて、街道で酒食を提供する茶店の意に用いる。
10 腹を満たして、生気に満ちた表情になり。
11 助けていただきました。御礼に何でも致しましょう。「魯達道《い》ふ、員外酒家《われ》を錯愛す、如何《いか》にして報答せん」(『水滸伝』第四回)
12 今日の夜にならないうちに。
13 負わせている。
14 人と馬のどちらでもよい、お前が襲え。
15 馬の世話をする下男。馬方。

たひつつ来る。馬のしりに[16]足軽《あしがる》二人附きそひたり。樊噲、先にをどり出、[17]しもと一もとぬきて声をかけ、馬の足をうつ。馬は斃《たを》るるを、足がろ二人「盗人め」とて刀ぬきてむかふを、此のしもと木にて二人を打ちたをす。馬かた逃げんとするを、大男飛び出て、是は谷に投げおとす。樊噲、足軽二人を両手に引きさげ、岩に頭うちあて打ち殺したり。馬のおひたる[18]金箱《かねばこ》二つ解きおろして、馬も谷へ投げおとしたり。「さて、しすましたり。こちこよ」とて、かね箱もたせて山を走りくだり、海辺に出たれば、[19]苫舟《とまぶね》待ち遠に、「いかに」ととふ。「よし」とて飛び乗り、船出《いだ》さす。大男云ふ。「おのれはまことに力量ありて膽《きも》ふとし。あぶれあるくとも財宝何ばかりか得ん。ぬすみせよ。我に従がへ」と云ふ。打ち哂《わら》ひて、「ぬすみとてさきの如きの事、何ばかりにもあらず。[20]御手につきて、いづこへもゆかん」とぞ。

16　最下級の武士。
17　そのままで笞《むち》になる細い木を一本抜いて。
18　大きさがはっきりしないが、千両箱二つで二千両か。富岡本「黄金千両のつつみあり」
19　菅や茅などで編んだ苫で上部を覆った船。盗賊が水辺で舟を呼ぶくだりは、『水滸伝』第十五回、吾用が石碣村の阮兄弟を訪ねる場面を想起させる。
20　あなたの手下となって。

読みの手引き

〔六〕ではまず、樊噲の外見がまさに鬼と見まがうものとなっていることが注目される。富岡本では「鬼の如くにて、おとろへ、おどろ髪ふりみだし、ただ物くはせよと乞ふ」とあり、恐ろしげである。それでも、これはまだ「人なりけり」と分かる直喩的な描き方だが、文化五年本では「鬼の泣くを見しよ」「鬼よろこびて」などの換喩で表現され、表現上、樊噲は鬼そのものとして扱われている。ただし鬼が泣き、喜ぶ姿は、恐ろしいというよりどこかユーモラスである。

また、樊噲が大男（後に村雲と名乗る）に従い盗賊となる経緯を見ると、文化五年本では、村雲への恩返しとして強盗の手助けをし、それがあまりに容易に思えたことから村雲の誘いに乗る。経緯はどうあれ盗賊に加わるのは樊噲の判断だが、途中までは助けて貰ったなりゆきという側面もある。一方の富岡本では、恩返しの意味もあるが、「落はぶれて何をかする。盗みして世をわたれ」という村雲の言葉に意気投合し、その腕試しとして一人で荷を襲う。また、出会った当初こそ「旅人也」と身を偽るが、意気投合した村雲に「伯岐の国の親兄ころして逃げし男めか」と問われて「それ也」と事も無げに答えたり、盗賊の一員となったことを「よき世にあひしよ」と言って喜んだりするなど、悪事を悪事と思わない樊噲のふてぶてしさが富岡本ではより強調されている。

〔七〕追っ手を免れるため、僧形に身をやつす

舟は風よくてあら波を安くこえ、「伊予のくに[1]」と云ふ。「ここに温泉[2]あり。足休めん」とて、金をわかちくるる。舟子三人[3]には三百両、樊噲にも百両あたふ。舟漕ぐぬす人等云ふ。「ここより別れて安芸《あき》[4]の宮島にわたりて遊ばん。御むかひはいつ比《ごろ》」と云ふ。「此の月の末まで在らん。よく遊びて来たれ」とて、樊噲と二人陸に上がる。湯ある所は賑《にぎ》はしくて人あまたやどりたり。ここに飲みくらひしてをるに、樊噲が云ふ。「我は親、兄を殺して尋ねらるる者也。かたちかへてん[5]」とて、ここより見やる山寺に行きて、老僧にむかひて云ふ。「母と二人巡礼し[6]にわたりしを、おとつひの夜、尿すとて母は海に落ちたり。もとめわづらひて御寺に参る。かしらそりてたまへ。故《ふる》さとにかへりても兄にことばなし」とて、泣きがほつくりて云ふ。僧、「いとほしき物がたり也。落髪ゆるしてん」とて、やがて剃刀《かみそり》[7]さづけたり。[8]「名をほどこすべし」とて、「道念《だうねん》とよべ」と云ふ。

1 今の愛媛県。
2 富岡本では「にぎたづの湯に入りて遊ばん」と、今の松山市、道後温泉であることを明示。
3 舟子各人に三百両ずつ、新入りの樊噲にも百両を分け与える。全部で二千両とすれば、頭領の取り分は千両になる。
4 今の広島県廿日市市宮島町。厳島神社の門前町。
5 僧形に身をやつそう。以下、剃髪得度するくだりは、『水滸伝』第四回、魯達が五台山で得度し「智深」の法名を得る場面を踏まえる。なお、このあたり富岡本と描き方が異なる。「読みの手引き」参照。
6 弘法大師ゆかりの四国霊場八十八ヶ所を巡礼する。
7 法式に則って剃髪し、具足戒を授けた。8 法名。9 一通り。
10 底本「かけかけたれば」
11 猿に服を着せたような樊噲の姿は、

「いかにも名付けたまへ。袈裟《けさ》、衣、さづけたうべよ」とて、金《きん》二両つつみて出す。山僧の金見る事珍らしくて、「古くとも破れまよはねば、是《これ》を」とて、[9]一重《ひとえ》にとりそろへてあたふ。肩[10]にかけたれば、[11]猿に物着せたるさま也。「いと有りがたし。又縁あらば参らん」とて、湯の宿にかへる。[12]大男見てわらふ。「まだ都に出ねばしるまじ。[13]大津のあふ坂山に、はやくより汝[14]がかたち写して商ふぞ」といふ。[15]「名は何」ととへば、「長崎にてあぶれたりし時、から人が樊噲よと云ひたり。是を名とすべし。さて、頭《かしら》の名いかに」と問ふ。[16]「昔はすまひとりて、村雲と云ひたり。人をあやまちて、命のがれ、ここかしこ力をたのみてかせぎあるく」とぞ。さて、[17]ここにも在るべからねばとて、又海べに出たれば、さきの苫舟《とまぶね》磯陰にあり。乗りうつりて[18]播磨《はりま》のしかまつへとて漕《こ》がす。風に煩らはされ、七日ばかり有りて着きたり。

[19]村雲が伯母《をば》、ここに在りとて、岸に上りてとひよる。伯母が、

その暴力性と奔放さ、滑稽さなどと相俟って『西遊記』の孫悟空を想起させる(高田衛「「樊噲」残影」『春雨物語論』)。12 以下の村雲の言葉、富岡本では飾磨津で二人が別れる場面にある。
13 山城と近江の境、今の滋賀県大津市追分町付近。安価な手土産として素朴な大津絵が名物。14 大津絵の代表的画題の一に「鬼の念仏」がある。僧形の鬼というちぐはぐな姿に滑稽と愛嬌のある絵だが、うわべだけ僧形であることの風刺であり、多く「真なき姿ばかりは墨染の心は鬼にあらはれにけり」の道歌を添える(柳宗悦『初期大津絵』、『柳宗悦全集第十三巻』所収)。いかにも樊噲にふさわしい比喩。15 互いの名を問うこと、富岡本では九州から苫船で伊予に渡る場面にある。文化五年本ではやや間延びした感もあるが、些事に拘らない樊噲と村雲の豪放な様を示す。16 相撲。
17 ここにも、いつまでもいられないから。追われる身で、心休まる時がない。

[20]門《かど》入りするを待ち久しげに、「甥《をひ》の殿よ、米、ぜにほしさに待つ事三十日ばかりぞ」と云ふ。[21]心ゆくばかり出《いだ》してくれたれば、「酒、肴もとめん」とて足かろげに出で行く。ここにも五日ばかり在りて、樊噲云ふ。「[22]さだめてゆくさきざきも心安からじ。かたちかへたれば、一人す行者となりて逃げかくれん」とて、[23]笈《おひ》をもとめ、[24]錫杖《しやくぢやう》[25]つき鳴らし、檜木笠《ひのきがさ》ふかくかづく。むら雲云ふ。「おのれが背たかきは、おのれ不幸也。海道ゆくな。[26]目あかし等が見とがむべし。野山にまよひ入りて、先づ東国にこころざせ。国ひろく、人の心たけくて、わろ者多し。中に入りてあぶれあるけ」と教ふ。「承りぬ」とて、笈かろげに足ばやに出《い》でたり。「やよ、待て。[27]因幡《いなば》ねずみに伯耆《はうき》猫。国ことば聞きとがめられな」と云ふ。「親、兄のめぐみ、しかまであらば殺さじ。まことの親也」といふ。「おのれを子に持たらば、いかにからきめ見せん。恐ろし恐ろし」とわらひて別る。

18 飾磨《しかま》の港、今の兵庫県姫路市あたり。
19 底本「むら雲」。盗賊の頭の名は、「村雲」「むら雲」の二通りに表記されるが、以下全て「村雲」に統一する。
20 村雲が家に入るのを。
21 十分満足するだけの量を出してくれたので。22 富岡本「東の方ついに見ねば、修行しあるかん」。罪の意識や、追われる身の不安が富岡本の表現にはうかがえない。23 行脚僧が仏具などを入れて背負えるようにした箱状の具。
24 行脚する僧侶が持つ杖。先端に数個の金属の輪があり、振ると鳴る。
25 底本「つき啼し」26 江戸時代、町奉行所の同心や代官が犯罪捜査のために雇った私的使用人。岡っ引き。
27 人にはみなそれぞれの故郷特有の訛りがあるの意の諺か。秋成の旧作『諸道聴耳世間狙』巻四の一にも「因幡鴉に伯耆猫」とあるが、共に出典未詳。

読みの手引き

文化五年本の樊噲は、ここに来てようやく「我は親、兄を殺して尋ねらるる者也」と打ち明けることが示すように、罪の意識が強く、身をやつしてもなお追われる身の不安から逃れられない。村雲と手を分かつのも、不安に駆られて「一人す行者となりて逃げかくれん」ためである。同じ部分が、富岡本では「東の方ついに見ねば、修行しあるかん」と、物見遊山を兼ねた行脚が東行の第一の目的になっており、何ら悪びれたところがない。したがって、富岡本の樊噲が僧形に身をやつし、移動時は街道を避けて山沿いに行くのも、単に捕まっては困るという現実的な理由によるものと読める。

次に剃髪の場面を見ると、文化五年本では「剃刀さづけたり」とあり、樊噲は法式に則って剃髪受戒し、法名も得て正式に仏門に入っている。『水滸伝』第四回、魯達が剃髪得度して「智深」の法名を得る場面との対応が明瞭な描き方である。これが富岡本では、樊噲は儀式張った受戒は煩わしいと拒否して、単に「髪剃りおとされ」るのみ。当然、法名もない。しかし、それにも拘わらず、樊噲が大師の称号を「高らかに」唱える姿が二度までも富岡本に描かれることが重要である。経文や名号を高らかに唱える姿は高徳の僧を思わせるものであり、奔放な樊噲がその内に聖性を秘めていることを示すからである。秋成に「一文不知の僧と剛毅木訥の民とには必ず無の見成就の人あり」（『膽大小心録』百六十一）という見解があって、「樊噲」との関連が早くから指摘されている。樊噲が「一文不知」であるのかどうかは明瞭でないが、「剛毅木訥」に近いのは間違いない。富岡本の樊噲は、盗賊として奔放に生きるそのままの姿で、既に善悪を超越した悟りに近い境地にあるのかもしれない。

逆に文化五年本の樊噲には、この時点でまだ聖性を思わせる描写がない。また、飾磨津での別れ際に、村雲が樊噲の身を案じて細々と忠告する設定は文化五年本だけにある。その恩に感謝して、「親、兄のめぐみしかまであらば殺さじ」、村雲こそが本当の親だと言ったとき、樊噲は父や兄の冷淡な仕打ちを思い起こしているはずであり、そこに悲哀が漂う（集成頭注）。苦い記憶はまた、その親、兄を殺した罪の意識をも呼び起こすだろう。富岡本との対比で言えば、こちらは悟りの境地には程遠く、まだまだ迷妄の中にいるということになろうか。

大津絵「鬼の念仏」
（早稲田大学図書館蔵）

〔八〕人里離れた貧家に一夜の宿を求める

播磨《はりま》[1]は故《ふる》さとに行きかふ道ときけば、心安からず。ただ山によりてぞあゆむあゆむ、一日《ひとひ》行き暮れたり。孤屋《ひとつや》[2]のあるに門《かど》立ちして、「法師也。一夜やどらせよ」と乞ふ。うばら[3]一人、夕げの烟たきほこらせたり。「国めぐり[4]する御僧よ。あすはさいだちし[5]人の忌日也。たのうでも[6]お宿まいらせん。うち入らせよ」とぞ。心ゆりて[7]笈おろし、床に這ひ上ればひしひしと鳴る。「あな恐ろし。簀子《すのこ》ふみぬきたまふな」とて、ゐろりによらす。月出たり。門あかあかと見はるかさる。二人つれ立ちてここに入りて、「内にはあらぬか」と一人のいふ。「柴売りに惣のやしろ[8]へ行きたり。やがては帰らん」と云ふほどに、足おとして、「母よ、腹うえたり。夕めしくはせ」とて、入り立ちたり。「この僧はいづくより」ととふ。「爺の日なり。念仏申して給はれとて、宿参らせたり」とて、鍋のふたとりて盛りてあたふは、飯ならず芋のかしら[9]也。「僧にも是《これ》[10]まいれ。米、麦、あすは煮

1 播磨の姫路は、伯耆の米子から美作の津山を経て上方へ至る道筋にある。
2 野中に一軒だけの家。
3 老婆。
4 仏道修行で諸国を行脚する。
5 先に亡くなった夫の命日。
6 こちらからお願いしてでもお泊めしましょう。「たのうでも」は「頼みても」のウ音便。
7 張っていた気をゆるめて。安心して。
8 今の姫路市惣社本町付近。
9 里芋の親芋。
10 お召し上がり下さい。

て供養すべし」と云ふ。二人の男の一人が云ふ。「この家に久しく持ちつたへし金と云ふ物、この人にかたりたれば、「我見ていかばかりの宝と定めてん」とて伴ひたり。出して見せよ」と云ふ。あるじの男、神まつる棚をさぐりて金一両とり出《いで》たり。商人見て、「是はあたら[11]宝也。此の国にて[12]銭三貫文《もん》のあたい也。大阪《おほざか》へ持《も》てゆかば五貫文に[13]かふべし。四貫文に我買はん。又、銭《ぜに》ほしからずは綿あたたかなる布子にかへてん」と云ふ。うばら頭打ちふりて、「いな、さい立ちし人の、姫路にもてゆかば七貫文にはかふぞと申されたり。銭も布子もほしからず」とて、もとの神棚へ取りをさむ。樊噲、にくしと思ひて、「いなや、城下にてはいづこにても十貫文にかふ。至りてかろくて、よき宝也。ここにも有り」とて、数十両つかみ出して見する。あき人あきれて、「国めぐりするお僧にも、かく財宝多くもたる人はあれ」とて[14]口あきて、「いざ」とてさそひ出でぬ。

11 こうして埋もれさせておくのが惜しい宝だ。

12 文化四年当時の大阪の相場で、金一両は七貫文余り（『三貨図彙』）。続く老女の発言が妥当なもの。訪れた商人は金貨を不当に安く騙し取ろうとしている。

13 金を銅銭に両替することを、銭で「買ふ」と言った。

14 驚きあきれて。

読みの手引き

人目を避けて山沿いに歩くうちに日も暮れ、樊噲はたまたま見つけた貧家に宿を求める。富岡本では、樊噲の恐ろしい姿を見た老母が盗人かと疑うが、盗まれるものもないからと家に招き入れ、翌日が命日である亡夫の供養を頼む。これに対し、文化五年本では老母が樊噲を内心で疑う描写がない。代わりに樊噲が「心ゆりて笈おろし」たとあり、恐れ疑うそぶりも見せない老母に、樊噲の日頃張りつめた気持ちが少し休まったことを描いている。

富岡本は家の主人と老母を、金の価値をよく知らず、必要ともしない古代の純朴な民（「羲皇上の人」）に等しい人物として描く。訪れた商人はその無知につけ込んで不当に安く金を騙し取ろうとするが、それを憎しと見た樊噲が義侠心から妥当な相場を示し、一宿一飯の恩人でもある親子を救う。自分の悪事を棚に上げていることは揶揄の対象にもなりうるが、さほど嫌味はない。このように義侠心から人を助けるところには、『水滸伝』の魯智深の面影が色濃い。

これに対して文化五年本では、老母自身が妥当な相場を持ち出して商人に反論し、金を片付けてしまう。城下では十貫に換えるぞという樊噲の発言は過大で、善良な親子を騙す商人を憎む余り、相場以上の値を言って老母の後押しをしたものと理解できる。こちらの樊噲にも義憤はあろうが、問題の解決にはあまり貢献していない。むしろ、恩人に肩入れして感情的になる姿が特徴的である。

〔九〕 辺地にまで届いた人相書きに、内心肝を冷やす

うばら云ふ。「あしたの御くやうに米かふてこよ」といへば、「う」とこたふままに立ち出づ。芋かしらに茶[1]こふこふと飲みて、夜更けしに、むす子米かついでかへりたり。[2]氷豆麩《こほりどうふ》、ゆば、椎《しひ》たけ、ととのへて来たり。「社《やしろ》にて、物かふ問屋が店に、[3]人たづぬる書きつけよみて聞かせたり。伯岐《はうき》の国の何とか云ふ里の者、親兄をころして逃げさりぬ。背六尺より高く、面ひろく黒くて、眼つきおそろし。年は廿二か三になるといふ。さても世には悪人もある者よ。いづくに隠れん。やがて捕らへられ[4]逆《さか》はりつけとかに行はるるべし。御僧のかたち、よく似たり」と云ふ。打ちわらひて、「我も西より巡り来る所々にて聞きたり。この世にてはさかはりつけ、未来は[5]やうちんとか云ふ地獄の底に落つべし。あないまいまし。南無阿弥陀仏《なむあみだぶつ》、南無阿弥陀仏」と、高らかにとなふ。「其のやうちんと云ふは、いかなる苦しみをうくるぞ」と、むすこが問ふ。「[6]火打ち石の火よく出

1 ごくごくと。
2 高野豆腐。以下、明日の法事のための精進料理の材料。
3 人相書き。
4 罪人の体を逆さまに磔（はりつけ）にして、槍で突き殺す。江戸初期までは行われた極刑。
5 「永沈《やうちん》」。極楽浄土を上がりとする浄土双六《すごろく》の用語で、一度落ちると長く出られない場所。樊噲が何か僧侶らしいことをこじつけて言おうとしたもの。もっとも、一般に「永沈」が地獄の名と混同されることもあったという（『還魂紙料』）。
6 火打ち石と打ち合わせる鋼。以下の

る金にて鍛《きた》ひし釜《かま》也。それに幾《いく》とせも煮られて、「釜こげうまし」と鬼めがくふ。くへどつきず、いたきめにあふぢごく也。ここのむす子はよき人也。其の子にころされし親兄も鬼にてこそありつらめ」と打ちわらふ。あしたの斎《とき》の飯うまくくひて、笈かろげに出でたちて行く。[7]「さてもおそろしおそろし」とて、山路をつたひ難波《なには》に出でたり。人多く立ち走りて心安からず。京に行く。「ここは物しづかなれど、目あかしと云ふ者等が見とがむる也。又、年経《へ》て上《のぼ》りて見ん。[8]こしの国は雪に埋《うづ》もれて春まつとや。さる所にて今年は暮れん」とて、[9]出でたつ。

永沈地獄の説明は、無論出まかせである。

7 このように人里離れた地にも人相書きが届くことに驚き、恐れる。親子の前では笑っていたが、実は冷や汗を掻いていた。

8 越前、越中、越後の三国。底本「この国」

9 富岡本では「こしの国へとこころざす」として文章が一度切れる。さらに、冒頭「拾之下」とある天理巻子本の「樊噲」断簡へと続く。

読みの手引き

家の主人の話から、この辺地にまで人相書きが届いていることを知り、樊噲は内心肝を冷やす。「やうちん」をめぐるやりとりは滑稽だが、その中に置かれた「其の子にころされし親、兄も、鬼にてこそありつらめ」という樊噲の言葉は、かつての父、兄の仕打ちを思い起こしながらの悲しい自己弁護であった（集成頭注）。また同じやりとりの中で、文化五年本では初めて、樊噲が阿弥陀仏の称号を「高らかに」唱える姿が点描されることも注目される。ただし、文化五年本ではこの一回限りの表現である。向かい合う親子が特に反応を見せないこともあり、この表現に富岡本ほどの重みは読み取れないかもしれない。

一方の富岡本には、この人相書きをめぐるやりとりが丸ごと欠けている。これは、富岡本の樊噲に罪の意識が殆どうかがえないことと連動した違いであろう。その代わりに富岡本では、翌朝、樊噲が供養のために「南無大師」と「高らかに」唱える姿が描かれる。しかも今回は通りかかった人が、始めこそ鬼でもいるのかとその声を恐ろしく聞くものの、立ち寄って見て「僧はかかるぞたふとき」と言っており、高僧に通じる樊噲の聖性が明示されている。昨夜からの出来事を「おかしき宿り」と振り返る樊噲も、そう言われて悪い気はしていないようだ。また来てくださいと言われ、頷く頷く家を出る樊噲の足取りは軽い。文化五年本の樊噲が、親子との別れ際に内心肝を冷やしていたのとは対照的である。

この後、追われる身の不安から繁華の地を避けて、冬は越の国に潜伏しようとすることはいずれも同じだが、富岡本の樊噲はその状況下でも「大和路のここかしこ見巡り」、また「春は東の国々見巡らん」と考えるなど、ふてぶてしいまでの心の余裕を見せる。文化五年本の樊噲にそうした余裕は見られず、やはり罪の意識が強いことを窺わせる。〔四〕で述べた文化五年本と富岡本の描き方の違いが、ここに至るまで一貫して見出せることを改めて確認しておきたい。

〔十〕愛発《あらち》の中山で二人の盗賊を手下にする

[1]荒乳《あらち》山の関路こえ行く。月あかく、雪いささかなれど木末《こずえ》にふりかかりておもしろく、[2]こは、行く手に岩に腰かたげたる小男ありて、[3]「巡礼よ、路用の金有るべし。おきてゆけ」と云ふ。うしろにも人ありて、笈をしかととらへ、「この坊主めは、金多く持たるぞ」とて、[4]ゆるさぬつらつき也。笈ときおろして、「金あまたあり。[5]とらばとれ」とて、岩の左にこしかけ、[6]火切り出して烟《けぶり》くゆらす。「さても[7]ふとき奴也」と云ひつつ、笈のかねかぞへて見れば八十両あり。「分かちてとれ。[8]子供等《ら》に花もたせつるよ」とて、あざわらひをる。「にくき奴かな」とて、一人が立ちむかへば、立ち蹴《げ》にけてあをむきに倒る。一人がすかさず手とりたるを、稚子《をさなご》の如くに抱きすゑ、「おのれ等、ぬすみするとて力量なくてはいかに命長からん。我につきてかせげ。[9]この金ばかりは常に得させせん」と云ふ。又云ふ。「小男めは小猿と呼ばん。おのれは、[10]こよひの夜に釜ぬかれたつらつき

1 今の福井県敦賀市疋田付近、近江国と越前国の境をなす愛発《あらち》の中山。「七里半越え」と呼ばれる北陸路の難所で、古くは三関の一、愛発《あらち》の関があった。義経が北国落ちの際、ここを通過したことが『義経記』巻七に見える。2 これは。樊噲の視点で、前方に誰かいるのに気づいて発した声。3「その太刀此方へ参らせて通られ候へ」(『義経記』三) 4 決してただでは通さないという顔つき。「左右なくえこそ通し参らせ候ふまじけれ」(『義経記』三) 5「御曹司これを聞き給ひて、(中略)欲しくば寄りて取れとぞ仰せられける」(『義経記』三) 6 火打ち石で火を付けて。7 図太い。大胆だ。8 二人の賊を非力な小男と見下した蔑称。9 これくらいの金はいつでも持たせてやろう。10 ひどく間の抜けた顔つきだ。甚だしい油断を言う諺「月夜に釜を抜かれる」による。この夜は「月あかく」と先にあった。

也。月夜と名づくべし。思ふ心ありて、この冬は雪にこもりて遊ばん。よき所につれゆけ」といふ。「[11]加賀《かが》の国に入りて[12]山中《やまなか》と云ふは、湯あみしに春かけて人あつまる。ここにやどりて雪見たまへ」と云ふ。[13]しるべさせて、やどりとる。

11 今の石川県南部。
12 今の石川県加賀市にある山中温泉。古来著名な温泉地。
13 道案内させて。

以下、「樊噲」後半は、その出だしの数行のみが残る天理巻子本「樊噲」断簡があるのを除いて、文化五年本にしか残されていない。

読みの手引き

樊噲は「荒乳の関路」すなわち愛発の中山を越える道で、力の差も見抜けずに襲ってきた二人の小盗人を逆にやりこめ、手下にする。小盗人相手のこととはいえ、これまでの逃避行を経て、樊噲が人の上に立つだけの器量を身につけていることが分かる。

この場面は『水滸伝』第六回・第七回、魯智深が大相国寺の菜園で無頼の徒の頭二人を懲らしめた後、彼らの新しい頭領となる場面に重なる。また注に示したように、愛発は北国落ちする義経一行を想起させる地名である。わざわざこの地を舞台に選んだことから見て、懐の物を狙って襲ってきた賊を逆にやりこめて主従の関係を結ぶことには、義経と弁慶とが京都堀川小路（謡曲「橋弁慶」などでは五条大橋）で初めて出会い、戦う場面（『義経記』巻三）も意識されていよう。注に示した通り、小猿、月夜とのやりとりにその措辞を踏まえた形跡がある。振り返って見れば、そもそも樊噲が京都から北国落ちするところから既に義経伝承との関連を考えることができる。高貴な御曹司と樊噲との間にあるイメージの落差は笑いを誘うが、『義経記』では義経もしばしば「鬼神」と形容される。あるいは「樊噲」で続く山中の湯の場面に笙の話題が出るのも、義経が吹く笛の縁か。何より文化五年本の「樊噲」は、追われる身の悲哀を義経の北国落ち伝承から受け継いでいると考えられる。

〔十二〕山中の湯で法師に笙の笛を学ぶ

[1]湯のあるじ、此の二人は盗人也と見知りしかど、法師のをさなき者呼びつかうやうにするを[2]たのまれてとどむ。[3]物おどろきせさせず、法師いとどたのもし。雪は日毎《ごと》にふる。「ことしの雪いと深し」とて、湯あみ等《ら》かたりあふ。山寺の僧の[4]匏簫《はうせう》もて来て吹きて遊ぶ。樊噲面《おも》しろく聞きて、「をしへたまはんや」と云ふ。僧喜びて、「よき友設《まう》けたり」とて、[5]喜春楽《きしゆんらく》と云ふ曲

1 温泉宿の主人。2 自ずと信頼されて。3 周囲をはっとさせるようなこと。盗みなどの悪事。4 この語句不明。以下、同じ楽器を指して「笙」とあるので、その美称で同音の「鳳笙《ほうしょう》」を言うか。なお「匏」は笙のつぼの部分、「簫」は笙と別の吹奏楽器。5 古い雅楽の曲名。曲、舞ともに今に伝わらない。「返り声に喜春楽立ちそひて」（『源氏物語』胡蝶）

6 リズム感がよく音程も合い、吹く息も強いので。樊噲には天賦の音楽の才があった。7 弁才天の異称。琵琶を持つ天女の姿で図像化され、学問、智恵、音楽などを司る神。8 神仏の使い。「天女雲上に現れ、童子左右に侍り、もろもろの天衆龍神水火雷電、山神鬼魅夜叉羅刹、雲上より盤石を下し、海底より塊砂を噴き出す」（謡曲「江島」）9 常人のものではない。特別な音楽の才ばかりでなく、大罪を犯した悪党であることが雰囲気ににじみ出る。10 新年を迎える準備を済ませて、また来よう。11 才に誇るところや自己顕示欲は無く、自分が必要とする以上のものは逆に煩わしいとする。「都《すべ》て要せず、多を要するも也《また》用無し」（『水滸伝』第百十九回）12 悟りを開いた釈迦に会うため、一切浄光荘厳国から霊鷲山を訪れた菩薩。その際、「七宝蓮華」が降り、無数の「天の楽」が鳴り響いたという（『法華経』妙音菩薩品）。13 小判一枚を、包みに御礼などと書き

を先《ま》づ教ふ。うまれつきて拍子《ひやうし》[6]よく、節《ふし》に叶ひ、咽《のど》ふとければ、笙《しやう》のね高し。僧よろこびて、「修行者は妙音天《めうおんてん》[7]の鬼にてあらはれたまふや」。樊噲云ふ。「天女のつかはしめ[8]に我がごとき鬼ありし」とて打ち笑ふありさま、ただならず[9]。「面《おも》しろき冬ごもり也。されど寺に一たびかへりて春の事ども設《まう》け[10]して又こん。今一曲を」といへば、「いな、一曲にて心たりぬ。おほく覚え[11]んは煩《わづら》はし」とて、習はず。「春は必ず山に来たりたまへ。あたら妙音《めうおん》[12]ぼさつや」とて出でたつ。「月夜よ、御送りつかふまつれ。一曲の御礼に」とて、判金[13]一枚、つつみに書きつけてまいらす。いと思ひがけぬ宝を得て山にかへる。湯の中にも笛もて行きて、ささげて吹く。雪おほしとて、人皆いぬる。さびしく成りて、「又いづちにも賑《にぎ》はしき所やある」と問へば、「粟津《あはづ》[14]と云ふ所にも湯わく。加賀の城市《じやうし》[15]ちかければ、人も多く入り来たる也」。「さらば、そこにやどらん」とて、あるじに心ゆか[16]せて物あたへ、立ち出づ。

ここにも国の人あまた来て、にぎはしさは勝りたり。れいの
喜春楽《きしゆんらく》、夜昼ふきて遊ぶ。城市の人、「さてもさても妙音也。[17]
ただ一曲にとどまりたまふ、又妙也。我はよこ笛吹く」とて、
とり出てふき合はす。「節《ふし》よく、音高く、いまだかかるを聞か
ず。我が宿にも一、二夜やどりてよ」とて、あした迎《むか》ひの人来
たる。ゆきて見れば、高くひろく作りて、富みたる人なるべし。
「小猿、よく見とどけおけ。[18]この家も宝あづけたるぞ」とて、
奥の方へいざなはれたり。[19]篳篥《ひちりき》ふく友も来て、幾《いく》たびも幾たび
も吹き合はせて、「妙音也」とて、[20]頭《かうべ》うなだるる。酒、[21]あつ物、
[22]あぶりものささげ出て、「法師は[23]一向宗にやおはす。[24]湯本にて
[25]きらひなく物まいるを見し」とて、いろいろすすむ。[26]酔ひほこ
りて、笙《しやう》とう出て吹く。「[27]一向宗の一向一心に一曲の妙得たま
へり」とて、幾たびも倦《う》まず感じ入りたり。

付けてお贈りする。14 今の石川県小松市、粟津温泉。15 加賀国の城下町、今の金沢市。16 十分満足するだけの金品を与え。17 素晴らしい笙の音色だ。
18 いつでも金品を盗み出せるから、仮に預けてあるに等しい。19 正しくは「篳篥」。雅楽に用いる縦笛。
20 頭を垂れる。感心する様。
21 「羹《あつもの》」、熱く煮た吸い物。
22 魚肉などを焼いた料理。
23 浄土真宗の俗称で、僧侶に肉食妻帯を許した。24 湯の湧くところ。ここでは、前日に顔を合わせた粟津の宿。
25 忌み避けることもなく、何でも召し上がるのを見ました。
26 ひどく酔って。
27 ひたすらに。浄土真宗では一向一心に念仏を唱えるよう説いた。

樊噲は山中の湯で出会った法師から笙の笛を学ぶ。樊噲にとって一つの転機となる重要な場面である。

読みの手引き

盗賊が美しい音楽に心動かされることには、『古今著聞集』巻第十二「偸盗第十九」所収の「盗人博雅三位の篳篥を聴きて改心の事」や「篳篥師用光臨調子を吹き海賊感涙の事」などの先例がある。前者では篳篥の美しい音色に心動かされて盗賊が改心し、盗品を全て博雅に返す。後者では海賊が用光の命を奪うのをやめ、無事に淡路まで送り届ける。そこに通じるのは、音楽、笛の音色に心動かされた賊の改心というモチーフである。「樊噲」も基本的にはそれを受け継いでいる。

ただし樊噲の場合、粟津に移ってから「この家も宝あづけたるぞ」などと言うように、すぐに改心に結びつくわけではない。樊噲の天賦の音楽の才は、彼が神仏に選ればれた特別な存在であることを示す。つまり、後に改心したり大悟したりするような聖なる素質が樊噲にあることが、ここには描かれているのである。自分が必要とする以上のものは煩わしいと言って、樊噲が「喜春楽」一曲だけを学び、そればかりを吹き続けることについて、北陸の地に根付いた浄土真宗にちなんで「一向一心に一曲の妙得たまへり」と評することも同様に考えられよう。才に誇らず、必要とするもの以上には欲を見せず、一つのことに専心して倦むことがない等の性質が、仏道修行に取り組む上でも美質となることは言うまでもない。

富岡本では〔七〕の段階で既に、樊噲が大師の称号を高らかに唱える姿に彼の聖性が示されていた。ただし富岡本が描く樊噲の聖性とは「神に許されたものとしての奔放さ」を中核にすると理解され、文化五年本のそれと大きく異なっていることに注意が必要である。奔放さは、反省や改心という要素とは対極にあるとさえ言えるのだから。

〔十一〕では他に、これまで人目を避けてきた樊噲が、山中温泉が大雪のために人少なになると寂しさを覚え、「賑はしき所」を求めて粟津に移ることも注目される。山中や粟津では人相書きや追っ手の話を耳にしなかったということはある。また、多くの人に交わることで、盗みに入る富家の情報を収集するという目的もあったようだが、追っ手の目にとまるかもしれない危険をあえて犯している。このように山中の湯での滞在を境に、最初は人少なになった寂しさからしたこととは言え、樊噲の行動には大胆さも見られるようになる。作品の早い段階から樊噲の囚われるところのない奔放さを描く富岡本に対して、文化五年本では次第に変化していく彼の姿を描いているのが分かる。

〔十二〕立山禅定と、村雲との再会

む月《つき》[1]過ぎて、二月《きさらぎ》の三日と云ふよりここ立ちて、「能登《のと》[2]の浦めぐり、いと寒しと聞く。[3]さし出の磯の千鳥の声、八千代と鳴

1 睦月（一月）、二月、三日と数を揃える修辞。
2 今の石川県北部、能登半島。
3 甲斐（今の山梨県）の歌枕だが、海

くをきて、[4]この中の国のみ山の地獄見ん」とて、のぼるのぼる、いと高し。雪また深くて、「地獄はいづこぞ」と二人のをとこ等《ら》に問ふ。「おそろしさに、ついに見ず」と云ふ。足にまかせ、谷峰こえてめぐるめぐる、あやしき事なし。「いつはりとは聞きしかど」とて、岩の雪はらひてやすむあいだに、[5]影のやうなる者二、三人、我が前に来てうらめしげ也。「[6]餓鬼《がき》ならめ。物くはせん」とて、腰に付けたるを皆《みな》打ち払ひてあたふ。あつまりくらひてうれしげなる中に、笙とり出て高《たか》ねふきたれば、おどろきて[7]かきけちたり。「[8]立山禅定《たてやまぜんぢやう》のかひあり」とて、山をくだる。

[9]神通《じんづう》川の[10]舟橋、雪解《ゆきげ》にもわたりあり。珍しくて川の中央に立ちて、[11]立山より見やるに、大なる木の[12]根こじにて流れくだるが、舟はしに打ちよせたり。「よき杖《つえ》えたり」とて、やすく取り上げて、橋の上つきならしこゆ。「これより[13]大津のうき嶋見ん」とて、行く手に村雲に行きあひたり。「いかにいかに」と、か[14]

辺に鳴く千鳥の声を出すために用いた。「しほの山さしでの磯にすむ千鳥君が御代をば八千代とぞ鳴く」（『古今集』三四五）

4 越中、今の富山県にある立山《たてやま》。修験道の霊地として知られる。地獄谷、八大地獄、血の池などある。「処処に猛火燃起ち、罵詈号泣の声、聞く人の肝を潰す」（『諸国里人談』三）

5 哀れな亡者の姿。「影のやうなる人」（『雨月物語』「青頭巾」）

6 六道の一である餓鬼道に堕ちた亡者。絶えず飢餓に苦しめられる。

7 姿をかき消した。

8 立山の霊場をめぐり修行すること。

9 富山市を北上して富山湾に入る川。底本「しん堂川」。

10 「越中富山神通川其《その》幅凡《およ》そ二百丈、舟五十二艘を比《なら》べて橋と為す。（中略）大鉄條《くさり》を用《もちゐ》て繋合《つなぎ》、板を上に布《し》く」（『和漢三才図会』三十四）

11 今来た立山の方を起点に、遠くを見

やると。
12 根こそぎになって。
13 今の富山県魚津市か。魚津は古く「小津」とも言い、音が「大津」と紛れやすい。以下の浮島の記述は、小津、大津を、後出の出羽国の大沼と混同したものか。
14 互いに。
15 船上に潜伏していたのを探し出されて。心休まる時の無い、追われる者の身の上を点描。
16 「出羽国最上郡羽黒山の麓佐澤に大沼といふあり。これに大小六十六の浮島あり。(中略) 春夏秋かけて日毎に浮き旋る」(『諸国里人談』四)
17 今まさに動きだそうとする。
18 朝早くに宿を出る。本来は早朝、女の家から出ることを言う歌語。「朝戸出の君が姿をよく見ずて」(『万葉集』一九二五)

たみに云ふ。「[15]船のすまひをさぐられて、疵《きづ》つきたれど命はのがれたり」。「此《こ》の北越に冬ごもりして山中《やまなか》に湯あみし、手足ゆるびたれば、又出でたちし也。おのれ等は麓に宿とりて待て」とて、村雲と二人のぼり行く行く、いたれば、大なる沢に水鳥鳴きあそぶ中を、[16]うかれて嶋二つただよひたり。又、此の岸よりも[17]ただ今と見るを、樊噲引きとどめて、「いざ乗れ。浮きて遊ばん」と云ふ。村雲飛びのるを、力にまかせてつき出したり。「いかにするぞ」といへど、こたへず。笙《しやう》とり出て喜春楽《きしゆんらく》高く吹き遊ぶ中、「いかにいかに」といへど、こたへず。打ちわらひて立ち行く。あしたの[18]朝戸出《あさとで》に、村雲行き合ひたり。「おのれ、恩しらずめ。命得させ、金百両あたへしには、親ともたのみつると云ひしを忘れ、我を水上に離《はな》ちたる。ゆるすまじきを、今は思ふ所あれば」とて、つれ立ち行く。

読みの手引き

二月に入り、樊噲は粟津を立つ。寒々とした能登の浦をめぐって千鳥の声を聞き、「み山の地獄見ん」とする心の余裕が、今の樊噲にはある。立山で餓鬼を退散させたり、村雲を翻弄したりすることと併せて、樊噲の器量が大きくなっていることを示すものか。船中に潜伏していたところを追っ手に探し出され、辛うじて命は助かった村雲と、その間、ゆったりと名湯で心身を休めていた樊噲との対比が、その印象を強める。

大津の浮島に村雲一人を乗せて力任せに突き出すという他愛のない悪戯は、〔五〕の長崎丸山の場面で見せた稚気溢れる樊噲の姿に通じる。樊噲の腕力と器量の大きさに気圧された村雲は、制裁を加えることもできず、「ゆるすまじきを、今は思ふ所あれば」と辛うじて盗賊の頭としての体裁を繕うばかり。既に実質的な力関係は逆転している。

〔十三〕 樊噲の統率で、北陸一の富家に盗みに入る

城府《じやうふ》[1]に出でたり。「これは何がし殿の領したまひて、いと国豊かにて人多し。此の家は即《すなは》ち殿の御為に一族なるが、民にくだりて最《いと》富みたり。北陸道[2]には並びなしと云ふ」と、月夜[3]のか

1 国守の城下町。浮島が越中にあるとすれば、今の富山市。加賀前田家の支藩があった。2 律令制で定めた行政区画である五畿七道の一。若狭、越前、加賀、

たる。[4]石高く積みし白壁きらきらしく、門たかく、[5]見入れ杳也《はるか》。樊噲云ふ。「我、盗人と成りて、いまだ物とりたる事なし。こよひ此の家に入りて試みん」とて、かなたこなたよく見めぐりて[6]酒肆《さかみせ》に入る。「酒あたためよ。四人が中に[7]一斗買はん」と、先《ま》づ金とり出てあたへたり。あるじいとおどろきつれど、価《あたひ》くれつれば、いふままにあたためてかよはす。「[8]さか菜は」と[9]問へば、「山の物あり」とて、兎、猪の[10]宍《しし》むらあぶりて出す。[11]飽くまでのみくらふほどに、日入りぬ。「いざ」とて、又かの家めざして行く。

　昼見しよりは、月の光に高くきらきらしく、[12]いづちよりとてはかりあふ。[13]樊噲云ふ。「あの見るは、金納めたる蔵ならめ。[14]軒をはなれしかど、[15]廊めぐらせてかよふと見ゆ。小猿、おのれぞ身かろし。ここにこよ」といひて、高塀《たかべい》のもとに立ちて小猿を肩にのぼらせ、内より垂れたる松の枝にとりつかせたり。「枝づたひして庭に下り、此の[16]犬門ひらけ」と教ふ。をしへの

能登、越中、越後、佐渡の七国。
3 底本「月夜に」
4 石垣を高く積んだ上にある白壁の塀。
5 奥行きが深い。屋敷の広大な様。
6 以下、『水滸伝』第四回、五台山を抜け出した魯智深が小酒家で大飲飽食する場面を踏まえる。7 十升、約十八リットル。「智深道《い》ふ、多少を問ふを休《や》めよ、大碗只顧《ひたすら》に篩《つ》ぎ来たれ」（『水滸伝』第四回）8 酒肴。9 底本「と」無し
10 肉の塊。11 「智深大《おほひ》に喜び、手を用《も》つて那《か》の狗肉を扯《さ》き、蒜泥《さんでい》に蘸《ひた》着して喫し、一連に又十来碗の酒を喫了す」（『水滸伝』第四回）12 どこから忍び込めばよいかと相談しあう。13 以下の盗みに入る詳細な描写は、中国明代末の説話集『智嚢補』巻二十七「嬖盗」と、その抄訳本『智恵鑑』巻十「いざりぬす人の事」による。「読みの手引き」参照。14 母屋から離れて建っているが。15 渡り廊下。
底本「廓」16 不明。正門の脇に作られたくぐり門か。

ままに庭におりて、犬門ひらかんとすれど、「[17]二重に戸ざし、黒金の鎖《ぢやう》[18]したたかにて明けがたし」と内よりいふ。「[19]石も人の積み、鎖も人の手しておろしたる物ぞ。おのれ等は盗人と名のりて、[20]落ちこぼれたる物のみ拾ふか。月夜、おのれも松が枝よりくだりて、小猿めに力をそへよ」とて、又是も肩にのぼらせ、[21]しづ枝によりつかせて内に入れたり。さて、二人の者の力足らで、鎖《ぢやう》あくる事えせず。[22]時なかば過ぐれば、樊噲いかりて、つみたる石垣の中に大なるが、土のすこしこぼれし[23]ひまに手入れて、「えい」と一声かけてぬきたり。「村雲あとより入れ」と云ひて、ここよりはひ入る。

かの金蔵《かねぐら》とおぼしきは、実に[24]よくしかまへて、いづこよりいかにせんと思ふ。しばしありて、「[25]思ひめぐらせし」とて、廊の柱よりとりつきのぼりて、この屋根の軒より鳥獣の飛ぶ如くに蔵のやねにうつりたり。上より、「おのれ等二人も柱より上り来たれ。ここにはえうつらじ。此の[26]錫杖《しやくぢやう》にとりつけ」とて、

17 二ヶ所に鍵をかけ。
18 厳重で。
19 石垣も錠も人が作ったのだから、人が壊せないことはない。
20 落ちている物を拾うことしかできないのか。それでも盗人かと叱咤する。
21 下の方の枝。
22 半刻、約一時間。
23 隙間。
24 盗みに対して厳重に備えられていて。
25 いい考えが浮かんだ。
26 前出。行脚する僧侶が持つ杖。

さしおろす。二人もぬす人なれば、身かろくて廊のやねにのぼり、錫杖をたよりにて引き上げられたり。瓦四、五枚とりすて、屋の[27]えつり、[28]たる木に打ちたる板、紙破る如く引き放ちて、[29]「人入るべからず。かへれ」とて、二人をかいつかみて投げおろす。夜更けて物の音[30]おどろおどろしけれど、人の寝たる所には遠くて、驚きおきも来ず。上より火切りて縄につけ、又[31]ほり入れたり。二人の者見めぐるに、まことに金蔵也。二階よりはし子くだりて見れば、金銀入りたる箱あまたつみかさねたり。[32]「金こそ」とて、一箱二箱肩にかけて二階に上りたれど、「いかにせん」と云ふ。樊噲、「そのあたりに縄などはなきや」といふ。見れば、[33]苧綱《おづな》の太きをつかね置きたり。「是あり」と云ふ。「それを、おのれ等が中に一人よくおのが身をくくりからめて、物よりはひのぼれ」とぞ。小猿、おのが身によくからみつけて、月夜にはし子を二かいへ引き上げさせ、是を壁についたてではひのぼる。今すこし也とて[34]心いるを、又錫杖をさしのべて引き

27 割木や竹などを結び並べて屋根の下地にしたもの。28 垂木。屋根面を形成するために渡した長い木材。底本「たに木」29 文意不明。最初の「人」は「家の者」を言うと見て、「家の者が入ってくるはずはない。仕事を済ませて無事に戻ってこい」と、二人を励ます言葉と解しておく。30 騒々しい。夜の静寂の中で余計に音が響く。31 放り入れた。
32 金だけを狙え。銀より軽く運びやすいため。
33 麻で作った綱。強度が高い。
34 じれる。焦る。

上げたり。「此の綱をたよりにくくり上げよ」とて、月夜にいふ。「こころえし」とて、箱二つをよくからめて「いざ」といふ。樊噲、つるべ[35]に水くむが如く、いと安げに引き上げたり。明けて見るに、二つに二千両納めたり。月夜も[36]又一つ上げて、このたびは綱にからめて蔵より釣りおろす。村雲[37]おりあひて、取りおろす。さて、二人の者らを又廊のやねにわたし、我は[38]気をいりてや、蔵のやねより飛びたり。

35 井戸の水を汲む釣瓶桶《つるべおけ》。36 月夜ももう一箱吊し上げて。計三千両盗んだことになるが、後に分配する時の総額と合わない。「又一つに上げて」の誤写と見て、「月夜も一緒に吊し上げて」の意とすれば、総額は二千両。37 居合わせて。
38 気が急いたのか。

読みの手引き

樊噲は村雲と初めて出会ったときに既に強盗を働いているが、村雲に従い、盗賊の一員となるのはその後のことだった。だから、樊噲が盗賊として物を盗むのは初めてである。その手始めに北陸一の富家を選ぶのが、樊噲の大胆かつ気宇壮大なところであろう。

〔十三〕では、樊噲たちが屋敷に侵入して蔵から見事に金を盗み出す過程が、とても具体的に、目に浮かぶように描かれる。この精彩豊かな描写は、中国明代末の説話集、馮夢龍編『智囊補』巻二十七「躄盗」、および辻浦元甫によるその抄訳本『智恵鑑』巻十「いざりぬす人の事」を換骨奪胎したものであった（池澤一郎「『智嚢』の一節をめぐって」、『近世文芸研究と評論』三十七、一九八九年十一月）。明らかな対応関係の一方で、例えば「甓盗」で簡潔に「巨姓の家に入る」「屋に登り」などとあるところを、「樊噲」では、はるかに詳細かつ具体的に描写していることも分かる。秋成が文章を作り上げていく様がうかがえて興味深い。詳細は池澤論文に直接当たられたい。

1 何度も盗みを働き、修練を積んだ人のようだ。2 以下の動作の主語は樊噲。「とて」のあとに語句の脱落があるか。3 粗末な飯。かつて病で行き倒れていた樊噲に、村雲が飯を与えたことを言う。4 仰々しく。5 二人合わせて五百両か。だとすれば村雲の取り分千両、樊噲の五百両と合わせて盗んだ総額二千両。各々五百両ずつなら総額二千五百両。いずれにせよ月夜が「又一つ上げ」たという先の記述と食い違う。6 心服した。7 樊噲達が人里を遠く離れてから。

〔十四〕村雲、ついに樊噲に心服する

いささかも疵《きづ》つかで、金箱荷《にな》はせて石垣の穴より四人がはひ出て云ふ。「樊噲の御はたらき、[1]いく度も修し得たるに似たり」とて、[2]この箱の金とり出て、村雲に云ふ。「[3]ひや飯くはせ、金百両あたへし恩を、[4]いかめしく命得させしといふよ。百両はもとより、冷飯の価《あたひ》ともに千両とれ。[5]二人の者は五百両とれ。我は五百両を得ん」とて、をしげなきに、村雲はじめて[6]伏したり。

夜は[7]里はなれて明けたり。樊噲云ふ。「四人つれたらん事、

見とがめてん。おのれらは江戸に出よ。村雲はいかに」と問ふ。「津軽[8]の果てまだ見ず。いざ」といへば、「我もしかこそ思ふ」とて、酒店に入りて別れの盃《さかづき》めぐらす。樊噲酔《ゑ》[9]ひぐるひして、「つたへ聞く。[10]から人は別れに柳條《りうでう》を折るとや。さらば」とて、[11]この川に老いたる柳の木を「えい」と声かけてぬきとりたり。「さて、いかにする事ぞ。しらず」とて、大道に投げすてたり。酒屋のあるじ恐れて物いはず。あくまで飲みくひして、[12]二人は江戸にと志す。村雲、「千両の金とり納[13]めん、今は恥あり」とて、「半《なか》ばをかへさん」といへば、「多く得て何せん。ぬすみはいとやすき者也。飢《う》ゑばくらはん。むなしくば人の宝とらん。数多くは煩《わづ》らはし」とて納めず。共に[14]わら苞《づと》にして背におひて行く。

8 今の青森県西部。日本の北の果てという感覚。9 酔って正体を失う。酩酊する。10 漢代、長安の人が旅立つ客を送って東の覇橋に至ると、柳の枝を折って別れたという故事（『三輔黄図』）。11 「那《か》の株《しゅ》の緑楊樹を将《ゐ》て根を帯びて抜起す」（『水滸伝』第七回）

12 小猿と月夜。

13 受け取ることは。

14 藁包み。

読みの手引き

樊噲の働きのお陰で、誰一人傷を負うこともなく大金を盗み出すことができた。また、旧恩をいつまでも振りかざす村雲に当てつけたのではあるが、樊噲は盗んだ分け前として村雲に千両与えて、第一の功労者である自分はその半分しか取らず、惜しげもない。その器量の大きさに村雲は初めて心服する。以降の二人に明確な上下関係はなく、互いに対等な仲間として遇しているようだ。ここには、盗賊としてのみならず、一人の人間として大きな器量を示すようになった樊噲の姿がある。

とは言え、彼が悪党であることに変わりはない。いま新しく罪を重ねたせいか、北国に潜伏して以来しばらくは意識に上らなかった追われる身の不安を、樊噲はここでまた感じるようになっている。人目に立たないように一行は二手に分かれることにし、酒店で別れの盃を交わ

『新編水許画伝』初編巻之八・五ウ～六オ「魯智深菜園に緑楊樹を抜く」
（早稲田大学図書館蔵）

す。酪酊した樊噲が老いたる柳の木を引き抜くのは、注に示したように、風雅な「折柳」の故事と、『水滸伝』第七回、酒に興じて楊柳を根こそぎ抜く魯智深の挿話（前頁図版参照）という落差のある取り合わせである（日本古典文学全集 頭注）。「さて、いかにする事ぞ。しらず」と故事に対する半可通の滑稽味をも加えて、樊噲の豪快さをユーモラスに描く。

なお、〔十四〕に見える「多く得て何せん」「数多くは煩わし」に類する樊噲の言葉が、富岡本では樊噲が剃髪する場面（〔七〕に相当）に見える。それが文化五年本では〔十一〕〔十四〕と、いずれも作品後半の場面にある。早い段階から樊噲の奔放な姿を描く富岡本に対して、文化五年本が樊噲の変化や人間的成長を描くことに対応する違いである。文化五年本では、そうした物に囚われない軽やかな心境も逃避行の中で次第に獲得されていくものとしてある。

〔十五〕貧しげな寺院での一夜

日やうやう暮れなん。やどるべき里なし。[1]丘の上にいと貧しげなる寺院あり。行きてやどり乞ふ。[2]わかき病僧にて、「ここには人やどしたり。[3]あたふべき食なし。[4]二十丁あゆめ。[5]よ

1 以下、『水滸伝』第六回、魯智深が荒廃した瓦罐寺を訪れる場面を踏まえる。

2 「幾箇《いくこ》の老和尚の地に坐し、一箇箇面《おもて》黄ばみ肌痩《や》するを見る」（『水滸伝』

き駅《うまや》あり」と云ふ。「くらはずともよし。寝ずもあらん。しらぬ道にまよはんよりは、一夜かせよ」とて、おし入りて見れば、破れたる[6]さうじの奥にやどりたる人ありや、[7]しは吹き聞こゆ。[8]小者一人、外よりかへりたり。「米もとめこし」とて袋おろす。二人が云ふ。「この米、価たかく買はん。売れ」とて、[9]金一ひら投げ出す。「いな、是《これ》は客人の米なり。[10]このあたいもあたらず。汝たち一人ゆきて駅《うまや》に出て買ひこよ。此の米も、この主のとりに走らせしぞ」と云ふ。[11]聞きわきて[12]床《ゆか》にのぼり、へだて明けやりて見たれば、五十余《いそぢあまり》のよはひの武士也。打ちわらひて、「二人は[13]いとすくやかなる人々なり。ここに居たまへ。夜すがら物がたり聞かん。あるじは我が甥子《をひご》也。常に病《やま》ひして[14]心よわし。飯たく事は我が小者がせん。わかちてくらはん。[15]べちになもとめそ」とて、[16]心よしの詞《ことば》に落ちゐて、烟《けぶり》くゆらせ湯のみ、物がたりす。

武士云ふ。「お僧はいとも[17]たけだけしく、眼つきおそろし。

第六回）3「一粒の斎糧無し」（『水滸伝』第六回）4 約二・二キロメートル。5 大きな宿場。6「障子《さうじ》」は今の襖や障子の総称。ここは奥が見えない襖《ふすま》を言う。7 咳払い。

8 従者。武家に仕えて雑用をする者。

9 小判一枚、一両。米一石は買える金額。金ずくで我を通す傍若無人な態度を見せる。

10 わずかな米に金一両というのはあまりに多すぎる。法外だ。

11 納得して。

12 板の間。

13 ひどく元気がいい。力強く猛々しい。

14 気力が弱い。

15 改めて別に買い求める必要はない。

16 人が好い。親切な言葉に安心して。

17 勇しく力強い、荒々しい。

[18]大男はいかなるにや、[19]ひたいに刀疵二《かたなきづふた》ところ見ゆ。[20]米の価《あたひ》わづかに金一両出されたるは、富貴の人の旅ゆくにもあらず。[21]心はやりてばくち打ち、又盗みして[22]あぶれあるくか」と問ふ。村雲答ふ。「ぬす人也。[23]よんべ幸ひ得て、金あまたのわらづとにあり。多きも煩《わづら》はしとて、いかでつかい棄《す》てんとす」と云ふ。
「しか見たりき。[24]男つき、[25]僧がら、まことに悪徒とこそ見ゆれ。[26]命は塵灰にあぶれあるく。[27]乱れたる世にてあらば、豪傑の名とり、国を奪ひて敵をおそれしめん。いさまし」と云ふ。樊噲云ふ。「ぬす人とても命は惜しきぞ。財宝は得やすく、命はたもちがたし。[28]百年の寿を盗む術《すべ》しりたらば教へよ」とぞ。武士わらふわらふ、「財宝かすめられたらん者のうらみ[29]なからんやは。[30]おほやけには、しかる者捕らへんとて備へたり。人をも殺し盗みあまたして、むくひの命百年と云ふ事あるべからず。われきく、盗人は罪をしりて[31]良民にはえ立ちかへらで、わかきほどに[32]罪正《ただ》されん事を覚悟よくすとぞ。汝達は是に異なるか。乱世の

18 村雲を指す。
19 正しくは「ひたひ」 20 米の代価はわずかであるのに。 21 向こう見ずに勇み立って。 22 暴れ回るのか。
23 前出。昨夜。
24 男ぶり。村雲について言う。
25 僧のありさま。樊噲について言う。
26 諺「命を塵芥《ちりあくた》にみなす」。命を粗末に扱うこと。 27 漢の創業時から高祖に仕えて活躍した豪傑樊噲を念頭に置いた表現。また、「彼の鉤《こう》を竊《ぬす》む者は誅《ちゅう》せられ、国を竊《ぬす》む者は諸侯と為る」（『荘子』胠篋篇）をも踏まえる。 28 百年の寿命、長寿。「百年は寿の大斉なり。百年を得る者、千に一無し」（『列子』楊朱編）
29 無いはずがない。 30 公儀。朝廷や幕府などの公的統治機関。 31 善良で勤勉な民に戻ることはできないで。
32 罪状を定めて処刑されること。
33 江戸時代、追剥は獄門、十両以上の

英雄なり。されど治世《ちせい》久しければ、[33]盗賊の罪科に処せられん。やめたりとも、大罪ならばついにとらへらるべし。[34]あだ口いひて戯《たはむ》るか」と云ふ。樊噲にらみつけて、「力、身に余りたり。すでにもえとらへざりし事、度々《たびたび》ぞ。[35]天命長くば罪ありともがれん」と云ふ。村雲が云ふ。「老いたる人也。念仏申して極楽参りねがふべし。此の主僧もおい子と聞けば、「[36]一子出家すれば九族天に生ず」とやらの[37]こぼれ幸《さいは》ひ得んとて、ここにもやどりて念仏せらるるよ」とて、嘲《あざ》けりわらふ。「老いたりとも武士なり。君につかへて忠誠の外《ほか》に願ひなし。[38]寿も天命にまかせて、長くとも短くともいかにせん。百年の寿をねがひて、こかしこと逃げかくれ、[39]安き地なくば、夭亡《わかじに》の人に同じ」とぞ。

盗みで死罪。
34 無駄口。
35 ここでは、天から与えられた寿命。この言葉通り、樊噲は八十歳余りの天寿を全うする。
36 一人が出家すれば、その親族に至るまでが成仏できる意の中国の成語。底本漢文。「隈沢了海の女子訓に、黄檗の、一子出家九族生天と大呼して」（『茶瘕酔言』異文・二十）
37 幸福のおこぼれを貰おうとして。
38 命を惜しみ「百年の寿」を願った大蔵に対し、武士としての平生の覚悟を説く。
39 心安らげる場所。

読みの手引き

樊噲と村雲は宿を求めて無理に押し入った寺院で、主の僧と、五十余りの武士に出会う。自分たちの力を恃んで思い上がった樊噲たちは、金ずくで我を通そうとするものの、主僧の至極真っ当な反論を聞いて素直に従っている。大男二人の従順な姿が可笑しい。きっぱりとした主僧の態度は、その伯父である武士の人柄に通じる。武士の物腰は丁寧で柔らかいが、樊噲が長寿を願うと、自分の悪事を棚に上げたその物言いを咎めて「あるべからず」と毅然として言い放つ。また、乱世の英雄も太平の世では盗賊の罪科を免れないとするなど、武士が示した見識はごく真っ当な正論である。樊噲たちも言い返すが、分が悪いことは否めない。とりわけ「安き地なくば、夭亡の人に同じ」という言葉は、絶えず追われる身の不安を抱えてきた樊噲たちにとって耳が痛いものだったに違いない。もちろんそれに素直に従う樊噲たちではないが、武士の言葉は、二人にこれまでの所行を顧みさせる契機となりうるものである。その意味で、〔十五〕は続く〔十六〕と共に、以後の展開を準備する場面になっている。

ただし、ここで樊噲に「天命長くば罪ありとものがれん」と言わせていることは興味深い。この言葉通り、樊噲は八十歳余りの天寿を全うすることになる。百歳には届かなくとも、八十歳は「中寿」（『荘子』盗跖篇）とされる長命である。その事実は、真っ当なはずの武士の見識を一気に相対化してしまうだろう。もちろん、武士の描き方を見れば分かるように、その見識を作品が茶化し揶揄しているわけではない。親殺しという当時としては最大級の罪を犯した人間が、後に大悟して天寿を全うする。そうした樊噲の姿を描くことを通じて、理で割り切れない現実の不可思議さを凝視するような眼差しがここにはある。「樊噲」を含め、『春雨物語』所収十編は「いずれも人間の不可思議な「命禄」のありようを問うた作品」（長島弘明「秋成の「命禄」」、『秋成研究』

（東京大学出版会、二〇〇〇年）所収）という側面を持っている。

1 平生の心がけ、武芸の修練度。
2 腕が立つ。
3 横倒し。
4 脇腹あたりの肋骨。
5 当て身を喰らわせた。
6 芸がない。無能。
7 振りほどいてみろ。

〔十六〕樊噲と村雲、ともに武士に打ちのめされる

樊噲、「物争ひして無やく也。君に忠信の人の心がけ[1]を見ん」とて、面《おもて》うたんとて手ふりあぐ。えうたで引きたをされたり。「さては腕こき[2]ぞ」とて、起き上がりて立ち蹴《げ》にけんとす。足をとらへて、このたびは横[3]ざまに投げて、「えい」と声して[4]腋骨《わきぼね》つよく当[5]てたり。あてられてえおきず。村雲立ち代はり、錫杖《しやくぢやう》にてうたんとす。打ちはづして右手《めて》をとられ、動かせず。「おのれがつらの刀疵《かたなきづ》二《ふた》ところあるは、度々《たびたび》からきめにあひたる[6]無術《むじゆつ》のぬす人也。此の手はなち[7]て見よ。おほやけには我が如き人あまたありて、やすくとらへらるべし」とて、是《これ》も突《つ》きたをす。手しびれたるにや、又え打たず。樊噲うめき出て、「骨折れたり。にくき奴ぞ」とて、いかり声すれど力つきたり。武

士打ち笑ひて、「いで、夕食出来たりとぞ。くはせん」とて、樊噲を引きおこし、背より「う」といふて蹴《け》たれば、やうやう起きなをりたり。村雲は、「手の筋たがひし」とてつぶやきをる。是《これ》もとらへて、[8]いかにかする、いたくおぼえし跡《あと》は[9]常になほりたり。小者、主僧、手に夕めしはこび出づ。「おのれらには[10]一椀《わん》づつあたへん。牢獄《らうごく》の内を思ひしれ」とて、たかく盛りたる飯一わんづつくれたり。口をしければくはず。さて、夜ふけて[11]寝床わかちてふす。

　あした起き出でたれば、「是《これ》いたむ所へはれ」とて、薬あたへたり。「是《これ》は有りがたし」とて、おのおの[12]いただきて張る。武士は[13]あさげくひて立ち行かんに、「此の者どもよ、主僧わかけれど、病《やま》ひにつかれたる人也。武士の子なれば[14]術《じゆつ》あれど、かくしつつみてせずぞあらん。[15]いたみよくば、一礼してとくゆけ」とて、門に出づ。主僧おくり出て、「あの盗人等は籠《かご》の鳥に似たり。病みつかれしかど、[16]手いたくせば又骨たがへさせん

8 どのようにしたのだろうか。挿入句。
9 いつも通りに。
10 牢内での食事は一椀ずつ。
11 それぞれに寝床をとって寝た。
12 ありがたくお受けして。前日の態度と一変して、素直に好意を受ける。
13 「朝餉《あさげ》」、朝食。
14 武芸武術の心得はあるが。
15 痛みが治まったら。
16 手荒いことをすれば。

ものぞ。心安くおぼして出たまへ」と云ふ眼のただならずと見るに、やうやう[17]昼かたぶきて、[18]飯の湯のにごりあたへられ、さきに出せし金一両をやどの代に出すれば、「盗みし金を法師の[19]納めんやは」とて、[20]目もおくらずして[21]囲炉《ゐろ》裏《り》に柴《しば》くゆらせたり。おそろしくなりて、[22]物もいはで出ぬ。さて、村雲が云ふ。「何となく、海を上がりてこのかたは[23]心おくれたり。[24]本国に、[25]信濃《しなの》にかへりて[26]養《やし》なはん。江戸はすまひのむかしに見しられたれば危《あや》ふし」とて、ここに手をわかつ。樊噲も心さびしげに、「今はひとり[27]奥《おう》羽《う》のはて見んともなし。江戸に出て遊ばん」とて、[28]又をちぎりて行く。

17 正午を過ぎて。
18 水のように薄い粥。
19 受け取るはずがない。
20 目もくれないで。
21 底本「囲炉」
22 挨拶もしないで。
23 心が臆する。気おくれする。
24 生まれ故郷。生国。
25 今の長野県。
26 英気を養おう。
27 陸奥国と出羽国の総称。今の東北地方。 28 再会を約束して。

読みの手引き

樊噲たちは口論では分が悪いと見て力勝負を挑むが、武士の武術の前に全く歯が立たず、逆に打ちのめされる。これまで自らの腕力を恃んで暴れ回ってきた樊噲たちにとって、初めての挫折である。それに加えて二人は、差し出された一両の金に目もくれない主僧の姿に「おそろしくなりて」逃げるように寺を後にする。腕力ばかりか、金の力も通じない。自分たちが信じてきたものが全く通用しない世界があることを知って、足下が崩れるような不安と恐れを感じたのであろう。

さらに言えば、「盗みし金を法師の納めんやは」と言う主僧の心の真っ直ぐな正しさもまた、樊噲たちを恐れさせたと考えられる。主僧をあえて病弱としたのも、そうした真っ直ぐな心の力強さを際立たせるためであろう。主僧の心は、後に樊噲が那須野の原で出会う「直き法師」のありように通じている。

生国に帰ってしばし静養するという村雲、一人になることで「心さびしげ」な樊噲、ともに思い上がった鼻っ柱を折られて悄然とした様子である。その心寂しさからか、樊噲は人目を気にしながらも賑やかな江戸へと向かう。

〔十七〕雨の浅草寺で小猿と月夜の窮地を救う

江戸に出しかど、れいの[1]、人あまた立ちつどふ所は心ゆかず[2]。一日、雨いささか打ちそそぐに、浅草寺《せんさうじ》[3]に心ざして来たれば、けふといへども静かならず。あじろ笠[4]深くかかぶりて、酒店《さかみせ》に心ゆかぬほどに[5]酔ひて神鳴門《かみなりもん》[6]に入りたれば、何事か人立[7]ちさう

1 いつものように。
2 気が進まない。
3 今の東京都台東区にある金龍山浅草寺。4 「網代笠」、薄く削った竹で編んだ笠。
5 満足しない程度に。周囲の目を気に

どく。「盗人よ」とて口々にいふ。「小猿、月夜等がここに危ふきや」といきて見れば、はた二人が手に血つきて、おのれらも刀打ちふりたたかふ也。若きさむらひ五、六人が中に取りかこみて、此の五、六人もいささかづつ疵[8]かうぶりたり。[9]市人《いちびと》、寺院の内よりも、男ども棒とりどりに追ひとり巻く。[10]「不便《ふびん》也。助けえさせん」とて人おし分けて、「これはいかなる喧嘩《けんくわ》ぞ」とて、しらぬ顔に問へば、「あの二人の盗人め、酒にゑひて、若さむらひ達の懐《ふところ》をさぐりとりしを見あらはされ、屋しきへつれいきて殺さんと[11]おしやる。のがれんとてぬき刀《がたな》して、一人に疵《きづ》つけたり。[12]皆一つれにておはせば、かく血にまみれて互ひに打ちあふ也」と云ふ。「さらば」とてちかくより、[13]「今はたがひに[14]無やくのたたかひ也。[15]あつかはん」と云ふ。小猿、月夜は力を得て、刀ぬきたるをかまへて樹下に立つ。侍等、「いな、かく我々も疵つきしかば、[16]帰るべき道無し。かれら首にしてかへり、主の君にわびん。あつかひ言して法師も命損ずな」とて、

して気持ちよくは酔えない様。
6 雷門。浅草寺南の正門。
7 騒ぐ。
8 底本「かうふたり」
9 近辺の町の人からも、寺の中からも。
10 「不憫」の当て字。
11 おっしゃる。
12 みな御仲間でいらっしゃるので。
13 これ以上は。
14 無益な。得るところのない。
15 私が仲裁しよう。
16 このまま帰っては武士の面目が立たない。武士でありながら、士分以下の者に疵を付けられた不名誉をそのままにしては帰れず、決着を付ける必要があった。

聞き入るべくもあらず。「首は渠等《かれら》が物也。ぬすみし物だにわ[17]
きまへなば、助けてとらせ。立ちまひあしくて盗人に疵つけら
れたるは、おのおの不幸の事也。聞き入れずば」とて、錫杖《しやくぢやう》と
りて二、三人を一度に打ち倒す。「[18]すは、ぬす人のかしら来た
るは」とて、群《むら》がり逃ぐるもあり。「打ちたをせ、打ちころせ」
とて、棒は[19]しの原よりしげし。「おのれ等眼《まなこ》なきか。我は修行
者也。[20]事聞き分けて人の命失なはせぬを、[21]心なく云ふは、共に
打ちちらさん」とて、錫杖に、前にたつ七、八人をうつほどに、
「あ」と叫んで皆打ちたをる。さむらひは、今はうろたへて逃
げゆくままにして、「二人の者らこよ」とて、腋《わき》にはさみて飛
びかけりゆく。人声のみさわがしくて、追ひもこず。広き所へ
つれ行きて血をふき、顔、手足洗はせて[22]取りつくろひ、物だに
いはせずして走りかけり行く。江戸をはなれて見れば、金つつ
み苞《つと》はなし。おとせしぞと思へど、「かへりても得られまじ。
[23]おのれ等に損見る事。得させしも有るまじ」と問へば、「博奕《ばくち》

17 弁償したら。

18 突然のことに驚いて発する声。

19 篠竹が生い茂った原。

20 事情をよく聞いて是非を判断し。

21 無分別に悪く言う者は。

22 外見を取り繕い。

23 お前達のために損をしたことだ。

にまけ、遊所《いうしよ》[24]に、酒の価《あたひ》に蒔《ま》[25]きつくしたれば、けふはかの侍がふところの物とりて、ここにあり。金[26]あるまじけれど、酒代《さかしろ》ばかりは」とて、見ればわづかに金一《いち》分《ぶ》[27]あり。是にて又酒かひ、ふぐと汁[28]くひあきて、「江戸には出がたし」とて、東をさして行く行く、下野《しもつけ》[29]の那須野《なすの》の原に日入りたり。

24 遊郭。
25 金を蒔くように散財し尽くした
26 小判はきっと無いだろうが。
27 一分金。金一両の四分の一に当たる貨幣。28 河豚《ふぐ》汁。
29 今の栃木県那須郡、那須岳山麓一帯の広野。

読みの手引き

樊噲は雨の浅草寺で小猿、月夜が窮地に陥っているのに遭遇し、「不便なり」と救い出す。分別らしく喧嘩の仲裁をするかに見せながら、一転して「聞き入れずば」と相手数人をまとめて打ち倒し、なお自分は修行者だとうそぶきつつ暴れる。久々に痛快な場面である。

ただしこの場面について、高田衛は「打ちひしがれた樊噲を書いて後、なぜ、このような浅草寺乱闘の場を書かねばならなかったのか」と問いかけ、「寺男や町人にまで取り囲まれて、血だらけな月夜・小猿は、明日の樊噲自身の姿」として描かれたのだとする（前掲書『秋成集』）。その問題設定を含めて、傾聴すべき見解である。当の本人が気づいているかどうかは別として、樊噲がこのままの生き方を続けていったなら早晩追い詰められ破滅するだろうことが、ここには示される。そのように、恐らくは自分でも気付かぬうちに人生の岐路にあった樊噲に、転機は訪れるべくして訪れる。

〔十八〕那須野で直き法師と出会う

小猿、月夜云ふ。「此の野は[1]道ちまたにて、くらき夜にはまよふ事既にありき。ここにしばらく休みたまへ。[2]あなひ見てこん」とて、走りゆく。[3]殺生石《せつしやうせき》とて、毒ありと云ふ石の垣のくづれたるに、火切りて[4]たきほこらしをる。[5]僧一人来たる。[6]目もおこさで過ぐるさま、にくし。「法師よ、物あらばくはせよ。旅費あらばおきてゆけ。[7]むなしくは通さじ」と云ふ。法師立ちとどまりて、「ここに金一分《いちぶ》あり。とらせん。くふ物はもたず」とて、[8]はだか金を樊噲が手にわたして[9]かへり見もせず行く。「行くさきにて若き者等二人立つべし。樊噲にあひて物おくりしといふて過ぎよ」と云ふ。「応」とこたへて、足しづかにあゆみたり。[10]片時にはまだならじと思ふに、僧立ちかへりて、

1 道が幾筋にも分かれていて。「此野《この》は東西縦横にわかれて、うゐうゐ敷《しき》旅人の道ふみたがへむ」（『おくのほそ道』那須野）2「案内《あなひ》」、道の様子。3 今の那須湯本温泉にある石。妖狐が美女玉藻の前に化けて鳥羽天皇の后となるが、正体を見破られて逃げ、那須野原で退治された。その執心が凝って毒石になり、近づくものの命を奪ったという（謡曲「殺生石」）。4 盛んにたき火を焚いていた。5 以下、樊噲が直き法師と出会い、発心する場面は、松崎観瀾の随筆『窓のすさみ追加』に載る雲居禅師の逸話による。「読みの手引き」参照。6 目もくれないで。見向きもしないで。底本「目もおとさで」7 ただでは通す

「樊噲おはすか。我発心《ほつしん》のはじめよりいつはり云はざるに、ふと物をしくて今一分《いちぶ》のこしたる、心清からず。是をもあたふぞ」とて、取りあたふ。手にすゑしかば只[11]心さむくなりて、「かく[12]直《なほ》き法師あり。我、親兄をころし、多くの人を損《そこ》なひ盗みして世にある事、あさましあさまし」と[13]しきりに思ひなりて、法師にむかひ、「御徳に心あらたまり、今は御弟子となり[14]行ひの道に入らん」と云ふ。法師[15]感じて、「いとよし。こよ」とてつれだち行く。小ざる、月夜出できたる。「おのれ等いづこにも去り、いかにもなれ。我は、この法しの弟子と成りて修行せん。[16]襟《えり》もとの虱《しらみ》、身につくまじ。又あふまじきぞ」とて、[17]目おこせて別れゆく。「[18]無やくの子供等は捨てよかし。懺悔《さんげ》、行く行く聞かん」とて、さきに立ちたり。

まい。8 何にも包んでいない金。
9 底本「かへりもせず」
10 一刻の半分、約一時間。
11 心が寒々として。僧の行動と言葉に衝撃を受け、これまで無反省だった行動が一瞬に反省されて、自分の罪深さに慄然とした様。12 心が真っ直ぐで正しく、嘘偽りのない。13 ひたすら思うようになって。14 修行の道に入ろうと思います。15 感心して。心動かされて。
16 人の後に付き従う虱のようなお前達よ、もう俺に寄りつくな。追従する意の慣用句「襟元につく」を踏まえた表現。
17 二人の方に目をやって。冷淡な決別の言葉とは裏腹に、別れを惜しむ気持ちがにじむ。
18 無益な者ども。小猿と月夜を指す。彼らとの別れを惜しむ情を樊噲に認めて、僧が励ました言葉。

読みの手引き

樊噲が「直き法師」と出会って改心し、発心するに至る経緯は、松崎観瀾の随筆『窓のすさみ追加』巻之上に載る雲居禅師の挿話をほぼそのまま利用している（中村幸彦前掲論文「樊噲」の補記）。その対応関係は明らかだが、「心清からず」「直き法師」「心さむくなりて」など「樊噲」で改変されたり付加されたりした表現の果たす役割は大きい。

「樊噲」の法師は、物惜しさからふと嘘をついた自分を「心清からず」とし、その過ちと反省を包み隠さず飾りもせずに伝え、残りの一分金を樊噲に渡す。その姿を、樊噲は「かく直き法師あり」と受け止める。「樊噲」で唯一の「直し」の用例だが、それは嘘偽りを嫌うことも含め、法師の素直さや率直さ、および真っ直ぐな正しさを言うと考えられる。賀茂真淵は形容詞「直し」について、①「邪にむかふ」真っ直ぐな正しさ、②「思ふ心の強く雄々しき」力強く毅然とした態度、③「心に思ふ事をすさびいふ」素直さや率直さ、素朴さという三つの用法があることを指摘する（『にひまなび』欄外注記）。秋成の「直し」は、「心放《ゆる》せば妖魔《ようま》となり、収《をさ》むる則《とき》は仏果《ぶつくは》を得る」（『雨月物語』「青頭巾」）、「心をさむれば誰も仏心也。放てば妖魔」（「樊噲」（十九））という人間認識と結びつけて理解されることが多いが、「樊噲」での用例は真淵の理解に沿ったものである。「直し」には、嘘偽り、邪曲、濁り、穢れを排した「清し」と重なる部分があり、「清き明き正しき直き心」（『続日本紀』巻九・宣命第五詔）などの用例があるように、両者の親和性は高い。

その清く直き法師の言葉と行動に己を照らしたとき、これまで無反省だった悪徒としての半生が一瞬にして

「あさましあさまし」と反省され、樊噲は自らの罪深さに慄然として「心さむく」なる。樊噲の手に置かれた一分金の冷たい手触りが、そのまま自らの罪深さにおののく心理的な寒さに結びついていく「心さむくなりて」の一語は、改心し発心する一瞬の表現として秀逸である。ただし、その改心や発心は仏教的である以上に、「直し」「清し」など国学的な認識や発想を色濃く反映していることに注意しておきたい。むしろ秋成はここで、そうした仏教、国学などという思考・認識の垣根を越えて、人間の本質に迫ろうとしているのかもしれない。

『水滸伝』との対応で言うと、〔十八〕は、魯智深が浙江の潮信を聞いて「心中忽然大悟」する場面（第百十九回）に重なる。ただし、樊噲が自らの半生の罪深さを一瞬に理解することは「大悟」に似るが、それはあくまで反省、改心であって、ここに発心はあっても頓悟は描かれていないという見方もできる。実際、彼はこれから「行ひの道に入らん」としているのである。樊噲の「大悟」はむしろ、彼が直き法師に師事して以来天寿を全うして遷化するまでの日々、ここでは省筆された時間の中で開かれたと見るのが妥当であろう。読者は作品末尾で、大悟した後の彼の姿を見ることになる。

〔十九〕陸奥の大和尚の遷化

この物がたりは、みちのく[1]に古寺の大和尚、八十よのよはひ

1　陸奥国。今の青森、岩手、宮城、福島の四県全域に当たる。以下、樊噲が遷

して、けふ終らんとて[2]湯あみし、衣あらため倚子《いす》に坐し、目を閉ぢて仏名をさへとなへず。[3]侍者、[4]客僧等すすみて申す。「遺偈と云ふは、いとたふとし。[5]遺偈《ゐげ》一章しめしたまへ」と申す。「皆いつわり也。まことの事かたりて命終らん。我はうきの国にうまれて、しかじかの悪徒なりし。ふと[6]思ひ入りて今日にいたる。[7]釈迦《しやか》、達磨《だるま》も、我も[8]ひとつ心にて、曇りはなきぞ」とて、死にたりとぞ。[9]「心をさむれば誰も仏心《ぶつしん》也。放《はな》てば妖魔《えうま》」とは、此の樊噲の事なりけり

[10]文化五年春三月
[11]瑞龍山下の
老隠戯[12]書
于時歳七十五

化する場面は、『水滸伝』第百十九回、魯智深が遷化する場面を踏まえる。また、遺偈を残さずに遷化した雲居禅師の逸話（『松島瑞巌中興大悲円満国師雲居和尚年譜』）をも想起させる。2「魯智深洗浴し、一身の御賜《ぎょし》的僧衣を換了し、（中略）把の禅椅《ぜんい》を捉り、当中に座了し、（中略）自然に天性空《くう》に騰《のぼ》る」（『水滸伝』第百十九回）　3 禅寺で師や長老に側近く仕えて雑用を務める弟子。　4 諸国行脚の途中で寺に滞在している僧。　5 禅僧が臨終の時に教えとして示す詩句。「金葉、遺偈を乞ふ。師笑ひて曰く、水鳥樹林、吾が偈語を説く。奚ぞ重説せん。言ひ畢りて泊然として坐化す」（『雲居和尚年譜』）　6 発心して。　7 仏教そのものの祖と、禅宗の開祖。　8 同じ心。「ひとつ心」はまた、国学において、真心や直き心と密接に関わる重要な語句でもあった（内村和至「「ひとつ心」の国学」『上田秋成論』）。　9「心放せば妖魔となり、収むる則は仏

果を得る」（『雨月物語』「青頭巾」）と共に、『通俗西遊記』虞集序による表現（閻小妹「『西遊記』と秋成の文業」『江戸文学』九）。秋成の生涯にわたるモチーフ。

10 西暦一八〇八年。この奥書は桜山本、漆山本、西荘文庫本の全てに共通する。文化五年本の名称は、この奥書による。

11 京都市左京区南禅寺町にある臨済宗南禅寺の山号。晩年の秋成は数次にわたり南禅寺山内に仮寓した。「瑞龍山下老隠」は、七十二、三歳以降の秋成が和歌和文に署名する時に用いた筆名。

12 和歌和文と同様の意識で執筆、署名した『春雨物語』は、初期浮世草子二作品や『雨月物語』などの戯作とは異なるはずだが、その奥書に「戯書」と記した意味は何か。『春雨物語』の根幹に関わる興味深い問題である（木越治「瑞龍山下の老隠戯書」『江戸文学』二七）。

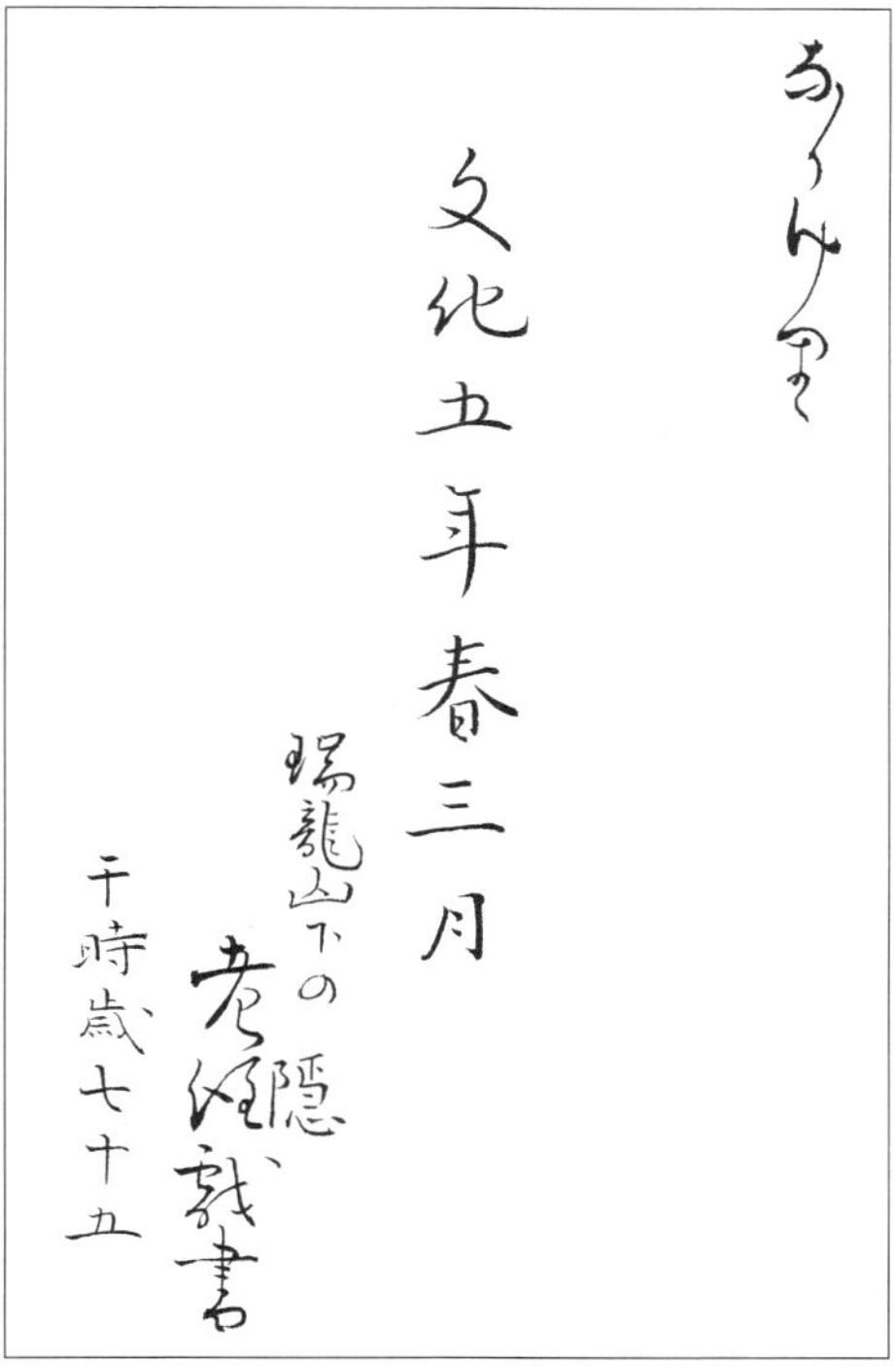

『春雨物語』桜山本「樊噲」末尾、奥書
（『桜山本　春雨物語』　昭和61年刊　勉誠社より転載）

読みの手引き

「樊噲」は、陸奥国の古寺で大和尚となった樊噲が遷化する場面で終わる。『水滸伝』第百十九回、魯智深の遷化を踏まえつつ、ここまでの物語は樊噲が遺偈の代わりに語った前半生の回顧だったという趣向を設けている。こうした「樊噲」の構成が、悪人発心譚と高僧伝という仏教的な枠組みを持つことは明らかだが、作品全体がそのまま、樊噲が発心、大悟して遷化するまでを描いたものとして仏教的にのみ理解されるわけではない。

もちろん、臨終に際して仏名も唱えず、遺偈は「皆いつわり」だと言う樊噲は、仏教に否定的なその言動ゆえにかえって禅僧らしい。また、樊噲は臨終に際して、詩句ではないが「まことの事」として半生を語っている。彼が「いつわり」だと否定するのは遺偈という「文体」、その形骸化した側面であって、仏教そのものの否定ではない（内村和至「「樊噲」論」、『上田秋成論』（ぺりかん社、二〇〇七年）所収）。「ひとつ心にて、曇りはなきぞ」と、自分の心は仏や禅宗の開祖のそれと同じだとするのは、事物が相対する次元を越えて全てを一如と観ずる禅宗の「真正《しんしょう》の見解《けんげ》」に近いという指摘もある（鷲山樹心「「樊噲」の主題」、同氏著『秋成文学の思想』（法蔵館、一九七九年）所収）。

しかし一方で、注に示した通り、「ひとつ心」は国学の中で「真心」や「直き心」に通じる重要な意味を担う語句でもあった。荷田春満や賀茂真淵は古代の人々が真心を持つことを強調したのに対して、秋成は「人の真ごころのひとつなんかはらねば」（『春葉集』序）と、真心に時代を超えて変わらない普遍性を主張し、その文脈の中で「ひとつ心」の語を用いている（内村和至「「ひとつ心」の国学」、前掲書所収）。樊噲に、自分の曇りなき心は古の釈迦や達磨と「ひとつ心」だと言わせる根拠もここにある。発心の場面と同様、樊噲の言動は禅僧らしいものであると同時に、国学の認識が色濃く反映されている。

このように「樊噲」は、仏教的な悟りの境地に国学的な含意を重ねて描く。この含意は従来、奔放に生きた樊噲の姿を、善悪を超越したありのままの自然として肯定するものと理解されることが多かった。この場合、樊噲はありのままで肯定されるのだから、改心や大悟にさしたる意味はなくなる。しかし、それは富岡本の「樊噲」前半を前提とした考え方であろう。これまでに縷々述べてきたように、文化五年本が描く樊噲は、時に豪快さや稚気溢れる姿を見せながらも、父、兄への怒り、悲しみと、その二人を殺した罪の意識を抱える深い迷妄の中で逃亡を続けていた。その先に発心と遷化の場面を置いて考えるなら、おのずと理解は違ってくるはずである。文化五年本「樊噲」の末尾をどう捉えるかについてはなお議論の余地があるだろう。

人は心をよく制御すれば悟りを得られ、心を放恣にすれば妖魔ともなる。「樊噲」が、この命題を具現化した作品であることは確かであろう。ただし「樊噲」が、単なる悪人発心譚、高僧伝には収まりきらない作品であることもまた言うまでもない。親兄を殺し悪事を重ねる「妖魔」のような人間であっても「心をさむれば誰も」自らのうちなる仏心に出会えるのですよね、そう問いかけるような結びは、仏教ないしは人間に対する強い信頼のようであり、挑発のようでもある。

参考文献一覧

・本稿は上田秋成著『春雨物語』に関する文献目録である。
・編著者名　文献名　出版社名　刊行年（西暦）　備考の順で、刊行年順に掲げた。
・分類は一　影印・翻刻、二　注釈、三　研究書、四　雑誌特集号、五　その他とした。
・代表的なもの、あるいは近年刊行（一九九〇年以降）の比較的入手しやすいものの中から適宜採録した。個々の雑誌論文はあまりに煩瑣となるため割愛したが、雑誌特集号等で関連するものは掲げた。
・明治期から一九九〇年までの秋成に関する文献目録である木越治・近衞典子・稲田篤信編「上田秋成研究文献目録」（『読本研究文献目録』渓水社、一九九三年、所収）があり、二〇一二年現在、上智大学の木越治氏ウェブサイト（http://kigoshi.sophia.labos.ac/ja/）にて増補版のデータ（一九九九年まで）が公開されている。併せて参照されたい。また同氏ウェブサイトには、『春雨物語』各諸本のテキストデータも公開されている。

一　影印・翻刻

1　『秋成自筆本集（天理図書館善本叢書二六）』八木書店　一九七五年

2 『漆山本　春雨物語（日本書誌学大系三十三）』青裳堂書店　一九八五年
3 深沢秋男編『桜山本　春雨物語』勉誠社　一九八六年
4 『上田秋成全集』第八巻　中央公論社　一九九三年

二 注釈

1 中村幸彦校注『春雨物語』積善館　一九四七年
2 中村幸彦校注『上田秋成集（日本古典文学大系56）』岩波書店　一九五九年
3 浅野三平校注『春雨物語　付春雨草紙』桜楓社　一九七一年　増訂版一九八三年
4 中村幸彦・高田衛・中村博保校注『英草紙・西山物語・雨月物語・春雨物語（日本古典文学全集48）』小学館　一九七三年　新編版一九九五年
5 美山靖校注『春雨物語・書初機嫌海（新潮日本古典集成36）』新潮社　一九八〇年
6 井上泰至校注『春雨物語（角川ソフィア文庫）』角川学芸出版　二〇一〇年

三 研究書

1 森山重雄『幻妖の文学　上田秋成』三一書房　一九八二年

2 日野龍夫『宣長と秋成―近世中期文学の研究―』筑摩書房 一九八四年
3 浅野三平『上田秋成の研究』桜楓社 一九八五年
4 稲田篤信『江戸小説の世界―秋成と雅望―』ぺりかん社 一九九一年
5 佐藤深雪『綾足と秋成と―十八世紀国学への批判―』名古屋大学出版会 一九九三年
6 勝倉寿一『上田秋成の古典学と文芸に関する研究』風間書房 一九九四年
7 美山靖『秋成の歴史小説とその周辺』清文堂出版 一九九四年
8 木越治『秋成論』ぺりかん社 一九九五年
9 東喜望『上田秋成「春雨物語」の研究』法政大学出版局 一九九八年
10 中村博保『上田秋成の研究』ぺりかん社 一九九九年
11 井上泰至『雨月物語論―源泉と主題―』笠間書院 一九九九年
12 長島弘明『秋成研究』東京大学出版会 二〇〇〇年
13 小椋嶺一『秋成と宣長』翰林書房 二〇〇二年
14 山下久夫『秋成の「古代」』森話社 二〇〇四年
15 飯倉洋一『秋成考』翰林書房 二〇〇五年
16 内村和至『上田秋成論―国学的創造力の圏域―』ぺりかん社 二〇〇七年

17 飯倉洋一・木越治編『秋成文学の生成』森話社　二〇〇八年
18 高田衛『春雨物語論』岩波書店　二〇〇九年
19 加藤裕一『上田秋成の思想と文学』笠間書院　二〇〇九年
20 風間誠史『春雨物語という思想』森話社　二〇一一年
21 一戸渉『上田秋成の時代―上方和学研究―』ぺりかん社　二〇一二年

四　雑誌特集号

1 『上田秋成―怪異雄勁の文学（別冊現代詩手帳巻之三）』思潮社　一九七二年
2 『国文学解釈と教材の研究（上田秋成 ゴーストと命禄の物語）』第四〇巻第七号　学燈社　一九九五年
3 『日本文学（特集・秋成）』第五五巻第十号　日本文学協会　二〇〇六年
4 『国語と国文学（特集『春雨物語』）』第八五巻第五号　至文堂　二〇〇八年
5 『文学（特集＝上田秋成 没後二〇〇年）』第十巻第一号　岩波書店　二〇〇九年

五　その他

1 長島弘明『新潮古典文学アルバム二〇 上田秋成』新潮社　一九九一年

2　近衛典子監修・解説『秋成研究資料集成』全十二巻　クレス出版　二〇〇三年

3　日本近世文学会編『没後二〇〇年記念 上田秋成』日本近世文学会　二〇一〇年　※京都国立博物館での特別展示の図録

著者略歴

井上泰至（いのうえ　やすし）1961年生まれ。
防衛大学校准教授。専門　日本近世文学。
一戸　渉（いちのへ　わたる）1979年生まれ。
金沢大学准教授。専門　日本近世文学。
三浦一朗（みうら　いちろう）1973年生まれ。
弘前学院大学准教授。専門　日本近世文学。
山本綏子（やまもと　すいこ）1969年生まれ。
藤女子大学准教授。専門　日本近世文学。

春雨物語　三弥井古典文庫

平成24年４月５日　初版発行

定価はカバーに表示してあります。

発行者　吉田栄治

発行所　株式会社 三弥井書店

〒108－0073東京都港区三田3－2－39
電話03－3452－8069
振替00190－８－21125

ISBN978-4-8382-7079-8 C3093　整版　ぷりんてぃあ第二